殷国明文集②

艺术形式不仅仅是形式

殷国明——

著

九州出版社
JIUZHOUPRESS

图书在版编目（CIP）数据

艺术形式不仅仅是形式／殷国明著. －－北京：九
州出版社，2022.11
ISBN 978－7－5225－1372－0

Ⅰ．①艺… Ⅱ．①殷… Ⅲ．①文艺评论—中国—当代
—文集 Ⅳ．①I206.7-53

中国版本图书馆 CIP 数据核字（2022）第 213991 号

艺术形式不仅仅是形式

作　　者	殷国明　著
责任编辑	王　佶
出版发行	九州出版社
地　　址	北京市西城区阜外大街甲 35 号（100037）
发行电话	（010）68992190/3/5/6
网　　址	www.jiuzhoupress.com
印　　刷	唐山才智印刷有限公司
开　　本	710 毫米×1000 毫米　16 开
印　　张	17
字　　数	236 千字
版　　次	2023 年 8 月第 1 版
印　　次	2023 年 8 月第 1 次印刷
书　　号	ISBN 978－7－5225－1372－0
定　　价	95.00 元

目 录
CONTENTS

之一

艺术：在已知和未知之间

尽管我们对于创作的奥秘至今还所知甚少，但是一个明显的艺术事实告诉我们：造成创作心境最初的契机，往往都包含着艺术家探求生活和创造生活的欲望和冲动。艺术家之所以能够沉浸在一种忘我的思维活动中，把自己的整个身心都交付于创作，正是由于他在生活中发现了什么，并且努力要把这种发现表达出来，进而转化成一种普遍的艺术现实。

艺术既然是对生活的探索、发现和再创造（而不是对生活的模仿因袭），那么，它就不仅是生活琼浆的满溢，而且还是对生活缺憾的补充；它就不仅是对现实的占有，而且还是对未来的向往。艺术家把自己对生活（过去、现在和未来）的全部感知都熔铸在自己的创作实践中，并且努力使它转换成一种永恒的美学现实。当我们回顾一些伟大艺术家的创作生活时，总会这样感觉到，他们不是在创造作品，而是在创造生活。他们完美的艺术人格就在于人生追求和艺术追求的不可分割。

在这种探索中，艺术的发现不仅仅是形象的，而且还是思想的，两者相互依存又相互转化。艺术家在发现一个具体形象的时候，同时会感受到这个形象的思想力量；同样，当他敏锐地捕捉住某种思想的闪光时，意味着他必须进而完整地展现这个形象。在很多现实主义小说家的创作中都可以明显地看到这一点。屠格涅夫写《父与子》就是这样。据他自述，最先引起他注意的是一个外省医生的性格。从这个性格中，屠格涅夫确实感到自己发现了某种更深刻的东西，但是他自己并不太清楚是什么东西，也不能真正透彻地了解它。但是，屠格涅夫没有放弃对它的了解，而是聚精会神地倾听和观察自己周围的一切，不断认识和探索，使这个形象越来越明显地凸显出来，并且表现出了自己深刻感受到的某种思想。从这个例子中可以看出，在艺术创作活动中，形象和思想的发现常常是形影相随的，思想的明确性是在具体形象个性化的逐渐明朗化过程中实现的，它依赖于具体形象的铸造成型，而追求形象的具体性的过程，同时又是追求思想明朗化的过程。因此，艺术创作活动并不是对现成生活的生吞活剥，而是一种重新体验和重新认识，需要把生活推向一个新的美学境界的过程。在艺术创作中，生活将重新扮演一次"新娘"的角色，以一种使你迷醉的新鲜感走来。

然而，这种对形象的感知，或者对形象所包含的意蕴的理解，都相对地存在着两个区域，一个是明朗化了的，已经被充分理解和把握着的；另一个则是模糊的，还只是一种朦胧的艺术感受，或者是形象自身还没有充分显示出它的全部细节，或者是某种思想还未来得及从生活的繁芜状态中明确地提取出来，上升到普遍的理性的高度。在艺术创造的过程中，艺术家的创造性并不在于维持自己的已知世界，而是努力打破它的封闭性，向生活提出新的挑战。当艺术家意识到在生活中确有某种更为深远的内涵的时候，他就会愈来愈感到，他过去所理解的已知世界的不完满性。一个未知世界的诱惑，不仅给艺术家造成了无数的苦恼和难题，同时也带来了创造的喜悦和兴奋。创作过程常常伴随着一种心灵的探险过程，艺术家怀着急不可待的心情，叩击人类生活秘密的大门，希望走进去，到一个新的天地中去，然后把它揭示给人们。也许正因为如此，许多艺术家常常把艺术创作过程比作恋爱，正像当代作家王蒙所说的："你刚刚发现你爱上了一个人，然而你对她的了解还不是那么多和那么深，你还没有向她透露过你的情感，你还不知道她会怎么样看待你的感情，你还不知道你的爱情的命运和结局。但是，炽热的，刚刚在你的身上被唤醒的爱情已经使你不能自己，你会有多少念头、多少幻想，做多少梦，不论天上的云、河里的水、岸边的树和花瓣上的露珠，都使你想起你的恋人。"

当然，艺术家对未知世界的探索是建立在已知世界的基础之上，在很大程度上依赖于他所拥有的已知世界。因此，生活经验的积累本身就是攀登艺术高峰的重要阶梯之一。尤其是当艺术家在生活中已经感觉到刹那的灵光时，他紧紧地捕捉住它，用自己的理想和热情使它永远燃烧下去，照亮周围的生活，他所拥有的经验世界就愈显得重要。这个世界将真正构成他艺术创作的源泉，供给他理想和热情的燃料。因此，尽管生活的发展不断向人们袒露着自己的秘密，不同的艺术家在获得它的时候常常是机会均等的，但是在表现和挖掘它们的美学价值的时候，却显示出了巨大的差别。生活积累的不足，常常使有些艺术家不可能在探索和发现未知世界的路途上走得很远，获得更多，尽管在他们的作品中有时同样闪现出了观察生活和历史的敏锐的眼光。显然，艺术创作是依靠燃烧自己——艺术家已经理解和把握的那个已知世界——来照亮生活无限进程的。

当然，这一切并不表明生活积累本身就具有绝对的艺术价值。假如一个丰富的已知世界尚没有同艺术家对生活的探索精神结合起来，或者说这个世界仅仅表现为闭关自守的性质，而没有和一个更为广阔的未知世界联结起来，那么，这个已知世界是十分可怜的，甚至可以说还未具有真正的艺术活力。拥有生活本身并不构成艺术的生命和目的，否则艺术就成了古玩收藏家和旧货陈列室的同义语了。在艺术的创作活动中，即使是多么丰富的既定的已知世界，都不可能是对无限的生活内容的包罗万象的认识。而愈是把这个已知世界绝对化，当作整个社会生活的一个固定模式来对待，就愈会体现出它的天然的局限性。在艺术创作活动中，艺术家所拥有的已知世界，只是他走向更为广阔的未知世界的起点，这时，这个已知世界本身才具有无限的艺术表现价值。

在艺术创作活动中，把已知世界和未知世界当作一个有机整体来理解，意味着一个观念上有限的艺术世界开始被打破。艺术创作中的已知世界和未知世界不是相互隔离，而是相互渗透，相互扩展的。假如说作家的未知世界，是一个广阔无垠的空间，他的已知世界仅仅是一个圆，那么，这个圆的半径愈大，它和未知世界所联结的地方就越大，越广泛，艺术家向无限的未知世界探索的范围就越大，已知世界本身的延展力就愈强。在真正的充满生命的艺术创作活动中，并不存在着绝对完满的境界。因为这种绝对完满的境界往往标志着创作活动的枯竭。如果我们愿意分析一下很多作家创作中的"老化"现象，也许就不难发现，无论在艺术内容上，还是艺术形式上，当一个作家自以为是地建立了一套完整的观念，满足于把自己封闭在一个已知世界的范围内，艺术的真正生命也就停顿了。既定的观念在已知世界和未知世界之间筑起了一道高墙，阻断了它们的相互交流。当然，我们并不排除艺术家因为达到某种理想艺术境界而产生的喜悦。但是这种理想境界只是相对于某一种稳定的艺术规范和层次范围而言的，只要艺术家不满足，稍微延展一下自己探索和认识艺术生活的圈子，往往就会很自然地显示出向新的艺术境界进取的意向。

因此，人类的艺术创作过程应该也必然是一个永无止境的追求和探索过程，它不仅仅在于说明过去，理解现在，而且还在于开拓将来。在艺术创作活动中，也许正好存在着一种与艺术家愿望相悖的矛盾运动。艺术家在自觉地、艰苦地认识生活，不断探索着未知，消灭着未知，实际上却在不自觉地延展着未知的地域，导致更多的未知出现。艺术并没有一劳永逸的境界。

既然完整的艺术世界是一个已知世界和未知世界的统一体，我们就不应该用单一的理念尺度来对待作家的创作活动以及作品。我们绝不能设想，艺术家是在对生活已完全明察秋毫，把握了它的一切历史关系的基础上进行创作的；也不能设想，艺术家对他所表现的生活，事无巨细都深入到了其本质方面，把握了它的内在缘由。而事实也许恰恰相反，艺术家对于生活的大量观察和体验，总是建立在特殊的个别情景中的，在很多条件下，它们还仅仅是一些表面现象的东西，而这种情景已经使艺术家非常感动，唤起了他对生活的某种深沉的感情和向往。在他还没有完全从理性上充分理解这种生活，或者说还不可能（包括还没有具备这种能力）从中提炼出某种本质的东西时，就情不自禁地把它表现出来了。在这个过程中，某种朦胧境界的追求是不可避免的，也是无可非议的。即便是艺术家熟识的生活，也存在着或者说产生着大量的未知的东西。艺术家在捕捉它们的时候，不能完全排除望尽天涯路的扑朔迷离的境界。应该说，在整个艺术创作活动中，自觉的理性追求仅仅集中在某一特定的美学方向上，而并不等同于对事物全面的本质方面的把握，而在这些方面恰恰伴随着大量模糊的、无意识的开拓。在这里，艺术家对生活本质的理性认识的星光，仅仅是一些非均匀分布的质点，闪烁着艺术家对生活的一些真知灼见，正因为如此，它们吸引了周围大量感性的模糊的东西，并照亮了它们，由此共同构成了艺术创作的审美星空。这些已知的理性的星光，划破了一片夜幕，同时启迪着人们的心灵向广袤的星空延伸，探索和发现更深更远的未知的星座。

为此，我们对于创作活动的动因不能不做多方面的考察。在构成创作主体的意识结构中，我们可以从中分解出某种引人注目的闪烁着理性光亮的因素，作为整个创作活动的一个路标，这当然是无可非议的。但是，构成创作动因的全部意识结构却不仅仅是这一点，而是一个集合了多种因素的复合体，这个复合体具有多层次的内容，是一个浑然一体的"建筑"。这种创作过程的整体观念必然导致一部作品在内容上是多层次意识的组合，作品所表现的各个层次的内容在理性光照的明暗程度上有很大的不同，构成色彩不一、层次错落的景象，它给予人们的并非一个一目了然的世界，而是同自然一样蕴藏着无限秘密。它林木叠嶂，峰回路转，不知山前山后有多少景色，这正是艺术具有永久不衰的魅力之所在。

探索和表现人的心灵世界，这正是艺术魅力的精义之所在。在探索心灵世界的过程中，现在人们已经不满足于表现这个世界的表层内容。当艺术家打开这个世界的大门，向里面跨进第一步的时候，他就朦胧地看到了在它深处的更丰富的内容，而想跨出第二步、第三步，从人的意识世界走向人的无意识和潜意识世界。在那个世界中，潜藏着至今未被人们探知的秘密。也许就在这里，艺术家遇到了从未有过的困难：尽管人们意识深层的东西，例如人的无意识、潜意识内容，和人们表层意识及其外在行为有一定的联系，但是现在还无法找到它们之间确定的联系，无法确切地"看到"它们的活动内容。这种情况使得艺术家不得不长久地在人的深层意识世界的外部徘徊，千方百计地寻找各种路径进入这个世界。自由联想、梦呓、独白、意识流等等，都表明了艺术家这种探求未知的欲望。

艺术关于未知世界的探索应该被理解为一种双向结构：艺术家对于艺术对象的探求同时意味着对主体的探索；对于生活的发现同时伴随着对自我主观意识世界的发现。这两者是互为因果，互相促进的。在艺术创作中，任何对于生活中未知世界的探究和发现，都是在艺术家对自己的全部经验世界重新进行分析、提炼、组合的基础之上产生的；而艺术家深入的自我挖掘，有赖于他在生活中的体验、认知和发现的过程和结果。

作为对一种思维活动的理解，我们似乎应该注意到，艺术家之所以能够在生活中朦胧或者模糊地感觉到一些不可言传的东西，觉察某种未知的生活内容，是由于在他的意识世界中存在着某种感应的依据。因此，按照托尔斯泰的说法，艺术的显微镜是艺术家拿来对准自己的心灵的，从而把那些人莫不皆然的秘密搬出来示众。这时候或许往往有这种情景发生：艺术家好像发现了描写对象心灵深处的什么东西，从而引起了情感上某种轻微的骚动，但是又不十分清楚它到底是什么，不知道它到底隐藏在心灵的哪一个角落。于是，他就情不自禁地去冥思苦想，在自己的经验世界里寻根刨底，并反复盘诘自己，有时会陷入一种迷狂和梦幻境界之中，直到自己完全融入对象之中为止。一个伟大的艺术家常常表现出严格的自我反省和自我批判的品格，敢于解剖自己，坦露出内心最隐秘的东西，例如托尔斯泰、鲁迅就是这样，他们完全是用自己的全部心灵去感受、体验和理解对象的，因而能够表现出独特的内在意蕴。

因此，从某种意义上来说，艺术对于未知世界的开拓，并不仅仅建立在艺术家对于自己表层意识的开掘之中，在这个层次上或许大量地聚集着对艺术家来说已经理解和把握的生活内容。因此在艺术家整个心理世界中，它们是明朗化的，清晰可辨的。但是，它们并不构成艺术家心理世界的全部，或许这只是很小的一部分。在艺术家深层意识中（包括无意识、潜意识），还藏匿着更大量的尚未进行辨别的意识内容，它们或许更带有生活本原的色彩，经常酿成心灵中某种更为本原的冲动和微妙的情感波涛，构成艺术创作必不可少的储备力量和财富。因此，艺术家总是不满足于只是在意识的表层画地为牢，而是积极向意识的深层结构探索，期望揭开意识世界中更多的秘密。在这种探求过程中，艺术家的表层意识和深层意识，并不是绝对分层隔离的，或者是像弗洛伊德所划定的那样，各个层次的内容是固定的，而是始终在进行着不断的对流和交换。人的表层意识世界对于深层意识世界存在着某种启动和引导力量，而人的深层意识世界时刻存在着向表层意识世界转化的势能和欲望。在艺术创作实践中，也许谁也不会为出现这样的事实惊异，一个简单的提示偶然触动了某种遥远的回声，使艺术创作突然进入一个豁然开朗的境界；而由于某种原因，艺术家又会对自己极其熟悉的对象，突然觉得陌生起来。未知的突然变成了已知，而已知中又充满着未知，这正是艺术创作永远充满活力的内在原因之一。

我们从以上的分析中，或许会得出这样一个结论：艺术创作的内容本身是一个浑然一体的多层次的结构，在这个结构中，绝对地和简单地划分出已知世界和未知世界是毫无意义的。它们常常是交融和混合在一起的，它们之间的界线常常是模糊不清的。艺术家仅仅是从某一方面借助于已知去探求未知，并且有可能在已知世界的引导下，用感情和理智的光芒去照亮未知，进入一个更为广阔的艺术世界。

这个模棱两可的结论当然不能作为我们对于艺术创作秘密的最后的探究，然而它也许能够有助于我们对于艺术奥秘的开拓。艺术创作活动在我们面前展现出丰富多样的内容，这不仅仅表现在客观生活作为艺术表现的对象，呈现在人们心灵面前，愈来愈显示出它多层次的未被探究的秘密（尤其是作为艺术主要对象的人，精神世界极为丰富和深沉）；而且表现在作家、艺术家的主体方面，他们感知和理解生活的范围、方向和程序都有着多种多样的差异。各种不同层次的意识内容的清晰程度有明显不同，显示出色彩斑驳的图景。我们把艺术放在已知和未知之间进行探讨，而又不做明确的界定，就是为了打开一个更为辽阔的艺术世界，而对这个世界我们至今还所知甚少，或者说基本还是一个未知的世界。但这并不能最终阻挡我们把这种未知变为已知，努力去开拓更为广阔的艺术世界。

1985 年 3 月

之二

"原生美" 和艺术美

如果说人类生活每日每时都在创造着美，那么艺术家同时也在自己的作品中，每时每刻都在打通着艺术通向生活的道路。在艺术作品中，存在着神采各异的形象之美，这是一种艺术美。但艺术美并不全部来自艺术加工本身。在艺术美中，重要的是存在着一种来自生活本原的"原生"的美，原生与加工的统一才构成了一种不容漠视的美的魅力，使我们能从具体的艺术形象推及大量的生活现象，推及我们在生活中熟视无睹，或者仅仅在朦胧中察觉到的某种事物的类型和序列，从而在艺术与生活之间发现某种普遍的联系。在艺术作品中，人们对这种普遍的联系感受得愈深，在具体的形象中所享受的美就愈丰富，愈强烈。

大凡优秀的艺术家，到了一定的阶段，总是对于自己技巧的完美持某种怀疑态度。他们常常会把自己美学追求的基点从艺术手法方面转移到生活本原方面。歌德就曾经说过："美其实是一种本原的现象，它本身固然从来不出现，但它反映在创造精神的无数不同的表现中，都是可以目睹的，它和自然一样丰富多彩。"显然，蕴含在艺术作品中的这种"原生"的美，不同于被我们的哲学家或者道德家从生活中进行抽象，已经固定下来的某些准则、公式或者概念。在艺术家看来，这是一种活性的因素，蕴藏在千姿百态的生活现象之中，甚至还没有来得及被任何抽象的公式所包容。使艺术家感到欣慰的也许还在于，这种"原生美"具有某种永无穷尽的生活含义。当我们在哈姆雷特身上感受到了某种巨大的人格力量的时候，我们似乎感到已经完全理解了它，但是若干年后再来光顾莎士比亚的时候，哈姆雷特带来的又将是另外一种新的感受，因为相对来说，我们总是在一个特定的思想基点上来理解"这一次"的哈姆雷特的。而莎士比亚带给我们的却远远不是某种固定不变的哈姆雷特，而是一个历史的哈姆雷特。在哈姆雷特身上，作家固然表达了他个人眼光所能理解的那部分生活的内容，但却没有因此而限定自己，用自己有限的生活尺度去局限或者代替生活具有的无限的意蕴。因此，一个优秀的作品所具有的经久不衰的魅力，不是仅仅在于说明某个凝固的道理，而是在于某种生活真理能够永远活跃在一种创造性的审美现实中，就像它永远存在于生活中，存在于现在、过去和将来的生活中，与人们永远在一起，永远充满生命力。

在一切优秀的艺术家身上，几乎都体现出了尊重生活和尊重自然的可贵品质。因为他所表现的这种美，存在于生活运动之中，同具体的生活现象交织在一起，是无法从生活的现象形态中分离出来的。正因为如此，这种真正的生活原生的美是不能仅仅通过去其肌肤、露其筋骨的分析方法来把握的，它特别需要用整体观念去把握；也正因为如此，在那些内容丰盈的艺术作品中，它所包容的生活奥秘，永远显示出"未知数"般的魅力。这也许是艺术不同于自然科学创造的一种独特现象。实际上，很多艺术家在生活中感受到了某种深刻的美，这种美又总是和真理联系在一起的，但是并未完全从生活的纷繁状态中被明确地提取出来，或者作家还未来得及把它上升到某种哲理的高度，就情不自禁把它表现出来了。因此在很多作家那里，即便他们曾经与自己的审美对象一起激动过，哭泣过，但当人们要求他们理智地回答其作品到底说明了什么时，他们常常感到一言难尽或者无法说清。应该承认，对艺术家来说，生活本身存在着许多"未知数"，而这种"未知数"的存在，正是激励艺术创作不断探求、不断创新的动力。

当然，这并非意味着把艺术创作完全归结为某种朦胧状态中的追求，并且以为这种朦胧状态是艺术创作的最好胚胎。也许正好相反，艺术创作的目的在于再造某种理想的审美现实，这就必然意味着艺术家要不断接近和发现美的具体面貌，这也决定了艺术家不可能永远满足于认知真理的某种朦胧状态，而是要更清楚地把握对象的世界，从现象的不确定中，更深刻地理解某种本质的确定性，并把它在艺术中栩栩如生地表现出来。毫无疑问，在这一过程中，艺术家的理论水平和思想深度对于创作有着极大的意义，尽管在表面上思想的力量悄然隐逸，但是对创作却依然具有内在的支配力量。它不仅一般地决定了艺术家感受和表现生活原生美的基础，而且像一束穿透黑暗的光亮，它的光亮愈强，对于未知的生活境界照亮得就愈深愈远，就像我们在黑夜中开灯行车时所获得的感受一样。但驾驭艺术的司机永远不会满足他车灯的光束所能照到的地方，向前延伸着的无限的有待认知的生活的道路和前景，是他不愿在自己的创作中放弃的。也许正因为这样，在艺术创作过程中，永远充满着感性和理性的矛盾。艺术创作不可能在昏昏欲睡或者歇斯底里的状态中完成。正像张纸的正反面一样，这种理性的超脱力量和生活的某种还原过程是连在一起的。艺术家不断调节着这种内在的冲突，创造出多种多样的审美现实。

艺术中的原生美，说明了艺术的魅力并不是同生活无缘，相反，它的原型就闪耀在宇宙万物中，在社会生活与大自然的一切局部现象和形式中。但是，艺术创造并不是人们对于混沌的、杂乱无章的自然存在的某种屈从和适应的表现，或者仅仅是艺术家对生活的某种浮浅的满足情绪的表现，而是要把自然和生活真正从某种混沌的状态中解放出来，成为人的理想的一种现实存在。因此，艺术家永远不会去复述一种局部的生活现象，或者仅仅用一种方法去再造生活。在艺术创作过程中，生活总是既有被制服、被理解的"温柔"的一面，同时也永远显示出它一时难以驾驭的"倔强"的性格。艺术在本质上都具有理想性，都在体现一种追求，都希望在作品中实现人们所企望能实现的，但尚未实现的美。因此，无论是生活广袤无边的性质，还是作家个性的千差万别，都使艺术既富有生活原生的美，又能创造多样化的审美现实。

正因为如此，艺术中的审美现实永远不可能是从生活的网上剪下的一小块，正如巴尔扎克所说的："我将不厌其烦地说，自然的真实不可能也永远不会是艺术的真实。"艺术家必须自己编织艺术品的网络，自觉地用自己独特的审美意识在生活中抽丝引线，用虚拟的方法去再造一种审美现实。我们实际上难以否认艺术上的这种发现和实践：某些艺术作品在生活现象的表面环节上，似乎破坏了真实的生活规律，但在实质上却揭示了某种生活的内在真实与真理。这使我们逐渐意识到，我们长期所坚持的某种对艺术的看法，也许存在着一种历史的错觉。

例如对于荷马史诗或者大量存在的写实作品，我们向来只把它们看作是历史生活的真实写照，而不是古代艺术家认知生活和再造生活的一种艺术的方式。其实荷马史诗中所表现的那种规则的、序列性的生活面貌和形象画面，在历史中原是分离的，被一些其他现象所切断的，蒙着生活尘灰的，但艺术家用虚拟的方法把它们从原始状态中"解救"了出来，联结成为一个新的生活整体。如果说我们在历史的个别环节上看到的是生活的局部，那么在荷马史诗中领略的则是一个再造的艺术世界的整体。这种艺术地把握世界的方式，需要某种特殊的才能。即使在传统的写实主义艺术中也是如此。艺术家很重视用各种方式来弥补艺术与生活之间的间隙，表面上看来似乎仅仅是为了达到使艺术酷似生活的目的，实际上包含着更深一层美学追求的含义，就是千方百计地维护着生活的完整性，使生活的原生美不至于遭到艺术框架的瓦解和破坏，努力显示出艺术作品同其他思想产品不同的独立的精神品格。

艺术所表现的生活的真实性，总是和艺术家所能理解的生活现象内在关系联系在一起的。艺术家依照这种联系进行艺术创作，而这种联系，在他看来，是同他所表现的生活本身天衣无缝的，但在事实上，却并不等于那个独立的、不以人们的意志为转移的生活世界本身，这种联系仅仅是一种生活逻辑的联系，而不是事实的联系。因而，艺术创造不是被动的，而是充满着能动性的，它不仅可以作为生活发展的一种标志，而且体现着人在艺术地把握生活的思维形式方面的不断进步。

其实，就生活真实本身来说，也是一个在不断更新内容的实体。如果坚持用过去生活的标准来衡量今天的生活，就常常会被生活发展的事实所嘲弄。人们过去不曾发现的事物之间的转化和有机联系，现在被发现了，过去认为不真实和不现实的现象和预想，现在已成了司空见惯的事实。艺术家面对新的生活真实的出现，可以表现出各种层次不同的审美态度。例如，西方一些艺术家常常因为不能把握历史的规律，而对自己所面临的社会现象感到迷惘。有的作家就注重于人的梦魇和潜意识的自然流露，千方百计地把它们复制下来。有的作家在作品中故意把生活连贯性肢解得支离破碎，企图使其在心理背景上，更接近他所面临的那个庞杂纷乱的世界的本来面目。在这方面，他们可能比左拉的自然主义走得更加远些。对于这类作品，我们就不能仅仅从生活真实出发去进行责难，因为它们确实部分地反映了那个社会的真实面貌。但我们可以批评他们把生活表面真实作为艺术追求的原则，用模拟生活代替了对生活原生美的感受和理解，同在社会生活中感到自己被捉弄和异化一样，他们这种艺术方法也表现了对生活无可奈何和顺从的心理状态。在生活和创作中，他们已体验不到人们改造生活和征服自然的活力，因而也无法表现出人类生活中奔腾不息的本原的力量，最终必然导致"非艺术化"和"非人化"的艺术结果。艺术实践告诉我们，生活真实不等于艺术真实，它必须经过人的创造力的熔铸，才能产生真正富有生命的审美现实。

艺术家对于生活的能动的改造力量，在艺术创作中，往往是通过形式表现出来，从而表现为特殊的艺术手法的运用和艺术形式的创新。放弃了这种艺术的能动性，就等于放弃了艺术本身。因此，在艺术创作中，单纯地反对艺术家运用一些新的手法，或者采取某种新的艺术形式，并不是很恰当的。例如对于艺术家描写人的意识世界，对故事进行某种剪辑等形式的探索，如果依然抱着若干年前的惊讶态度，实际上漠视了艺术创造的能动力量，同时也并没有真正理解艺术的本原——生活中原生美的永无穷尽的内容。因为从某种意义上来说，艺术家只有在更大的范围内，或者更高的层次上发现了原生美，并且在他看来，这种美已经不能自如地生存于艺术某种限定的时间和空间之中，而是洋溢在这种限定之外了，艺术手法和形式的探索和创新才成为真正的必要。应该说，对一个真正的艺术家来说，艺术形式的创新，不仅首先来自生活原生美的呼唤，让人感觉到了它在旧的形式中的痛苦辗转，而且本身就是对生活新的探索和理解的独特方式。同生活真实一样，艺术真实也是一个不断运动发展着的，内容和形式都在日益更新的实体。它所具有的内在的丰富性产生于艺术家主观世界和客观生活关系的对立统一之中，如果以某种名义拒绝艺术家艺术技巧和形式方面的变化和创新，就意味着艺术将趋于僵化，导致自我封闭的贫困境地。

因此，生活原生美和艺术美的血缘关系，不仅体现在艺术的内容方面，也体现在艺术的形式方面。艺术家的感受和思想的丰富性，以及它们在艺术家心灵中造成的沉重的负荷，往往是新的艺术形式产生的主观基础；而新的艺术形式对艺术创作的意义，正在于它能够帮助作家更有力地掌握和表现生活的原生的美，提高艺术家在更大的范围内把握整体生活的能力。卢卡契说过，把艺术仅仅看作是形式实验的竞技场，将会导致艺术的末路。那种脱离生活的本原，脱离艺术家从生活中汲取的全部内在力量的"形式美"，实际上是无法存在的。每一种艺术美，都是凝结着艺术家对生活的全部探求的结果，同时也意味着他把自己的艺术技巧全部消融在形象画面中的过程。正如雪莱所说，诗人的职责是把自己从艺术形象和感觉中所得到的愉快和热诚传达于别人，而不是显示自己的技巧。但技巧作为联结艺术与生活的纽带，无疑为艺术家创造多种审美现实提供了各种新的途径。

当现实生活越来越丰富地展现出原生的美，必然在艺术形式方面表现出更加多样化的色彩，这是艺术发展的辩证法，也是现今文学发展的一个日益鲜明的特征。在现今的文学创作中，越来越多地出现了多种艺术因素合成的作品。远古神话的色彩，中世纪传奇的意境以及现实主义的图景，愈来愈频繁地结合在一起，形成多种多样的审美形态。在很多作家的创作中，象征的手法和写实的形式在各种层次上的奇妙结合，已成为比较普遍的艺术事实，它常常把作家在生活中最深刻和普遍的整体性感受，同生活中最平凡、最微小的现象联结成一个整体，在艺术中最大限度地给予原生美存在的自由天地。在这些作品中，象征的意蕴、传奇的色彩和写实的锋芒熔铸在一起，在主观的生活形态中，流动着一种人生"原生美"的魅力。不能不说，在我们创作中时时爆发出的美学追求的热情，和我们的生活中日益增长着的原生美的呼唤，标志着我们一个艺术繁荣时代的真正到来。

1984 年 2 月

之三

艺术形式不仅仅是“形式”

一

在艺术活动中，艺术的组合形式自古以来就是艺术存在的最重要特点之一。因为艺术本身就是作为沟通人类心灵的一种普遍媒介而存在的，这种媒介之所以能够超越一切物质生活的交换方式，就因为艺术能够体现一种普遍的心灵形式，而这种心灵形式则是由一种特殊的艺术形式固定下来的。如果说丰富的生活给予艺术多样化的内容，那么形式则赋予艺术一种普遍的心灵意义。因此，艺术内容和形式的不可分离性，正是艺术本身的自然性质。从这里引申出的另一条思维射线则是，任何一种艺术形式，不仅是表现内容的一种方式，而且本身就是某种内容长久沉淀的生成物。

但是，新的发现常常会带来新的怀疑，人们似乎通过内容捕捉到了形式的某种内涵，但是却无法最终解释长久积淀的内容最初是怎么存在于形式之中的。形式，其确切的存在，在这种单向推论之中已经悄然隐逸。事实上，形式本身常常会自行“隐没”的。在艺术活动中，一种完美的艺术境界是忘却形式的。而这种形式本身的被遗忘并不是形式的悲剧，而是它的幸运，因为这时人们才真正毫无阻挡地步入艺术家创造的艺术世界，艺术形式已最完满地实现了自己的美学价值。

最完美的形式往往是默默无语的，它可能使人仅仅注意到它的表层内容，而把自己丰富深刻的内在品格隐藏起来，人们常常会由此产生一种错觉，似乎艺术形式只是某种内容的附属品，它只是艺术作品不会发言也不必发言的一个影子。而就在这时，对艺术形式置若罔闻的人，往往也会遭到一种无言的"报复"。旧的艺术形式会以一种无形的力量捆住他的手脚，遮住他的艺术视线，使他永远循环往复地重复一条艺术路径，在一种封闭的、无所更新的艺术小圈子里踯躅徘徊。当生活一旦把他带到一个新的艺术世界面前的时候，他便会感到陌生，感到格格不入，新的艺术形式会成为某种艺术知觉和感觉的屏障，使他耳不聪，目不明，被阻挡在一个新的艺术世界之外，尽管他可能会有进入这个新的艺术世界的强烈欲望，但也无法真正领略这个世界的无限风光。这时候，形式确实又像是一个无情然而公正的"判官"，在默默无言之中淘汰着一些不尊重、不关注自己的作家和评论家。

显然，作为一种艺术历史运动的结晶，艺术形式的存在，在艺术活动中具有两种可能性：它可能是一座桥梁，把人们带到一个新的艺术世界之中。它有时也可能会是一道"围墙"，把人们和艺术家所创造的艺术世界隔绝开来。艺术形式这种双向的美学功能给艺术活动带来了种种复杂的情况。

艺术是人类心灵的一种创造，而这种创造又是用来沟通和铸造人类心灵的。因此，任何一种艺术创造都是在既表达自己，同时又使他人接受这种表达的过程中实现的。于是一种被普遍认可的，并能够显示出自己独特内容的形式媒介的存在，是艺术价值实现的最重要的前提。因为一种独特的生活内容，要转换成一种普遍的艺术存在，不仅含着艺术家某种美学选择和艺术熔炼过程，更明显地表现为一种艺术抽象化的过程。这种抽象化的过程也就是一种形式化的过程。实际上，在整个艺术活动之中，最奇妙的美学意蕴恰是表现在内容和形式的转换过程中的。如果我们从人类最原始的艺术现象——图腾艺术——来看这个问题，就会在艺术理解上获得一种极大的满足感。在人类原始生活中，一种图腾，不仅表达一种社会结构

17

和一种宗教信仰，而且表现为一种普遍的心灵符号，凝聚着某种部落群体的集体意识。部落初民通过某种图腾显示了彼此之间维系着的某种共同命运和心灵，由此构成某种牢固的心灵联系。显然，图腾是一种心灵化的形式，同时又是一种形式化了的心灵。它代表着初民对自然及其自身命运秘密的一种认知方式，同时又是他们对自己尚未能完全理解和把握的人类秘密的一种寄托和隐喻。图腾的这种性质正好表现了艺术作品最普遍、最深刻的形式意义。可惜，图腾的这种意义在一些西方研究者，包括弗洛伊德的研究中，令人遗憾地被忽略了。这种忽略使得他们只是着重于探求图腾本身所表达的那种具体的人类意义，而没有注意图腾自身所创造的，对整个人类历史尤其是艺术历史产生深远影响的抽象含义。任何一种艺术作品，都不仅揭示着人类的某种秘密，而且自身又在创造着一种"秘密"，这是来自艺术本原的一种特色。

艺术的这种特色确定了艺术同时是一种特殊的符号系统，其中蕴藏着特殊的情感内容，它们之间有互相转换的关系。艺术中关于形式的原理不过强调了这样一种事实，即艺术之所以为艺术，就在于它有一个可以令人观察的形式，就是所谓"有意味的形式"（significant form）。反过来说，艺术作为一种普遍的心灵媒介，使艺术家通过它把一般生活经验转换成某种艺术存在，因此，艺术同时也是一种"有形式的意味"。

艺术形式所具有的普遍的美学功能在于，它区分了由艺术活动产生的美感经验和一般生活经验中的自然情绪，而这两者之间的差异往往是最容易混淆的。这是因为情感因素无论在艺术还是在一般生活中，都是最活跃、最具有色彩的，人们沉浸其中而又常常无力也无须去辨认它们。但是，由某种特定的艺术形式所唤起的美感情绪之所以不同于一般生活的自然情绪，是因为形式已表达了某种艺术秩序的定向作用，把人们引导到一个独特的审美世界之中，同时形式又造成了一种距离，遏止了种种非艺术的心理骚动和感情喧嚣，起到一种"净化"意识的作用，自然而然地把一个非艺术的经验世界和艺术的审美世界区别开来。因此，我们在艺术创作中常常会感受到这种情景，虽然一种强烈的生活氛围感染了我们，涌起的种种情绪不时强烈地敲打着心扉，但是当我们没有找到恰当的表现形式的时候，它们只能焦急地等候在生活的"候车室"里，不能进站上车，行驶在艺术创作的轨道上。

由此说来，艺术的发展不得不经常应付来自形式方面的挑战，因为形式本身并不总是那么顺从人意的。作为美学桥梁的艺术形式有时会向"围墙"转化，把艺术制约在一个狭小的圈子里不得解脱，甚至会像钱钟书在小说《围城》中描写的那样，在城堡里的人走不出来，而在城堡外的人又走不进去。也许在这里我们能够意识到艺术活动中另外一层含义，在艺术创作中，特定的内容会通过形式来表达自己，同时也可能通过形式的力量来巩固甚至封闭自己。这时形式往往体现出一种凝固了的情感方式和生活观念。因此，艺术形式上的冲突，往往包含着生活观念的冲突，不论这种内在的冲突表现得如何隐晦曲折。人们从对某种艺术形式的流连忘返之中，能够感受到对某种已十分熟悉的生活世界的眷恋之情。

这时，艺术不得不时常提防这种裂痕的出现：当某种特定的内在情感内容通过特定的外在行为类型（包括写作、绘画、演奏、舞蹈等）表现出来，并逐渐以一种方式确定下来的时候，由情感积淀确立的形式也就同时造就了与情感分离的可能性，并开始用各种方式日益频繁地造就着这种"裂痕"。

二

其实，在现代社会中，艺术所面临的挑战不仅表现在某种既定的艺术形式对艺术发展的某种束缚、限定和抑制，还表现在来自某些人对形式的利用而造成的艺术的恐慌。形式相对独立的美学意味，不仅使人能够用它来传达某种生活内容和情感活动，而且还可能以此来臆造内容和情感。这时，形式不再是艺术创作的某种内在需要的表现，而成为某种时尚的风向标。例如，电子计算机通过对某种形式的控制，来进行创作，其实已经排斥了艺术创作中的情感活动，形式成为人类情感活动过程的某种"替代"和标志，使艺术活动变成一种"无情"的机械活动，艺术本身也开始了自我丧失。当然，这里并不否认利用某种"程序"来创作一些较好作品的可能性，也不想否认这些作品可能具有的一些社会价值。假如人们通过某种形式的程序来把握一部分人的审美情趣，由此创造出多样内容的"作品"，在一个多层次的、文化水平差异很大的社会艺术结构中，也许未尝不是一件好事，起码它能够加快艺术层次的更新，为艺术水平的提高创造一定的基础。但是，同样不可否认的是，电子计算机是永远无法完全取代人的艺术创造能力，它只能在把握了某种艺术规则——这种规则在某种程度上必然是对一种普遍的模式化思维方式的利用——的基础上"创作"，所以尽管可能在故事编排和具体叙述秩序上花样翻新，却永远无法超越原来的艺术层次的规范的意味。这种形式的意味是具有超越具体艺术内容的美学意蕴的。

然而，这种情景依然是人们难以忍受的。问题在于，艺术之所以成为人类生存的需要之一，重要的还不仅仅在于其产品的"后天"的价值，而在于艺术活动本身。这种活动本身就显示出一种生命的完美境界，使人们的心灵获得一种激荡，一种铸造，从而焕发出灿烂的光华。艺术创造中的一切因素只有和这个过程紧紧联系在一起，才具有自己真实的生命价值。事实上，就艺术形式来说，它的迷人之处，并不仅仅在于其本身所体现出的那部分"积淀"的意义，那只是体现了一种凝固了的、静态的历史内容，而在于它在一种动态的艺术创造活动中迸发的创造活力，即属于艺术家把某种情感内容转换为某种形式媒介的整个美学熔铸过程。

在艺术中，内容和形式的相互转换和交融，是在一种整体的生命创造过程中实现的。这种转换和交融会以多种多样的方式进行，呈现出思维运动神秘莫测、色彩缤纷的种种特征和丰富内容。它也许是不知不觉，一帆风顺；也许是曲折艰难，百炼成钢；也许是山重水复，突然又柳暗花明，然而不管这个过程多么富有戏剧性，多么复杂多样，艺术家总是在极力表达内容的过程中确定了形式，同时也是在形式的确定中表达内容的。在这个过程中，仅仅被艺术家所感觉到的、意识到的生活并不属于真正的艺术内容，因为它们并不规则，只是零乱的、互相离异的生活元素。艺术形式内在的美学意味就在于，艺术家如何把它们整体化并确定下来。形式是在艺术运动中确定的，而任何艺术都需要把自己寄托到一个确定了的世界之中，能够把任何不确定的、朦胧模糊的、处于自在状态中的生活元素和意识元素，按照特定的美学理想统一和组合起来。

因此，在艺术创作活动中，内容和形式不仅彼此确定着对方，而且也是彼此互相引展、互相转换的，共同浇铸着艺术作品的美学结构。尤其是当艺术家发现了某种还被生活表面现象掩盖着的秘密，需要做出一种新的艺术选择的时候，形式的更新往往是十分内在的。

最好的例子是托尔斯泰创作《安娜·卡列尼娜》的过程。起初，托尔斯泰仅仅是从众说纷纭的生活表面现象来评断安娜的行为的，安娜被误认为是一个制造家庭悲剧的坏女人。但是当他真正触及安娜完整的生活时，马上发现了在安娜心灵中被压抑和被摧残的美好的品质。于是，为了排除符合常规的外在生活描写对安娜内在心灵品质的遮蔽，托尔斯泰不能不面临着一种形式的选择。在作品中，托尔斯泰在很多地方直接描写了安娜的内心活动。特别是在第四章中，托尔斯泰甚至运用了近似"意识流"的方式表现了安娜不为人知的心理活动。托尔斯泰用安娜大量心理活动的自然流动不动声色地揭示了安娜内在性格的秘密。由于艺术家在生活中感受到了更多的东西，发现了内容上的"新大陆"，最终产生了对于艺术形式的突破。在另一位俄国作家陀思妥耶夫斯基的创作中也可以找到类似的证明。形式的变革往往是一种内在的艺术运动，它把深层的艺术内容托浮到了人们能够感觉和感应的日常生活的水平上。一位研究陀思妥耶夫斯基的外国学者由此发现，陀思妥耶夫斯基的心理描写早在弗洛伊德精神分析学派之前，就深入探索了人的下意识心理内容，而且他的分析并不限于个人心理，还透视了家庭、社会、民族的心理，并涉及了作为整体的人类深层意识。

写到这里，也许我们能理解为什么有些作家不喜欢评论家仅仅停留在形式上的评头论足。因为仅仅注重于艺术形式的外在定性，有时会导致对艺术创作的心理过程甚至艺术人格作机械的分析，无法接触到其中艺术家独具个性的生命过程。当代作家王蒙就曾对一些技巧方面的评论采取过暂时回避的态度。问题也许并不在于是否可以用"意识流"来分析王蒙的小说，或者就王蒙的小说创新去确定某种形式上的概念，而在于借用形式的概念有时恰恰没有帮助理解艺术，而是"简化"了艺术家艺术创新内在过程的丰富内容。对王蒙来说，艺术创新的力量是在长期的沉默中聚积起来的，他所要表达的不是生活的表层内容，而是几十年沉积下来的人生体验。不真正把握王蒙对于人的理解深化而造成的心理负重感，以及由此产生的陈述自我的必然要求，就难以把握王蒙艺术创新的内在过程。

这种对于形式的选择同时也是艺术家的某种发现。在艺术创作中，形式创新作为表达内容的必然要求，并不是那么轻易能够确定下来的。这不仅意味着艺术家要在表现生活中选择形式，而且还意味着艺术家能够在形式中发现意蕴，在形式中发现自我。这种发现包含着艺术创作中更深奥的秘密。这种秘密一般也许表现在相反相成的两个方面。一方面表现在艺术家对于"找到"形式的欣喜，这不仅表现为它和内容传达所产生的一致关系，而且会和艺术家整个心灵息息相通。因此，艺术家对形式的发现，应该是发现了一种心灵的语言，可以尽情地与它交谈，并使艺术家表达出他想要表达的一切。另一方面则是，艺术家对自我的"发现"，并不是艺术家能够完全凭理性把握的。有时候艺术家仅仅是"感到了"，却无法完全确定它。因此，艺术形式常常会给作品带来一种寓意。这种寓意既可能在艺术家意料之中，也可能在艺术家预料之外；既会使艺术家有感能言，也会使艺术家有感难言。

因此，形式同样有一种不可描述的性质。当代女作家茹志鹃在《剪辑错了的故事》中，采用了时空交错的叙述形式。这种形式除了具有表现作品特定的生活内容的艺术功能之外，还具有某种特定的生活内容所无法直接传达的意味。就这篇小说所表达的某种生活事实来说，也许并没有过于惊人魂魄的地方。但是特定的形式本身却延展了故事本身的意义——一种广义的、无法完全确定的隐喻，潜伏在作品之中，作者超越了具体的生活故事，以全部的身心感觉，捕捉、模拟到了整个时代生活运行的某种独特的韵律。当然，形式最终要通过内容来证明自己，但是内容也必然要依靠形式来延展自己，否则，拘于一种固定的形式，各种各样的生活内容也许会给作品带来各种色彩，然而，很难表达某种超越自身的美学境界。

由此说来，艺术的魅力常常不是表达某种观念或者对生活的判断，而是表达某种意味和境界。这种意味和境界也许常常是象外之象，羚羊挂角，无迹可求，但这正是艺术的迷人之处。一位学者在评论贝克特的《等待戈多》时说，他十分赞赏的并不是作品的内容，而是作品的形式。因为他觉得作品所表达的内容，他曾在中国道家和佛家的经典里早就看到过，但是贝克特能够用这样具体的形式表现在舞台上，实在是了不起的。这位学者之所以这样来评论贝克特，我想大约其中还隐含着这样一层意思，这就是他从贝克特作品中所获得的审美感受，并不是建立在作品所表达的某种观念基础上的，而是作品通过特定的形式所显示出的那种独特的美学意味。

三

在这方面，艺术家同评论家一样面临考验。在任何条件下，艺术家要创造新的艺术境界，从他原来驾轻就熟的路径中超越出来，必然要冲破种种习以为常的偏见和规范，经过一番艰苦的艺术拼搏才能实现。这时，对艺术家来说，形式上的迟钝和内容上的贫乏同样会造成艺术创造上的蹒跚不前。某种既定的艺术形式的规范，会阻隔通向新的艺术境界的道路，这即便在一些伟大的艺术家那里也会发生。高尔基晚年就在艺术创造中感受到这种苦恼。他给罗曼·罗兰的信中谈到，他非常不满意自己在创作中仅仅作为一个"讲故事的人"，而无法表达出他心灵中的负重感。不言而喻，这种负重感是同高尔基对人类生活深刻的洞察力和内在体验连在一起的。

但是高尔基最后并没有能够再一次突破自己，进入一个新的境界。这显然是和高尔基某些凝固成形的艺术观念有关联。作为社会主义现实主义创作方法的创始人，高尔基在一定程度上限定了自己的艺术眼光，这明显地表现在他对二十世纪初一些艺术更新现象的误解和偏见，由此阻碍了他在艺术创作上的自我更新。尽管高尔基在现实主义创作中取得的辉煌成就，足以奠定他在世界文学中的大师地位，但是这在他个人的艺术追求上终究是个遗憾。

造成这种遗憾意味着艺术家在艺术追求中丧失了某种主动性，由于缺乏克服自我的勇气，他将失去在艺术上突破的机会——事实上，对任何一个艺术家来说，这种艺术上突破的机会，是十分难得的，这不仅需要艺术家某种深厚的生活积累和艺术积累，而且需要一定的历史时机和社会条件。因此，这样的机会对一个艺术家来说，一生能够获得一次、二次，已经是很幸运了。而它们常常又是一旦错过就无法追回。这个机会是艺术向前跃进的机会，艺术家错过了它就意味着后退。然而，并不是所有的艺术家都能抓住这个机会的，有的拘于某种艺术观念上的偏见，某些艺术经验也会成为保护自己、维护自己原有的艺术天地的武器，为其艺术创作的发展打上一个又一个的休止符。这时，形式常常成为加固了的篱笆，使自己无法超越。

这里，人们也许能够听到一些司空见惯的辩护词，就是把对艺术形式的强调看作是形式主义态度，因而把对形式的漠视认为是对内容的强调。其实，在很多情况下恰恰相反。在对艺术形式的轻视，或者漫不经心之中，往往在其意识深层潜藏着一种真正的形式崇拜，即把某种既定的，为人们所熟知的艺术形式，看作是万能的，仿佛像一个能无限膨胀的口袋，能装下一切内容。形式和内容在人们整个思维过程中偷梁换柱的现象，也非常容易造成艺术感觉上和判断上的错觉。

不让这种错觉来左右创作意识，就必须建立一种动态的整体的艺术观念。在艺术创作中，内容和形式是在一种多层次的不断转换和相互渗透过程中存在的，它们都在证明和表达着对方，同时又通过对方来证明和表达自己。内容和形式在运动过程中都有着自己确定性的一面，又有不确定的一面。例如曹雪芹在《红楼梦》中把"梦"当作对生活的一种隐喻，作为内容来说，它是具体的，又是无法确定的、神秘的；作为形式来说，它具有不确定的品格，但又包含着某种确定的喻义，创造了一种神不离形，形外有神的境界。艺术内容和形式常常是彼此承担着对方，共同完成着一种独特的美学过程。

在这个过程中，我们发现，任何一种内容和形式的美学价值和功能都不是既定的、一成不变的，而是时常存在着互相超越对方和通过对方超越自己的可能性。这种可能性实际上造成了在艺术世界里，任何一种因素都具有一定的弹性限度和伸缩能力，给不同艺术个性和风格之间的相互竞争提供了广阔天地。一种特定的内容，被不同美学思想所理解，通过不同的艺术形式来表达，会产生风采各异的艺术效果。它可能被集中，也可能被扩散；可能被扩张，也可能被压缩。艺术形式的效果也常常由此不同。在不同的创作心境中，会发生种种不同的变异现象。所以，在艺术世界中，一切因素的价值都是变化不定的，此高彼低，时涨时落，常常取决于艺术家创造的智慧和能力。在一种动态的多层次的艺术铸造中，任何一种具体的生活内容都有可能在向形式的转换中，获得某种新的美学价值。它不仅能表现出具体生活的独特性，即作为一种具体实在和人们直观感觉发生密切联系；而且能表现出主体意识的独特性，即作为一种内在的幻想唤起人们心灵深处的东西。于是，内容的构成，会使内容本身具有一种超越自己的形式的意义。而这种意义往往使作品获得了更为深刻的美学意义。艺术家总是在不仅发现了具体生活本身，而且发现其中更隽永意味之后，才不顾一切地投入艺术创作的。这部分意味不仅属于个别的具体生活，而且还属于艺术家在整个人生中的感受。在现代艺术创作中，很多艺术家，例如鲁迅、马尔克斯，正是发现了具体生活内容的某种形式的意义之后，才真正跨越了具体生活内容的局限性，走向了更开阔的美学境界。

因此，如果确实有必要在艺术创作中确定内容和形式的美学关系的话，那么这种关系也必然是多重的，有正面的，也有反面的；有定形的，也有变形的；有内部的，也有外部的等等。也许这种多重的美学关系是在这样一种情景中被确定下来的：因为艺术家实际上面临着一个与他主体世界产生多重关系的对象世界，这个对象世界的不同事物同他的主体世界构成多种多样奇妙关联，艺术家要把它们聚集起来，熔铸成一个有机整体，这就需要用艺术方式把它们联结起来，确定下来，用不同的方法来实现自己的艺术构思。艺术家在确定自己与对象世界的不同关系时，同时也确定了内容和形式多重的美学关系。

写到这里，我所感到惋惜的是，我们还不能完全舍弃内容与形式的界定，真正进入一个完全不能用单一尺度来衡量的艺术世界。尽管如此，我希望能够表达出这样一种思想，就是在艺术创造活动中需要一种对特定的内容和形式在观念上的超越。因为在我看来，所谓内容和形式，永远不是艺术的实体，而是我们认识艺术所借助的思维桥梁。而这种超越是在充分理解艺术活动整体的美学面貌基础上实现的。因此，我们的全部目的并不是使人们在内容和形式的复杂关系中辗转反侧，而是试图唤起一种博大的美学精神。

1986 年 2 月

之四

艺术的具体性与抽象化

在艺术的天平上，一头是作品所描写的具体生活，一头是世界包罗万象的一切。在文学史上，没有哪一个艺术家不期望用自己作品有限的内容通向无限的生活，也没有哪一个艺术家甘愿去做一个单纯的故事的陈述者。相对来说，也许某种艺术的内容是微不足道的，和包罗万象的生活之间存在着漫长的路途，无数的艺术家都在进行艰苦的跋涉。一个艺术家，哪怕描写的东西多么微小，但他总是永无满足地企求包容的意义多些，更多些。难道托尔斯泰的《安娜·卡列尼娜》就是一个女人背弃自己丈夫的故事吗？难道鲁迅的《狂人日记》就是要给人们展示一个臆造的狂人的胡思乱想吗？显然不是。他们作品的不朽价值，正好表现在作品内容已超越了原来的具体生活的特指，从而具有对整个生活的某种深刻的概括意义。也许，正是艺术家普遍地具有"包罗一切"的欲望，文学才脱去了从民间故事带来的原始的服装，戴上了艺术的冠冕。因此，文学进入自觉创造的时代，在五彩缤纷的具体生活画面后面，隐藏着一种特殊的追求，这就是艺术概括和抽象的意义。古往今来，文学所具有的具体性和抽象性的含义在不断地改变着，它们就像一对同身异首的兄弟，永远在不停止地争论，但也一直没有分离过。

在艺术与生活的关系上，我们曾经长期围绕着个别与一般这对哲学概念兜圈子，希望个别与一般能够在艺术形象中和睦相处。但是，无论我们如何强调个别与一般密不可分的联系，却都依然无法证明个别能够等于一般。因此，为了使自己的作品容纳更多的生活内容，艺术家总是寻求从个别的具体生活通向整体生活的最宽广的道路。然而，在文学艺术中，无论选择如何典型的生活现象，都无法避免它所天然具有的局限性。它不可能在整体意义上代表整个生活。

因此，艺术家的道路是艰难的，也是危险的，他是在两面都是悬崖峭壁的一个窄小的路上行走，稍有不慎，就有堕入深渊的危险：向左，是堕入艺术抽象化、概念化、公式化的说教；向右，沦为自然主义境地。艺术家努力张开生活之弓，要想让自己作品的思想之箭射得远一些，就要充分发挥弓的弹性，以艺术的力把它张到最大限度。但是，具体生活之弓的弹性是有限度的。假如超过了这个限度，弓就会断裂，艺术创作就会毁于一旦。在以往的小说创作中，这种诱惑总是伴随着潜在的危险，一直在威胁着艺术家。

文学在自己的发展过程中，逐渐从其他人类生活门类中解放出来，先从劳动、游戏、宗教文化，又从历史、政治以至哲学中解放出来，成为一个相对独立的王国。同时它又在不断开放，扩大自己的疆域，同人类的整体生活发生愈来愈深刻的有机联系。在古希腊时期，悲剧之父埃斯库罗斯已不满足于希腊神话中人神合一的历史编年史诗，写了《被缚的普罗米修斯》，宣扬一个众神的叛逆形象。在文艺复兴时期的莎士比亚，写了《威尼斯商人》，想把一场有关法律上的纠纷，推及人们之间一般的道德冲突之中。古典主义时期的莫里哀的《吝啬鬼》，想给生活中一切小气鬼和贪财者定型画像。十九世纪的巴尔扎克用小说写了一部贵族社会的兴衰史，托尔斯泰沿着传统小说创作的道路，登上了艺术的高峰，利用自己所建造的巍峨的艺术大厦，宣传他独特的人类爱的思想。这时候，应该说，托尔斯泰手中传统的艺术之弓已经张到最大限度了。《安娜·卡列尼娜》之后，托尔斯泰已开始向艺术抽象性的悬崖方面倾斜了。在《复活》中，当他的思想家自我加快了脚步时，他那艺术家的步履却仍然在原来传统的创作方法中蹒跚。因此，艺术"断裂"的迹象出现了，作品中明显流露出的说教口吻，使每一个真正热爱托尔斯泰的人感到遗憾。

由于思想无法在艺术作品中得到完满的体现，常常造成艺术家的痛苦。一九二三年，高尔基在给罗曼·罗兰的信中就曾写到过，由于他有时纠缠在小说的具体生活中，就不得不成为一个纯粹说故事的人，以至于无法表达出他对生活的全部认识。也许正是这个缘故，艺术开始了新的沉思。新的探索就是在这沉思的苦闷中产生的。正是在这种情况下，现代著名作家安德烈·纪德说过这样的话："我希望我的小说能包罗一切。"二十世纪以来，作家们都力求以自己的新颖创造去"包罗一切"。

这里，海明威的《老人与海》是值得我们思索的。这篇作品经久不息的艺术魅力，如果仅仅归结于一个老人捕捉鲨鱼的故事，就陷入荒谬的解释了。这个故事显然不是作为一个具体生活的个体存在的，而是对整个人生道理的一种艺术抽象的生成物。故事仅仅是一个外壳，包容着一个伟大艺术家对生活长期的深思熟虑。艺术家对世界所意识到的一切，一切生活所赋予艺术家的，都在这短暂的老人与海的搏斗中表现出来了。当今优秀的艺术作品，几乎都在内部包含着一种对整个人生意味深长的隐喻。例如鲁迅的很多作品，也具有"包罗一切"的深刻含义，生活赋予他的一切沉重的负荷，都安然地包容在他的小说的内容之中。《狂人日记》的内容，就其具体生活的意义来说，也许是微不足道的，甚至是荒诞的，但它却负荷了鲁迅对中国封建社会的全部认识和感受。我们读这篇小说时不得不从一个疯人的胡思乱想中走出来，而不是像读《安娜·卡列尼娜》一样走进去，从对生活的某种象征和隐喻中，去领略另外一个大千世界即作者的内心世界。读过《狂人日记》之后，我们实际是摆脱了作品的表层结构——狂人的呓语，在心灵中产生一种"扩展"，使我们重新去感受、体验和思考整个社会生活。在艺术意义上，所谓"包罗一切"，并不是要作品去包罗世界的万事万物，那是不可能的，它只能包罗艺术家所能真正认识和感受到的"一切"。这"一切"的质量往往在很大程度上决定艺术家创作的价值。但是一个艺术家价值的真正实现，却不在于他拥有多少的"一切"，而在于他是否能用自己艺术作品的有限内容去表现这一切。秤砣虽小压千斤，这句话在艺术中同样富有深意。如果在十九世纪，人们告诫任何一个艺术家"不要去读黑格尔哲学"，"不要对人生做过多的理智的思考"，起码会被认为是种善意的劝告话，那么进入二十世纪后就大大不同了，一个真正的艺术家总是尽可能地在思想上武装自己，要去读哲学、政治经济学、伦理学等，要去学习和理解马克思主义，思考人生一切深奥的哲理。

当然，当我们说艺术对具体生活超越的时候，很容易引起一个误解，认为这将导致对艺术的具体性的否定。事实并非如此。就现今的一般的艺术事实看来，艺术的具体性仍然是作品美学价值实现的基础，但是这种具体性的内容在不断地丰富和多样化。在小说中，典型环境中典型人物的意义，也许至今仍然是其中最普遍的一种重要含义。但是同时还应包括其他的含义，例如某种特殊的情绪，独有的感受，在生活中发现的某种有趣的排列、内在的组合等等。这种具体性的意义主要表现为：第一，作家在作品中表现的对某种生活的发现是具体的、独特的，来自具体生活的；第二，作家所借助的艺术外壳是具体的，这种具体性也已发展到了具有风格感的语调、语气，以及对生活现象的合乎科学的探讨和重视等方面。例如《狂人日记》，作为内容的故事外壳，完全合乎一个精神病人的思维逻辑，鲁迅显然借助了自己的病理知识才写得如此惟妙惟肖；而作为内容的深层结构，鲁迅对于中国社会独特的认识，同样是鲁迅所具体深切地感受到的。正因为这两者的高度结合，形成了作品对社会生活高度抽象化的艺术表现。

也许有人认为，在艺术中对具体形象的超越，会导致典型"虚化"的现象，而这只是一些个别的事实，与我们当代文学的发展关系不大。其实不然。在我们的文学中，不仅早已出现了这种事实，例如鲁迅的小说和当代王蒙等人的作品，而且潜伏着实现这种超越的巨大力量。这种力量就是我们很多作家积累的对整个社会和人生的认识和感受，愈来愈深刻化、整体化、全面化了，使单纯的故事和人物的外壳难以容纳这日益膨胀的认识内容。例如在蒋子龙的小说中，我们就可以看到某种超越具体形象的跃跃欲试的姿态。为了表达出他对生活的全部认识，蒋子龙不仅极力选择适合体现这种认识的人物，而且利用各种机会让人物发表长篇议论，来表明自己对生活的看法和期待。在这些虽然枯燥，但有时又不乏精彩之处的滔滔不绝的议论中，我们不时会感受到一种力的冲动。作品中思想的力不断冲击着具体人物和事件的堤坝，企图摧毁它、超越它；当思想的力愈凶猛撞击的时候，具体人物界定的堤坝就愈加受到严重的考验——恰巧在这时候，正是引起一般批评家对流于说教和概念化提出警告的时候。显然，在特定的艺术条件下，这种警告是合理的。假如有人对这种警告提出什么微辞的话，那就是他还没有看到作者深刻的思想的积聚，具有某种超越具体形象潜在的冲决力量。

我们之所以有意识地提出这种超越，是因为我们已感觉到这样一种文学趋势：艺术在向高级阶梯发展，艺术家和哲学家、思想家之间的鸿沟已开始被成功地跨越，当今任何一个具有世界意义的艺术家，都必须同时也是深邃的思想家和哲学家，鲁迅、萨特、福克纳等等都是这样；他们作品的美学意义，不仅是给人类描绘了某些历史生活的画卷，而且熔铸了某种人类的思考力量。一个艺术家如果对人类生活没有深刻的思考，如果没有能力把这种思考熔铸到艺术作品之中，他就将永远是一个平庸的说书人而已。这种说书人是不能列于世界艺术之林的。因此，我们期待着能把高度抽象的思想同高度具体化的艺术表现统一起来的艺术家，我们需要在新的艺术阶梯上搭起一座桥梁，让艺术的具体性和抽象化重归于好，再度团圆，就像久隔在银河两岸的牛郎织女一样。

1983 年 2 月 16 日

之五

批评的范畴与范畴的障碍

在文学批评中，概念和范畴是批评家必须依赖和使用的思维支点。借助一些概念和范畴，批评家把某种浑然一体的艺术境界，划分成某些清晰可辨的板块或者结构，在艺术迷宫中建造了一些走马观花的路径，以此来理解和解释艺术本身的奥秘。于是，层出不穷的概念和范畴，成为文学批评的必然现象。而且，人们创建新的概念与范畴，延展旧的概念与范畴的能力，似乎也成了文学批评创造力的标志和表现。例如内容、形式、主体、客体、思想、技巧、方法、结构等等，文学批评的很多奇妙之处就是在其间穿梭游弋，其涯无尽，其乐无穷。

然而，文学批评中的概念与范畴，偶尔也会给人一种困顿的感觉。尤其在我们深入到某一种概念和范畴内部的时候，层层掘进，思路愈来愈尖利，概念愈来愈清晰，划分愈来愈细密，得意之时，突然惊悟，方知陷入概念与范畴的涡流，距离艺术的真实河道相去甚远。这种情景就像我们在进入一座层层相套的房间，我们不断地打开里面的房间门，不断地走进去，走进去，越走越暗，越进空间越小，与艺术本原的氛围相隔就越严重，最后才发觉自己走进了一个没有自然阳光和空气的地方，茫然四顾，不过都是些装饰自我的广告张贴画。由是，我始终觉得，文学批评既需要概念与范畴，但也需要阳光和空气，以及清清的流水，一望无际的雪原和草地。如果两者不可兼得的话，我宁肯拥抱后者。

由此我想，在文学批评中，概念和范畴常常也是一种自我设置的障碍。这种障碍因为经常是我们乐意设置的，因而较难觉察。

例如文学创作中内容与形式的问题，过分地强调它们各自概念和范畴的确定性，会使批评家濒临某种危险境地。无论你能列举出多少条确切的理由，文学创作呈现于人们面前的都是一个浑然天成的艺术世界，本身是难以分割的。而分解式的分析和判断，很难避免其艺术韵味的丧失，犹如我们把握水的性质，把它分解成两个氢原子和一个氧原子来看，水本身已不再存在一样。文学批评应该尽力避免这种悲剧，它的魅力和创造性在于，根据更广大和可靠的艺术实践，更新或者创造更深邃和优美的艺术世界，而并不在于分解和摧毁艺术家所造就的作品世界。这也许很难，但并非无法达到。文学批评中所揭示的一切使人心灵得到快感的东西，一切给人们生活以独特启示的东西，一切使人的感情得以解脱、升华的东西，一切把人们带到一个神秘的未知世界的东西，都在建构和充实着这个独特的艺术批评世界。

这个批评世界的建立，当然有赖于对一些固定的批评范畴的突破，它不能仅仅依靠对艺术某种因素的分析来确立自己，或者为了更顺利地说明艺术，而把艺术分解成易于辨认的几大块。其实，依据某些固定的范畴所进行的分解式的文学批评，之所以引起人们的怀疑和不满，并非完全摈弃一切批评范畴，而在于它潜存着一种分离艺术本身的趋向。这使得文学批评经常自觉或者不自觉地在批评过程中"偷梁换柱"，把对艺术的追求转换成了对于范畴和概念的考究和阐释。有时候，大家会围绕着一个范畴和概念考究和解析，冥思苦想"它说的到底是什么意思"，而忘记了"自己到底要说的是什么意思"，这对文学批评来说，处境多少已有点尴尬。批评的创造性只能被抑制在一个很小的圈子里，以至造成批评的变异，以概念高深玄妙，范畴林立而得意自偷。别人难以走进去，自己也不愿走出来。也许走出来了，那个批评世界就不存在了。这里必然会产生一种对批评自身的疑问：批评同创作相比照的独特之处，是否就在于确立一些概念和范畴?

这当然不能轻易一板敲定，因为至少我们现在的文学批评，还不能摆脱一些必要的范畴概念的纠缠，因此也不能否定讨论这些范畴概念的必要性。但是，不能由此来怀疑对范畴的怀疑，用范畴来捆住文学批评的脚步。在文学批评中，任何一种范畴都有其天然的局限性，因为它毕竟是种主观思维的成果，和我们所要认识和探讨的那个对象世界有一段距离。它只能帮助我们接近那个世界，而不可能代替那个世界。在文学世界中，尤其如此。谁能够在内容与形式，主观与客观之间划分一条明确的界线呢？又有谁能够在内容之中排除主观或客观的因素呢？文学批评创造或者借用了形形色色的范畴概念，它们所表达的意思当然有所差别，但是这种差别不是彼此独立的，而常常是互相纠缠在起一的，你中有他，他中有我，是互相解释和说明的，如果说在浑然一体的艺术生命形态面前，任何一种范畴都会显得苍白，那么文学批评要生气泻注，就要超越和突破这些范畴的局限。一方面要从过去的范畴中解脱出来，不断建立更接近艺术实践的新范畴；另一方面在借助范畴概念的过程中，从封闭性走向开放性，注意各种彼此对立和不同范畴之间的交合关系，从中悟出艺术更深刻的含义。也许我们现在只能如此而已。

这里，我不禁想起了西方文艺理论宗师之一的柏拉图，他的逻辑思辨的力量波及了西方文艺理论的各个领域。同时我还想到了中国古代的老子，他所追求的"大象无形、大方无隅"的艺术境界，同样是一种文学批评的理想境界。要实现这个理想境界，突破范畴的障碍，是第一步。

1986 年 5 月

之六

当代文学批评面临的"断层"

当文学创作开始潜入历史生活深层，企图把握整个民族文化意识之时，有人似乎感觉到了一种来自文化实体自身的考验，于是提出了文化意识中一种特殊的概念——"断层"。显然，提出这种概念的人，只是想表达某种对整体文化历史现象的理解和感觉，并没有对这种概念本身进行多方向的理性逻辑的检验和斟酌，引起一些非议不足为奇。尽管如此，"断层"的提出促使人们更深入地去认识自己民族文化的历史结构，并且注意到这样一个事实：由于历史的沿革和外来文化的渗透，在中国社会生活中造就了一种多层次与多极存在的文化结构，其中包含着各种物质生活形态（包括最现代的和最原始的）长期积淀下来的内容，在人们的现实意识中不断进行着多种文化情愫的碰撞、交流和融通。这个现实的民族文化实体是历史生活纵向发展的产物，又是在多种文化横向发展的交融中铸造成形的。

由此来说，"断层"在我们生活中并非虚有。它像一个幽灵，飘游在由各种社会力量所聚拢的生活群体之间，体现着文化意识中相互难以进行对话的不同层次分离现象的存在；它对于封闭的心灵状态来说，能够发生一种天然的屏障作用，使其完满，始终保持一种良好的自我感觉；同时在面临一个开放世界之时，又会轻而易举地粉碎人们自以为稳固的自我世界，让人产生一种顾此失彼，失魂落魄的感觉。这就使得当代中国的作家和批评家，都不得不时时扪心自问：你真正了解自己的民族生活吗？你笔下写的和你所理解的中国人是真实的吗？这种疑问会带来困惑和不安，而困惑和不安又会带来寻觅和探索。于是，有人提出了"寻根"，被超级市场、迪斯科舞厅的喧闹遗忘的山间小路被重新清扫了出来，一些艺术家又拿起了祖辈留下来的小铜锣，叮叮当当开始寻根刨底地向历史文化询问。小说家王安忆、阿城、郑义等新近的一些创作，就都表现了这种方向上的努力。

对艺术来说，这也许表现了一种对心灵的咨询。艺术家在历史文化岩层上的敲击，是为了引起现实的民族情感的回应，由此沟通因文明与愚昧、科学与迷信、现代生活和原始风俗彼此离异而造成的心灵隔阂。当然，对于最终消灭造成这种隔阂的物质基础和社会存在，艺术也许是无能为力的，但是艺术能够在彼此不同的生活中找到人们心灵相通的东西，在历史中找到现在，用情感之光把它们照亮，把历史和现实、理想与现实联结成一个美好的整体存在，用友爱和彼此相容的精神使生活充满温馨。

显然，这不仅是文学创作的神圣使命，也是文学批评的使命。就中国社会独特的历史文化背景来说，要完成这个使命，或许批评家要比创作家承担更为沉重的负荷。他们不仅和作家一样面临着来自生活的各种文化相互冲突的错综复杂的局面，接受历史发展和现实要求之间所表现的巨大"断层"的考验，而且要消除另外一种来自艺术世界本身的"断层"，这就是艺术在情致、趣味、风格等方面的各种微妙的审美差异，由各种不同的艺术形式、手法、格式所造成的不同的艺术认识，横卧在作家与欣赏者之间，也分布在不同的文化群落和审美群体之间，造成作品世界与生活世界之间常见的遮蔽现象或者离异现象。当然，创作家可能有理由沉浸在自己所创造的独特的艺术世界之中，拒绝为这种差异负责，因此很多艺术家对于人们某种要求解释的询问可以不以为然。然而文学批评却无法逃避这种责任。也许批评正是由艺术中这种沟壑的存在而存在，它不仅必须向作家负责，向作品负责，而且也要向艺术接受者负责，既向艺术的具体形态负责，同时也必须向人类整体的美学理想负责。因此一个真正的艺术批评家要把个体的心灵同整个人类的群体意识联结起来，用心光照亮艺术世界中某些神秘幽远的角落，使更多的人感到人生的亮色，就注定要走一条充满荆棘沟壑、无限遥远的道路。

这条道路艰难地摆在中国当代批评家面前。中国特殊的国情和它在世界生活中的位置，使其在一个开放的情景中成为一个多种文化交流和竞争的场所。五花八门的文化思潮的涌进，正在改变着原来的文化结构，而传统文化并不示弱，它张开巨大的意识之网，时刻准备吞食和俘获任何异己的因素。这种复杂的过程始终在一个多层次的文化结构中进行着，它一方面把人们的思考带到一个辽阔的文化空间之中，充分感觉到精神文化的丰富性和差异性，不断充实和丰富自己的精神文化；另一方面则使人们很难选择一个稳固的基点来整体地把握中国文化，因为正是这种冲突使得中国精神文化的裂变过程加速了，而物质生活发展进程的相对缓慢及极不平衡的过程，使文化层次的间距拉大了。对文学批评来说，曾经使批评家和创作家共同迷恋过的、赞美过的千差万别的生活事实和文化现象，从国家到民族，从生活到心灵，从内容到形式，在另外一种情景中则成为阻碍心灵交通的潜在的意识和情感障碍，成为批评家必须去不断征服的群山峻岭。

因此，在当代中国，即便是非常有才气的批评家，也会常常感到迷惑和困顿。这种迷惑和困顿往往并非由于无可选择，而是由于难以选择。一个批评家，当他愈是进入一种广阔的艺术世界，就会愈强烈地感觉到来自各方面艺术力量的挤压，必须在多重冲突造成的间距中不断调整自己的位置，例如在通俗文学和纯文学之间，在写实主义和意识流之间，在客观和主观之间，甚至在艾青和舒婷、高加林和刘巧珍之间等等，都似乎构成了一种二难选择。而且，仿佛在任何一种选择之中，都隐藏着一个文学的陷阱，它以大量的生活事实和艺术原理装扮了自己，编成漂亮的花环，吸引和迷惑着批评家去赞美它，但是当批评家一旦完全接受这种诱惑，陷入一个小圈子里不能自拔的时候，那些漂亮的花环又会薄情地拂袖而去，听任文学泛起的新潮把批评家淹没。确实，正如一叶扁舟，一旦驶出了古老狭窄的传统文化的河道，进入了波涛汹涌的汪洋大海，中国当代批评家时常面临着被彻底淹没的危险，而深藏于文化历史河流底层的"断层"常常以它神秘莫测的力量制造着这种悲剧。也许问题在于，尽管批评家能够意识到一个整体的多层次艺术世界的存在，但是由于不同的文化层次造成的遮蔽，限制了批评家主观的触觉，使他很难整体地把握自己和把握艺术。

实际上，由于当代中国批评家大多数长期生存于一个封闭性艺术空间里，受到传统艺术氛围的培育，他们所具有的自然的艺术秉性和现在所意识到的现代艺术观念有很大的差距，这在批评的思维方式中造成了感性和理性、知觉和观念之间的裂痕。批评活动中常发生这样奇怪的现象，感觉了的东西并不去真正理解它，而所谓理解（被理论化）的东西却缺乏感觉。例如批评家可以不断从现代艺术中寻求新的观念，但是传统的艺术作品往往对他们有一种真正的吸引力，使之迷恋陶醉。同时，批评家可以对一切现代艺术观念一味倾心，但对真正的现代艺术作品未必能欣赏，理性上的"想读"始终难以抵消感性本能的"不接受"。所以有些具有些现代艺术观念的批评家，也许理论上有充足的理由，但是面对一幅毕加索的画，或者艾略特的诗，往往会遇到一个"能否真正理解"的简单的难题。历史赋予当代中国一代批评家一个几乎是先天的缺憾，当他理解了"现在"并期望把握"未来"时，会产生一种与"过去"失却联系的飘忽感。而这又形成了当代中国批评所必须承担的一种历史责任，就是寻求一种中介或者途径，克服历史造成的这种"间距"，进入新的美学境界。

各种现代自然与社会科学方法论正是在这种情况下被卷入到当代中国文学批评变革之中的，批评家在自己审美意识难以向新的境界延展的困境中，发现了一种走出原来自我的途径和桥梁，以便站在一种对等的台基上，和现代艺术创作对话。现代科学创造的方法成果受到了如此普遍的欢迎，以至于从控制论到系统论，从测不准定理到模糊数学，张力、耗散结构、对应效应等等，都成了解释和分析艺术现象的灵丹妙药。反常的是，这些现代科学方法，在自己诞生的故乡也并没有在文学评论中得到如此普遍的青睐和如此高的美学身价，我们在欧美现代艺术批评中，也未能看到如今在我们批评中的那么多公式、表格和箭头。

　　对此虽然有些人表示过怀疑和不安，但是几乎没有人去追究过其中隐藏的历史发展的奥秘。细细审视一下中国文学批评的历史基础，就会发现，当代中国文学批评为了弥补艺术意识中某种失落的环节，才踏上这座必要的桥梁的。它无法在自己旧的基础上发展自己，所以借助某种外在的科学方法的中介来更新自我，以期新的发展。因此，科学新方法介入文学批评，它同艺术对象、艺术审美活动之间表现出一些过于勉强的合作，甚至格格不入，这并不值得过于惊讶。因为这种批评建立的文化基础，就不是稳定的，而是不断晃动着的，不断进行着巨大的板块移动。这种移动在当代文学批评意识中将造成很多裂痕。文学批评创新者必定要忍受一次同自我传统的审美意识分离的苦楚，同时还冒着未必能得到现代艺术承认的危险，被看作是一种标新立异的畸形儿。也许借助科学方法的文学批评活动，会给后人留下一些笑料。就当代中国很多批评家来说，虽然对于各种科学方法很有热情，但毕竟所知甚少，很难精确自信地把握它们的实质和内涵。这正如我们对木制的算盘熟悉程度远远超过电子计算机一样。

　　如果从这方面去理解所谓"断层"的存在的话，那么，当代中国文学批评确实面临着许多"断层"。这是由于多种时代文化过于匆忙地挤压在一起的结果，造成当代中国批评意识和观念纵横交错的复杂局面。显然，"断层"的存在，是当代中国文学批评的困难，尤其是当批评家还未清晰地意识到它而未能把握它时。但是这也是当代中国文学批评的魅力所在，尤其是当我们拂去了中国文学现状表面缤纷的落叶，把意识深层的沟壑袒露在文学批评面前的时候。同时也就把无数人生和艺术的难题摆在了文学批评面前，把大片的未开垦的文学批评处女地展现在批评家面前，要求当代中国文学批评去探索和解答，去开垦和收获。历史是把一个极其丰富的黄金世界带到了当代中国批评家的面前，然而却把开启这个世界秘密的钥匙放在了另一世界的彼岸内闪闪发光。当代中国的批评家，就会集在这由"断层"构成的峭崖边缘，面临身坠悬崖的危险，在向充满希望的彼岸世界奋力一跃。

在这奋力的一跃之中，当代中国文学批评将体验到一次自我丧失的感觉，因为谁也不能消除自我坠毁的危机，然而更能表现出一种超越的喜悦感和悲壮感。在这种情形中，当代中国文学批评的任何创造和发现，都必然是同循规蹈矩、安于现状的态度无缘的，它们应该也必须表现出对于原有的文学批评方法、观念和思维方式的超越，包括对于任何一种狭义范围，包括中国和外国文学观念、内容与形式的超越，并在这种超越中塑造自己，建造新的文学批评基础。毫无疑问，要实现这种超越，不仅需要一种充满生气的创新精神，而且需要一种豁达的、兼容一切的美学胸怀，它以一种平等精神来吸收各种各样批评方式的经验，把自己的创造建立在整个世界文学发展的基础上。由此，当代中国文学批评将真正获得丰富的自我形态，不再需要对某一种批评思想模式盲从和顶礼膜拜，或者仅仅成为某种文学现象、运动和流派的辩护士。而当我们文学批评的基点，不再是建立在某一块固定的或飘浮的极块之上，而是建立在艺术的整体世界之上的时候，经纬纵横的多元化的文学批评方式将罗织成一种艺术与生活、心灵交通的信息之网，多样化的艺术存在将显露出更深刻的人类意义，给当代中国的文学世界带来活力。

到这里，我们或许仿佛从面临深渊的危机中逐渐解脱出来了，尽管面临着由历史发现和现实存在造就的无数个"断层"，当代中国文学批评赢得了一次超越它们的主动性。当代中国文学批评在接受一个曾经被封闭的、规范化的批评世界的遗产时，中国文化的发展已走向一个多样化的开放境界；在一个永远呈现出"现在时"的艺术世界之中，历史纵向发展过程中所失落的环节，有可能被世界横向文化交流的桥梁所连结。当然，我们也许要付出双倍，甚至更多倍的气力。

也许，我们建造的只是桥梁，而不是世界。

1985 年 10 月

之七

方法、对象、观点及其他

——关于运用新方法的一些思考

随着我国文学创作的黄金时代的到来，文学评论和研究在新的变革中走向繁荣。人们对于新的研究方法的运用和探求就是一个明显标志。面对以往那些理论模式，人们已不再怀抱单一的自我满足的态度，而是从长期形成的封闭心理中解脱了出来，把评论和研究的眼光从过去转移到了未来，投向了更广大、更深邃的空间。在这个过程中，对于新方法自身意义的讨论，显示出了现实的美学意义。显然，新的研究方法一旦进入具体的研究实践，就必然同研究的客观对象、研究者的思想与学术观点，以及世界观发生极其密切的关系，而方法的功能、作用和意义也正是在这种整体的交叉关系中实现的。因此，怎样正确理解方法与对象、观点以及其他意识因素的相互关系，是我们在运用和探求新的思想方法和思维方式时首先遇到的问题。

一、关于方法和观点的内在契合

在文学评论和研究的领域，运用新方法是否成功，一个主要标志就是方法和观点是否达到了一种内在的契合关系。在一种浑然一体的研究成果中，方法和观点总是难解难分的，研究方法不仅在对对象的研究中自然而然造就了观点的产生，而且清晰地展示了观点产生的合理性，阐明了观点的内涵；同样，观点也并非被动地接受方法，而是以自己的力量时刻在影响，甚至驾驭着方法，丰富方法的内容并证明方法的可行性。由此看来，新方法和新观点总是互相依存的，共同构成了对于事物的新的认知成果。

但是，在方法和观点关系上，我们的重心常常会自觉与不自觉地偏向观点一边，把方法仅仅看作是依附于观点产生的，只是用来阐释观点的。之所以产生这种现象，关键在于我们常常习惯于静止地、单一地看待问题，忽视了运用和探求新方法过程中的运动特性。实际上，人们之所以要选择和运用新方法，并不在于去解释自己原有的某种观点，而是希望用新的方法去获得新的认识，对事物得出新的结论和判断。显然，在这个过程中，方法是研究客观对象的途径，而观点则是方法实践的结果。因此，在运用新方法过程中，不仅要看到观点影响甚至决定方法的一面，更要看到新的方法导致新的观点产生的一面。两者都是不可忽视的，而我们现在更应该强调后者。因为在运用和探求新方法的过程中，是否能够对事物产生新的认识，造就新的观点，是新方法是否有生命力的关键。

其实，在文学评论和研究中走向新途径，并不在你是否运用了新方法，而在于运用了新方法是否得到了新的结论，对文学规律有新的发现和新的解释。这里反映的不仅是方法问题，还有一个思维方式问题。如果仅仅把某种新方法当作一种装饰，改头换面来解释自己的陈旧观点，或者对事物本来就没有过新的探索，只是滥用一些新名词，是绝对摆脱不了那种概念化、公式化的"说明书"式的巢穴的。这种做法所造成的方法和观点上的分离，是不能用几个新概念、新名词所能够弥合的。因为新方法的运用只有当你真实地感觉到新的问题，感觉到以往的方法已经无法解答这些问题，并在对过去解答的不满和怀疑中朦胧地感到了一种新的东西的时候，才具有真正的美学价值。只有探索真理的实践，才是真正赋予运用新方法的必要性和合理性的唯一依据。

因此，任何新方法和观念的内在契合关系，不是建立在对于过去的解释上，而是建立在对于未知世界的探索上的。新的探索不仅需要新的方法，而且也在造就着新的方法。而新的方法不仅造就新的观点、新的发现，而且需要新的观点加以证实和完善。我们所需要的正是这样一种方法和观点的内在契合。

二、关于方法与对象的距离感

在一些用新方法研讨文学现象的文章中，我们常常发现方法和对象之间的一种距离感，两者之间显示出了很大的间隙，往往在内容和形式、材料和结论方面显得有些格格不入。这些文章，尽管谈出了一些好意见，但是缺乏文学自身的那种亲近感，似乎使人感到不是在谈论文学。显然，这里就有一个方法和具体对象的结合问题。怎样消除这种距离感，使得新方法和文学实践水乳交融，也是我们文学研究是否永远保持来自文学实践的新鲜活力的一个重要问题。

除了我们对新方法还不熟悉、不适应的主观因素之外，这种距离感的产生还有来自方法自身的客观原因。任何一种新方法的产生，总是有它产生的客观依据的。尤其在现代社会中，一种新的思维方法总是和科学研究实践密切联系在一起的，有时甚至就表现为某种学科、某个科学对象研究成果的直接产物。例如结构主义，最初是在语言学科学中提出的。现代社会流行的控制论、系统论，其实就是现代数理科学的成果。它们最初表现为人们在某个学科的新的发现。所以，所谓方法并不仅是人们思维活动抽象演绎的结果，而且凝结了科学实践的结晶。正是人们从具体的科学发现中，看到了反映客观世界一般性的某种规律、属性、结构特征，把它从特殊学科中提取出来，延展到了其他领域，形成了新的研究方法。可见，任何一种新方法都有自己的两面性，一方面它自身具有某种带有普遍性的科学内容，能够引导人们触类旁通，在对事物的研究中找到新的角度、新的途径，从而获得新的发现；而另一方面，它必然带着孕育和产生它的那个学科的原始印记，这种特殊的印记必然给它带来了自己的局限性。在千差万别的事物中，这种特殊性就规定了它不能适应于一切事物。显然，如果在运用新方法过程中，仅仅看到了反映一般性的一面，而看不到它的局限性，盲目搬用，就难免造成方法和对象的格格不入。

由此看来，在运用新方法过程中，不是仅仅把新方法往具体的对象上一套了事，而首先要善于把方法"化入"具体的对象中去，使它和对象血脉相通，这样才能使研究工作有血有肉。要做到这一点，就必须对方法和自身学科有深入的了解。首先要尊重自己的客观对象，立足于自己的学科，实事求是地运用新方法；其次，应该认真研究和考察不同学科的差异性，注意它们之间的不同点和共同点，以避免做牵强附会，以牺牲本学科，来迎合新方法的内容。事实上，任何一种新方法都不能替代对事物自身的研究和探索，也不可能完成对事物最终的解释。从某种意义上说，方法常常只是一把钥匙，帮助打开事物一扇过去未被打开的门，要发现事物内部的秘密，还有待于进门之后的探索。在探索中，很有可能发现在其他事物中不曾发现的东西，也有可能并没有得到在其他事物中别人发现的东西。

三、方法、方法论及其他

把新方法"化入"对象中去，使之符合具体的科学实践，就有个鉴别、分析、加工、改造的过程。在这个过程中，研究者所持态度显然同所依据的方法论思想紧密联系在一起，只有坚持辩证唯物主义的方法论和世界观，立足于实践和发展变化的实践，才能更好地发挥新方法在研究中的作用。如果说，对于新方法的运用，科学研究实践给予了它客观条件，那么，具有正确的方法论和世界观的指导，则是它实现自己的根本的主观条件。虽然新方法往往是在客观实践中产生的，但在它的运用过程中，必然渗透了人的主观意识。

　　但是，正因为方法和方法论及世界观在运用过程中有密切关系，也使得人们常常容易把二者混淆起来，相提并论。长期以来，在学术研究中，机械地强调方法论和世界观的统帅作用，往往用方法论和世界观来代替对具体的科学方法的探求和运用，造成了不少混乱。至今，很多人一提起"新方法"，就似乎有些不适应，感觉到与我们的某些基本原理不协调，其主观原因就是还没有在思想上明确方法和方法论的科学内涵，因而对它们之间的辩证关系认识不甚清楚。

　　应该说，在科学范畴中，方法和方法论是既有联系，又是有严格区别的。方法是人们根据一定的科学实践和科学成果，来分析、研究、解决问题的途径。它本身就具有明显的客观性和特殊性。方法论则是建立在客观实践，包括人的认识活动基础上的，对于各种方法产生、发展、丰富过程的哲学概括，是认识和总结事物发展规律的高度抽象化的结晶。因此，对人们认识和改造世界的活动，带有普遍的指导意义。由此看来，运用和探求新方法和马克思主义的辩证唯物主义方法论及其世界观并不是"天然"相互抵触的。相反，它们是相互依存的。正确的方法论和世界观指导人们根据多种多样的客观实践，去探求和造就多样化的具体研究方法，正确地运用新的科学方法。与此同时，新方法的探求和运用又不断地充实和丰富着辩证唯物主义的方法论和世界观，使之随科学实践之树常新。

　　我们对于文学研究新方法的借鉴，着眼于它所体现的某种科学真理的内核，反映了某种客观事物的规律性。尽管很多新方法问世之后，被蒙上了各种迷离的思想色泽，也不管后人在某些片面的引申和解释中，掺杂进去了多少脱离实践的唯心主义意识因素，只要我们认真分析，去伪存真，去粗取精，新方法本身所具有的科学光泽是不会泯灭的。我们在新的领域中运用它、充实它、丰富它，本身也是对人类科学的贡献。

　　因此，要更好地运用和探求新方法，在文学评论和研究领域中，同样需要破除一些陈旧观念的束缚，把方法从一些僵死的政治概念中解放出来，赋予它真实的实践意义，尊重它自身的实践品格。这也正是我们辩证唯物主义者应具有的态度。当然，运用和探求新方法于文学实践，远不是一个单纯的理论问题，而是实践问题。只有在运用和探求新方法的文学实践中，我们所期望的情形才能得到印证。

1985 年 6 月 7 日

之八

文学流派、文学史及其他

文学流派是一种重要的文学现象，但也许更重要的是一种文学研究的方法。它的意义并不是去确定某种文学现象，而在于为我们研究和把握文学的历史发展，提供了一个新的角度和新的途径。

在某种意义上，文学流派就是这种天然的艺术桥梁，它一端联系着各种不同风格的万千作家和作品，另一端则从不同方面反映着文学的整体面貌。如果我们把一个时代的文学比作大树，把作家作品比作树叶的话，那么文学流派就好比树枝，它从树干上生长出来，又连带着许多小枝小叶，一脉相承，同生共长，而又各不相同。在文学史上，对各种不同文学流派进行整体性的分析研究，把对它们兴盛衰亡发展变化的理解纳入一定的历史范围和美学范围之内，必然有助于我们更好地把握和理解文学发展的整体面貌。

文学流派的研究方法应该是把历史的深度与广度结合起来的方法，这就是把对文学的横向研究与纵向研究，把任何具体的作家作品或文学现象，都放在历史纵向发展与横向联结交叉的坐标点上，进行综合的分析，把文学的横向联结——它表现于不同文化的互相交流、影响和交融过程中——作为文学发展中纵向突破的重要原因之一。同时，把文学发展的历史传统理解为文学横向联结的基础，它不仅决定着一种文学流派的生存价值，而且对外来的文化文学影响起到一种天然的"过滤器"的作用，依照一定的审美价值标准去自取所好。

在这个过程中，对传统文化本身的理解也在不断地更新。传统文化不是一条冰冻的河流，静止而毫无变化，它自身是在不断变化和更新，通过学习和吸收其他民族和国度的文化不断丰富自己，形成与其他文化相互影响、自身前后持续的生命系统。这个生命系统在发展中不是在不断地收缩，而是在不断地扩展，不断地"拿来"。文学在这样一个不断变化的母体中生长，它对传统文化的选择是多向的、有类有别的。例如在中国现代文学创作中，我们从鲁迅的作品中可以看到建安文学中的刚直和锋利，郭沫若的《女神》中有屈原、李白浪漫主义文学的传统血液。同时，作为一种生命创造活动，文学创作和传统文化的继承关系，不仅在于它从传统文化中吸取了什么，而且在于它给传统文化带来了什么，从外来文化中拿来了多少。文化（包括文学）横向联结的历史意义正是在这里表现出来的。没有这种横向联结，文学中历史的继承性只能流于一种师传的模仿，缺乏新的生命的创造。

这实际上是一个整体。文学发展总是根据某种传统文化的内在需要，来吸收外来文化的营养的，又是通过和外来文化的交流和比较，来发展自己的。对一个作家来说，他对自己本民族传统文化的认识，同他学习和借鉴外国文化思想是一个相辅相成的统一过程。他只有在丰厚的民族传统文化基础上，才能够吸收和消化更多外国文化思想的艺术营养。同时也只有进入一个更开阔的境界，把本国、本民族的传统文化和整个人类文化联结在一起，才能更深刻地理解本民族的历史文化，发现传统文化中的瑰宝并发扬光大。一个文学流派的特点和它生命的发展过程，也总是凝结着历史发展与横向联结的双重内容，师承与创新总是交织在一起的。文学流派的整个发展包含着时间的延伸，也包含着空间的扩展，而后者随着现代世界文化的发展，日益显示出自己的魅力。

实际上，对文学史仅仅做单向和静态描述的时代已经过去了。文学流派的研究方法就是基于对群体的考察，把对文学的静态描述和动态描述结合起来，去考察和体验文学作为一种生命过程中的一切悲喜哀乐和发展变化。因为流派本身最丰富的内容就体现在其生命过程中的光华，它的存在不是单一的，封闭的，而是不断地同各种社会生活进行着川流不息的交流，也进行着连续不断的搏斗。时代生活中各个领域的风波都会或多或少、或明或暗地影响着它的发展变化。

一般来说，一些文学流派的兴起，一些文学流派的消失，最明显地体现了文学发展中新质与旧质的更换。但是，这种更替大多数并非风平浪静，新的文学因素总是在矛盾与冲突中成长起来的，而且总是要面临来自各方面的思想观念的挑战。一种新的文学流派的产生与发展，也往往和一些旧的文学班底产生冲突，通过一番搏斗才能肯定自己。于是，在文学史上，各个不同文学流派之间的互相冲突和互相交流、影响和合作，是推动文学自身向前发展的重要动力。

为此，对文学史上不同的文学流派之间的比较研究，是我们认识文学发展历史的重要内容。这种比较能够使我们在动态中把握文学历史，从文学各种因素相互关系中理解文学变迁的前因后果。文学史是一个整体，但它不是混沌一片的历史意象，而是由众多的单元构成的有机整体。在这个整体内，不同风格流派的存在是必然的，一方面它们之间存在着矛盾和冲突，使得它们各自能够真正地意识到自己，不断地加强自我的个性追求，使自己不被整个文学所淹没；另一方面，这种矛盾和冲突又使得它们相互映照，相互补充和融合，使整个文学生辉。因此，百花齐放、百家争鸣，是文学发展的一条根本规律。文学发展过程的风采就在这"齐放"与"争鸣"之中呈现出来，文学史家的一个重要任务，不是给某一个文学流派下历史的断语，而是再现这种纷争的历史过程。在这个过程中，很多流派在向自己的对立面走去，不同的流派会向一起靠拢，形成文学流派发展中的分化与组合。

不仅如此，就一个文学流派的生命过程来说，其内容也是非常丰富的。在不同的社会环境中，不同流派会有不同的命运；在同一社会环境中，不同的流派会有不同的演变过程。一个文学流派的生命发展过程，总是有它相对稳定的艺术品格，在各个作家之间，也有一种相类同的文学基础，以相对于其他文学流派的存在。同时它又有自己极不稳定的一面，在各个文学流派之间的交流中，不断调整着自己，加强着自己。文学流派变异的过程，是我们研究中不可忽视的一个方面，这种变异包含着一个流派中各个作家之间风格的差异和相互作用，最终影响着各个文学流派之间的分化和融合。

文学流派在不同的历史条件下，变异的方法和内容也是多种多样的。一种类型是文学流派在历史发展过程中，不断增加新质，在原来的系统内又产生出新的文学流派，例如西方现代主义文学中，从"达达主义"到"超现实主义"，从"立方主义"到"构成主义"，都有一脉相承的血缘关系。中国古代文学中屈原、宋玉的创作到汉代枚乘、扬雄的汉大赋，自有其历史的演变过程，这都明显地体现出一种纵向的文学发展趋势。还有一种类型是在一种文学流派中异军突起，形成自己明显的特征，成为"派中之派"，从别的方面突出自己的艺术风格。文学发展中横向联结会给这个"派中之派"的产生创造很多机会。

但是，尽管如此，方法的提出只是研究和探索的开端，和具体的研究实践还有很大的距离。当我们开始描述中国现代文学流派发展过程的时候，仍然感觉到了巨大的困难。

这种困难在很大程度上也许来自所要描述的那个文学时代。

中国现代文学（1919—1949）是中国文学发展中的一个特殊阶段，它发育成长在中国历史文化演变的一个独特时期。十九世纪末、二十世纪初以来的中国社会生活，在社会经济、政治和文化意识领域，呈现出纷繁复杂的情形。与世界潮流相隔绝的封闭状态被打破了，中国特殊的国情和它在世界中的位置，使其在一个开放的情景中成为一个多种文化交流和竞争的场所，大量的外国文化思想涌入中国。从横向来说，它们来自四面八方，带着不同国家和民族的历史特点和生活情调，以各种方式进入了中国的文化生活；纵向来看，它们不分先后，从古到今，包括从古希腊文化到二十世纪兴起的各种现代文化思潮，它们和中国传统的文化意识进行着不断的冲突和搏斗，同时也产生着一种奇妙的结合，在中国社会中形成了一个多层次的动态的文化意识结构。从"五四"新文学革命到中华人民共和国成立，短短的三十年间，中国社会经历了数次历史的大变动。在这些变动中，各种政治力量，各种思想、主义和理论纲领都以各种形式抛头露面，扮演一个个历史的角色。它们互相竞争，中原逐鹿，有的枯萎了，有的陷落了，有的变种了，有的淘汰了。它们的沉浮兴衰也牵动了文学的发展，各种文学流派此起彼伏，各自标新立异，呈现出异常纷繁的色彩。这些文学流派之间互相影响，互相斗争，在时代生活中有的昙花一现，有的随波逐流，有的日益受到尊崇，但是昙花一现者并非无一可取之处，随波逐流者未必毫无创造。它们往往各有所长，亦各有所短，不能做简单的分析和评价。

这种复杂的文化背景一方面把我们对文学流派的研究，带到了一个广阔的文化空间之中，让我们充分感觉到文学创作的丰富性和差异性，从整体上把握文学，但另一方面则为文学研究带来了极大的困难。文学史家陷身于一个多样繁复的文学世界里，受到来自各种力量的牵制，很难选择一个稳固的基点来描叙文学史。面对如此繁复的文学世界，我以为，即便是非常有才气的文学史家，也难免常常感到迷惑和困顿，产生错觉和失误。这是由于，当他愈是进入一种广阔的文学世界，就愈会充分地感觉到来自各方面意识力量的挤压，必须在多重冲突造成的间距中不断调整自己的位置。例如在通俗文学和纯文学之间，在写实主义和现代主义之间，在主观与客观之间，甚至在戴望舒和艾青之间，革命与恋爱之间等等，似乎都构成了一种二难选择。

其实，中国现代文学历史发展的一个重要特点就是从一种选择开始走向了多种选择，尽管多种选择受到了传统文化中各种因素的牵制，道路并不平坦和笔直，但作为一种文学发展的必然趋势已日益被人们所接受，这种发展趋势是同一种文化开放的情景相联系的。和中国古代文学流派之形成发展轨迹有所不同的是，中国现代文学流派之形成发展，主要是通过横向的文化联结，首先是接受了外国文化的影响而实现的，而不是主要沿时间的轨道，通过纵向的对某种传统的继承和发扬过程来达到某种风格流派的确立。由于各种历史生活条件的安排，中国现代文学流派的发展始终处于一种变幻势态之中，困难和犹豫不决常常并非产生于无可选择而是难于选择。一种情形是，由于中国文学长期处于封闭状态，而且受封建礼教禁锢之久，毒害之深，形成了中国现代文学发展的多种需要。从某种意义上来说，西方文学中的各种因素对于中国文学都是有益的，中国文学的发展不是需要学习和吸收一种思想、一个主义和一种流派的文学，而是需要多种文学的接受：既需要文艺复兴时的人文主义，也需要尼采、叔本华的超人意识；需要古典主义戏剧的"三一律"，也需要现代主义文学中的意识流等等，不一而足。文学的发展不允许中国超越时代，但是又必须超越历史阶段。而另一种情形是，在这一历史时期，西方现代主义文学也正处于被怀疑的时代，战争和饥饿的瘟神已破坏了人们对自由平等和民主的自信，资本主义经济的危机也感染了文学，给文学带来了一种普遍的悲观失望的情绪。在这种情形下，中国现代作家很难长久地、毫无保留地崇尚某一种文学思潮和流派，他们的选择常常是不稳定的、间歇性的和有所保留的。例如茅盾早期深受左拉自然主义方法的影响，但后来又自感不足，转向革命的现实主义文学。徐志摩深受英国文学熏陶，对哈代的作品推崇备至，他后期诗歌的感伤悲观的情绪胜过李金发的象征诗。而很多新月派诗人不久又成为"现代派"诗人了。

　　中国现代文学流派中这种分合聚散无疑表现了一种文学的不断进步。不过，这种进步在一个动乱的、近似于无政府主义的社会意识形态中显得格外复杂，由于战争而造成的文学的迁徙，更使得它们踪迹难觅。当然，这种动乱的社会条件，对中国现代文学的发展并非没有有益的方面，它在客观上造就了文学的流动，多少打破了一些社会因袭的陈规旧律，为文学家进行自我选择提供了更多的机会和可能性。中国传统社会的某些思想形式的禁锢，在这条件下，也不可能完全得以实现。

　　在对中国现代文学流派研究的诸种困难中，也许最使人感到难堪的是文学与政治斗争的关系——因为对中国现代文学中任何一个流派的考察，都无法回避这样一种事实；在中国现代社会中，文学活动本身带着某种政治色彩，不可避免地受到政治力量的挤压和左右，企图完全摆脱政治斗争而进入纯艺术的境界，几乎是不可能的。而且，一个文学流派所带的某种政治色彩，所表达的某种社会要求，往往是它在社会生活中最引人注目的部分。在现代文学中一些重要的文学流派都这样那样地和政治纠缠在一起。

显然，这不仅是现代文学中的一个事实，而且也是一种传统。新文学从一开始兴起，就包含着一种关切国家和民族前途的责任感和命运感，带着强烈的社会功利性。这几乎成了一切文学家共有的道德意识。视文学为改造社会的利器，文学家大多无须掩饰这一点，只有很少作家能够例外。因此，虽然用阶级观点来划分中国现代文学流派有削足适履之弊，但是完全不顾及当时政治斗争形势，回避文学流派的政治倾向也是不明智的。从某种角度来说，对政治的影响和参与，同时也包含着文学的一种战斗姿态，其对整个社会的对抗也是对政治的对抗，隐含着文学争取民主和自由、反对专制压迫的内容。在整个中国现代文学发展中，用政治的文学反对专制的政治，用社会的文学对抗社会，是一种特殊的形态，也是一种特殊的优点。

但是，这种特殊的文学情态也会把文学史家引向歧途，使人们看不到文学是一种不同于政治法律那样的一种意识形态，而单纯地用政治观点或者阶级观点来解释文学流派现象，看不到强调文学的政治和阶级性对文学发展所产生的弊害。由此，文学史家容易被一般的历史表象所迷惑，把文学流派视同于一般的政治团体来评价，把文学家首先看作是某一阶级的代表。其实，对现代文学诸作家，用阶级的方法来划分是很难的，他们大多脱离了原来的经济地位，成为中国社会生活中独特的一群。他们在不同程度上都受到了来自当时社会各方面的压迫，但是他们做出的反应是不同的，并根据自己的思想状态得出了不同的结论。这种结论通过各种各样社会化过程的折射，在客观上可能比较适合某一阶级或者政治集团的口味，但是这绝不能代替对作家个性的评价，而且某一阶级或者政治集团的目的并不由此构成作家的艺术目的，有时候它们是直接抵触的，有时候它们是貌合神离的。

　　一些文学研究的难题正是包含在一种纷乱和混沌的历史表象之中，而这种表象恰恰又是参与了人们认识历史的主观意识和倾向性，形成了一种知识的构架，使我们难以突破。本来，在现代文学发展中，各种文学流派的生生息息是一种自然的现象，但是和中国传统的文化体系以及中国社会具体情景联系起来，就不那么简单了。假如仅仅在三十年间做个总结，似乎是容易的，但是扩大下历史的视野，拉长时间的间距，做个总结就不那么容易了。因为在文学发展中，由于各种情况的限制，很多东西会潜伏下来，所谓销声匿迹只是一种假象，很多东西会迅速膨胀起来，形成风气，以领风骚。随着生活的发展，很多"销声匿迹"的东西会重新复活，被人们所忆起，所称道，而一些风靡一时的东西会被人们渐渐遗忘，在历史生活中又可能悄悄地潜伏下来。实际上，在中国现代文学历史发展中，各种不同流派和风格的文学相互构成一种整体的存在，它们互相弥补，共生并存，百家争鸣，百花齐放，是现代文学流派形态的基本事实。在一种多元化的文学形态中，仅仅从某一方面去评价某一种文学流派的价值，并不是那么明智。而且，过去由于某种偏狭的、单一的思想方法的局限，我们已经习惯于一种简单的判断是非的思维方式，常常在两种或数种文学流派同时存在的情况下，用既定标准把一种和另外一种或者数种文学流派直接对立起来，肯定某一种文学必定要否定另一种或数种文学流派，造成对文学整体面貌的侵害和误解，并且人为地制造了文学的对立和隔阂。现在，尽管我们已经对这种文学批评方法的危害有所认识，但从中彻底解脱出来并不是轻而易举的。

1986 年 1 月

之九

从一种选择到多种选择

——对中国现代文学发展趋势的历史理解

一

如果从整个世界范围来看，从一种选择到多种选择绝不只是一个有关中国现代文学发展的问题，而是人类生活各个方面——从政治体制到日常生活——的一次进步的变更。确切地说，从一种选择到多种选择，不仅是一种对物质和精神生活追求的意向，而且成为一种现实。在过去看来是无法同时存在和相容的、不同质的事物，开始包容和并存于一个整体之内。正因为这已成为一种现实，所以任何一个民族或国家、团体或个人，如果对生活仍然怀抱着一种固定的、单一的选择，都会被认为是不明智的。在这个过程中，人类也许变得更加宽容了，也逐渐认清了自身的弱点，并试图克服它们。事实上，在人类无数个单元存在中，各个单元都有自己独特的历史选择。这种选择是无法互相替代的。历史上很多国家和民族也许怀抱着某种"解放""解救"和"帮助"他人的愿望，结果导致的往往是人类悲剧。尊重自己的选择和尊重他人的选择一样重要，多种存在比一种存在要好，这是人类生活的一丝希望。在这里首先提出这一点，对理解中国文学发展趋势是非常重要的。它会为我们提供一个探索和思考文学的视野，引导我们像接受物质事实一样接受思想和文学的发展。

显然，在人类精神活动中，文学具有更自由和更狂放不羁的性格，因为它总是和人类最基本的感性和感情活动相系着，而较少受到生活某些规范和规则的限制和束缚。但是，也许正由于这一点，人们常常会忽视相反的事实，这就是基于感情和感性活动习惯之上的文学观念具有相当的顽固性，如果没有某种真实的生活力量来冲击或破坏这种较为稳固的文学观念，它会永远维持自己某种自足自满的境界，把文学限定在单一、狭小的范围内。在文学发展中，一种情调、一种境界或者一种创作方法，当它愈是发展到几乎完美的程度，也就愈容易被观念所复制，所强化，成为限定文学发展的障碍，甚至形成文学发展中的一种"僵局"。

中国文学的发展自元明之后，就逐渐陷入了这种僵局。把唐诗宋词作为文学最高境界的思想观念，逐渐被强化和稳定，成为正宗文学的唯一选择。而这种观念反过来又强化和稳定了文学活动中的习惯化和形式化，形成了文学创作和欣赏活动中首尾相连、循环往复的局面。在这种情况下，文学发展中已有的和可能有的其他样式与情调，无论在形式上还是在内容上，都不同程度地受到了冷落或者抑制，得不到充分发展。

在很长一段历史时期内，我国小说和戏剧发展都面临着这种尴尬的局面。尽管有很多人为它们申冤，但是在文学的大庭广众之中，小说和戏剧还得不到正式的承认。当然，明清以来，我国古典小说取得了巨大的成就，出现了像《红楼梦》那样不朽的传世之作，令后人敬慕不已，但是这终究不能补救文学在自己历史发展阶段中的损失。我们且不谈在历史上这些文学作品诞生的艰难以及诞生之后所遭受的冷遇，只是就文学创作本身来说，以正宗文学定于一尊的观念，实际上把中国绝大部分具有创作能力和条件的文人圈在了它们的范围内。他们的创造力和可能有的创造力被既定的传统束缚住了，不可能在新的境界中显示出来，这就造成了中国文学发展中最可悲的作家智慧和才能的大消耗和大浪费。像坟墓一样堆积起来的只是大量仿古雕琢、境界几乎划一的作品，它们本身埋葬了许多文人的苦心孤诣和聪明才智。在这种条件下，只有少数人，例如曹雪芹，由于各种各样的生活原因，从那种划一的正宗文学圈子里跳了出来。在当时来说，对他们也许是一次不幸，常常是迫不得已；但对文学历史来说，他们属于幸运的，因为他们获得了一个发挥自己文学创造力的广阔天地。

对于一个文学时代来说，最可悲的莫过于大家都拥挤在一个狭窄的通道上，或者攀援在一条梯子上。相互拥挤和争抢位置的不可避免，必定会使文学丧失巨大的能量。文学一旦被某种正统的观念所束缚，往往失去了自由选择的机会。回顾文学历史的发展，我们甚至会感觉到，在这种情况下，文学自身对于摆脱这种束缚是无能为力的。它需要来自外部的冲击和摇动，打破过去的文学迷信。丧失一次自我，才能获得一个新的自我，这似乎成为中国文学史上一切有所造就的文学家的共同经历。或者家庭破落，或者做官被贬，或者身陷囹圄，换一种生活，给予作家一次重新选择的机会，也迫使他们进行新的选择。由此来说，文学创作中的停滞和僵局，总是和某种封闭的生活和文化形态相关。中国长期的封建集权和在道德文化思想上专制划一的传统，给自由的文学浇铸了一个厚厚的不自由的外壳，久而久之，文学也忘记了如何自由伸展自己的身躯，去追寻自己的理想。

显然，二十世纪以来，中国文学创作中的僵局被逐渐打破了。尤其是"五四"新文学革命之后，正统的文以载道的文学观念遭到了怀疑，旧的正宗文学样式失去了自己的统治地位，取而代之的是多种多样的文学观念的相互争斗和并存。多种文学样式和方法的运用和创新，使传统文学的一统天下被打破，一个多元化的文学时代到来了。

这首先表现在文学在社会生活面前，开始接受着多种选择，而不仅仅是一种选择——来自传统政治或道德的选择。新的选择来自政治、道德，也来自日常生活的娱乐、消遣和职业的需要。新的生活和文化形态在自己形成过程中，对文学在各方面都提出了新的要求。各种外国思潮的涌入，造成了中国现代意识发展中多种因素的融合与并存的局面，各种思想文化流派潮流都在以自己的标准选择和干预着文学，同时文学也是在对各种思想文化并存中选择着自己的道路，在横向文化的联结中拓宽自己的天地，获得了多种选择的发展机会。五四运动之后至四十年代，中国文学取得了从未有过的充分发展，从各个方面丰富了自己。大批优秀文学家的出现，就是历史的明证。如果我们认真思索一下，在新文学发展的前三十年，社会一直处于那么不安定的局面，中国文学创作建立在今非昔比的薄弱的文化基础上，新文学刚刚从古文学中解脱而出，稚气未脱，竟取得如此巨大的成就，就是颇具意味的一件事。

于是，一个关于文化发展的势态问题被提出来了，因为仅仅从文学本身来谈论这个问题已经显得过于狭窄了。

从这个角度出发，新文学在形成和发展过程中，虽然有种种不利的历史条件和文化因素，但是处于一种文化开放，能够进行多种选择的势态之中。从中国历史条件来看，也许这种势态一直和一种动乱的社会条件相联。中国旧的政治结构发展到近代，已经根本无法驾驭一个新的开放性的文化时代，根本无法用和平安定的形态走向世界和现代化，中国社会为此付出了巨大的代价。这个代价最严重地表现在彼此残杀的战争之中。也许正因为如此，很难承认这种文化势态是合乎理想的，它只不过是合乎中国当时的社会生活而已。而对已过去了的历史，我们当然已无法苛求于它。但是要指出的是，对中国现代文学的发展来说，一种开放的，具有多种选择可能性的文化势态，在很大程度上是在一种无政府主义的紊乱状态中实现的，它属于一种在无意识中创造的客观的文学形态，还没有浸透到文学创作的主体意识之中，因此它时时存在着一个向传统靠拢的趋势，仅仅用一种新的选择来否定、排除其他可能的选择，用一种统一的文学模式来代替文学的多样化的发展。

也许这种不幸已经多少被历史所证实。十年"文革"时期中国文学所遭受的空前灾难，使人们觉醒了。人们开始拨开自己用来装扮历史河道的鲜花，寻求如何走出绝境的河汊港湾。于是，我们在回顾十年"文革"时看到这样一种情形：不知从什么时候，我们开始在宽广的、奔向海洋的历史河道上，插上了一面又一面"禁止航行"的小旗，并且设上了铁索，使大胆航行的水手翻船落水，旗子越插越多，我们文学船队的航道越来越窄，最后，船队终于被逼到了一个小小的河汊。船多水窄，无法起航，于是互相碰撞开始了。

这也许是一个不甚恰当的比喻，但是，在文化上首先封闭自己，消除了文学多种选择的可能性，然后独尊一家，无可选择，历史确实是为我们上了深刻的一课。

二

这一课确实极其深刻，背后隐藏着许多人类文化之谜，隐藏着中国的民族心理意识中长期积淀的深层内容。在我们还未能完全解开它们的时候，我们更需要重新认识一下自己的历史态度。一种既定的历史事实，可能具有很多合理的解释，但是作为一种历史创造者的主体承担者，首先要弄清的是自己和当时历史文化势态之间的真实关系。继而我所要提出的问题是，中国现代文学是在一种开放的、具有多种选择可能性的文化势态中发展的，但是，从整个民族的精神历史来说，中国大多数文学创作者，是否完全以主动的姿态、自觉的意识来接受和开创这种文化势态呢？对此，我愿意做一个适当的保留，我以为，从整体情况来看，一种开放的、多种选择的文化发展势态同我国大多数知识分子的心态有很大距离，在构成他们心理品质之中尚存在着对异己的、多元性文化的种种排斥因素，他们只是从传统理想出发去接受新思想的。就整个时代来说，他们大多数是被动地接受一个多种选择的文化态势的，并没有形成一种自然的、自觉的文学意识。在各种文学思潮中，往往有一种根深蒂固的意念，就是在多种选择的文化态势中努力去寻找、确定一种新的选择，视之为唯一正确的文学，而并没有把多种选择本身当作一种文学的健康的运动状态。

事实上，从一种选择到多种选择，作为中国现代文学丰富发展自己的运动趋势，一开始就受到了来自传统文化内部惰性力量的牵制。显然，这种牵制并非属于中国传统文化的本质属性，而是主要来自当时那种既定的、已经充分形式化了的政治体制、经济生活和意识形态，这造成了中国现代文学发展的历史的局限性。

就新文学产生的整体文化背景来说，从鸦片战争以来，中国逐渐走向了开放。但是这种开放在总的情景上，属于一种被动的开放。这种开放并非整个民族心态所期待的、有所准备的开放，也并非属于一种自觉的、能自己把握的开放，而是仓促的、无可奈何的开放。因此，近代中国文化的开放有着明显的阶梯性，即从外在的物质形态一步一步地向着政治文化各个领域的渗透，先物质后精神，先科技后思想，层层有抵抗，节节有冲突。从总的趋势来看，这种开放是经历着一种从外部到内在，从不自觉到自觉的过程。这也许是中国历史发展造就的一个必然过程，但唯一使我们抱怨的是，这个过程仿佛延续得太长了，而我们在这个过程中付出的代价也太大了。

在这样的历史过程中，我们会明显地感到，近代中国文化的开放情景中存在着"开而不放"的现象。虽然国家敞开了大门，但是旧的文化形态仍然制约着人们的生活和思想，使大多数中国人没有充分解放自己，开发自己的条件和渠道，既定的社会体制和各种清规戒律仍然牢牢捆住人们的手脚，使他们寸步难行。开而不放，从中国文化内部久已形成的状态来说，可以用一句简单的话表达，就是"以不变应万变"。近代这种开放的艰难曲折性就在于，它是在中国封建性的专制体制没有变，传统的经济基础没有变，传统的道德价值标准没有变的条件下进行的。它缺乏一个相应同步形成的民主和自由的生活天地。毋庸讳言，这种开而不放的倾向，自然会有着重新走向封闭的趋势，因为开放缺乏保证自己发展的社会变革条件，门难以越开越大。

更深一步来探讨，这种"开而不放"的情形，与中国文化的传统心理状况具有密切的关系。长期封闭的封建社会形态，同时也在一定程度上束缚了中国人民心灵的自由发展；拘于方格之内，久而久之，去了方格也未必能一下子伸展自如。因此，如果说从中国文化开放的客观情态来说，有着"开而不放"的局限性，那么从中国人民心态的主体结构来考察，同样具有"放而不开"的情形，还不可能自觉摆脱传统的重负，自然而自由地伸展自己的思想，尽可能地发挥自己。在开放过程中，矛盾、犹豫、徘徊、顾虑重重，总是游荡在人们生活中间，表现在人们从思想方法到行为方式的一切方面。无论是学习和借鉴外国的先进思想，还是摆脱中国既定的传统思想的束缚，人们总是表现出有所保留的态度，进两步退一步，或者退两步进一步，在思想接受和行动方面，往往处于不完全主动的状态。这里我要说明的是，这里所说的"完全"并非指全部接受外国文化，照搬照抄，而是指学习和行动本身的完全性。例如全身投入，做到对某种外国思想文化的深入了解和把握，而不是抱着一种寻找武器或者寻找毛病的态度，如此等等。显然，这种客观上的"开而不放"，和中国的民族主体心理上的"放而不开"状态是相辅相成、互为条件的，它造成了中国近代以来文化发展中沉重的翅膀，在一定程度上限制了中国走向现代化、走向世界的步伐。同时，在这里我们还能得出这样一个结论，即文化的开放与进步是一个从精神到物质、从政治到经济的整体过程，所谓"中学为体，西学为用"的口号，不过以强调某一方面来排斥另一方面，这只能使我们付出更多的代价。

这种总的文化情势当然会对文学产生巨大的影响。

中国现代新文学的形成无疑是同接受和吸收外国文学密切联系在一起的，是中外文化相互交融的精神成果。新文学区别于旧文学的明显标志就在于，它已经从一种封闭的状态中解脱出来，具有一种开放的品格。但是，正因为新文学刚刚从一种旧的状态中解脱出来，就不可能完全摆脱过去的自我，有它开放的一面，背后还有封闭的一面；有主动的一面，也有被动的一面。诸种不十分和谐因素的相互融合，形成了中国现代新文学独特的过程和内涵。而人们常常会因为对某一方面问题的敏感，从而忽视另一方面的事实。在整个中国历史生活发展中，新文学无疑代表了一种积极进步的文化形态，属于推动中国历史发展的开拓力量。这最明显地表现在新文学一开始产生，就显现出直接地介入现实的品格。文学不是消遣品，不是孤芳自赏、自我表现的形式，甚至文学的使命并不属于文学自身的发展，而是向更高境界前进的深刻时代动力。这构成了中国现代文学的优点，同时也构成了它的弱点。很明显，新文学的开创者，都首先是以一种社会的改革者，而不是以一种艺术的创造者的姿态出现在文坛上的。把文学看作是实现某种社会目的的手段和武器，是中国现代文学中最强烈的一种意识，文学还未能建立起自己独立自觉的意志，它是依附于某种外在的目的而存在的。正是在这里，我们能够看到中国新文学在主体意识上依然具有"被动"的一面。因此，中国文学家的献身文学，不仅意味着一种自觉自愿的艺术的献身，把自己的全部身心交付于创作活动，还意味着一种不可避免的牺牲，它出于一种来自艺术之外的需要。

也许就中国整个社会条件来说，文学不可能脱离社会变革的现实而存在，也许历史还没有造就好文学成为中国人民日常生活中重要部分的基础，然而问题在于，文学的属性并不仅是某种外在事物的工具或者为之服务的武器，它伴随着人类生活产生，属于人类生活中必不可少的一部分，它本身就是人们内在要求的一种实现。忽视了这一点，或者说这一点受到了某种程度的压抑，文学的价值标准自然而然就会产生变异，通过曲折的方式表现自己。在这种情况下，中国现代文学在一系列历史运动中，处于身不由己的地位是理所当然的。

我在这里不想举更多的事例来论述，而只想说明，由于整个中国文化体制的制约，中国文学不可能一下子获得自己自由发展和多种选择的广阔天地，它时刻受到来自外部和内部力量的牵制。于是文学在接受外来文化的过程中，很多清规戒律并非来自现实，而是来自一些自己设计的概念上的障碍，表面上是在防止各种各样的片面性，实际却限制了文学多样性的选择和自我发展。

实际上，过于重视防止各种各样的片面性，是某种保守的传统心态的表现，它所环绕的思想轴心，是企求发现或者制造一种正宗的、唯一的文学。三十年代，这种"唯一"的文学口号就已经提了出来，后来逐渐地完备成形，成为中国文学中驾驭一切的唯一正确的选择。这种以"唯一"的形式确立下来的现代文学，表现出了向传统文学回归的强烈趋势，形成了自我发展与自我抑制相悖而行的运动状态。当它发展得愈完善，愈有力量，就愈显示出对其他文学和外来文化的排斥力量，愈发缩小了可供自我发展的天地；当它感到羽毛丰满之时，开放与多种选择就失去了意义。十年"文革"中，在一种封闭的状态中，这种"唯一"的文学发展到了登峰造极的地步，不仅表现在政治思想方面，而且涉及了主题创作、方法、题材、形式等一切方面。如果说，中国现代文学发展本身就具有开放性与封闭性、多种选择与一种选择的双重品格，那么使中国文学走向世界和现代化的关键，取决于我们是否能自觉地保持和发展前者，不断削弱和消除后者。

<h1 style="text-align:center">三</h1>

无论用什么方法来解释这种历史发展的事实，确立一种"唯一"的文学为正宗，不是文学发展的目的，也不是繁荣发展文学的正确途径。一种选择实际上是没有选择，排除多种选择必然会导致自我封闭。也许，这两者本来就是共乘一条船的。

当然，我并不希望人们在这里产生一种错觉，似乎我们跟随历史走了一条循环往复的路线，划了一个很大的圆圈，重新回到了过去的基点。其实，历史在盘旋而上的过程中，已经把我们带到了一个新的起点，这个起点就是主动开放的自觉的文学时代。中国现代文学完成了一个自我蜕变的过程，从一种选择到多种选择已成为当代一种自觉的文学意识。

这种自觉的文学意识有以下几个标志。

首先是在观念上破除了对某一种文学规律或者方法的迷信。文学的出路，不能指靠某些独一无二的绝对真理一劳永逸地得到解决。人们从事文学活动，所关注的已不再是它的终极目标（更不是去印证某种理论，或者树立某种样板），而是文学过程本身。文学的出路表现在不断创新、不断试验的过程之中。在这种过程中，唱反调和标新立异会成为文学活动中的日常现象。人们在各种风格流派的纷争中越来越清楚地意识到，在两种或数种不同的文学追求中，并不意味着一方非要压倒或者取代另一方或数方不可，这不是文学的价值所在；多种文学选择的生命活力，恰恰取决于多种选择同时存在的情势之中，是一个追逐一个，一个影响一个，也是一个突出一个，并列存在，同时繁荣，多种选择构成一种总的文学态势。文学上独树一尊的时代不再能够持续存在。

在这种情势下，在文学中一些旧有的敏感性的界定已经或正在消失，一个完整的、多元化的文学世界在人们头脑中开始建立起来。过去，一些政治上和哲学上的术语，不科学、不适当地进入了文学领域，人为地扰乱了人们观察文学现象的视线，把艺术世界分成了几个彼此不相容的部分，切割了各种文学之间的横向联系。这不仅限制了文学可能进行多种选择的空间，而且从根本上剥夺了文学进行多种选样的自由。从整体上来说，文学的多种选择不仅是文学走向繁荣的必然趋势，更体现为当代文学所表现出的一种美学胸怀，把艺术的触角伸向更广阔的文化空间，把理解、沟通、融合放在首位，相信自己，尊重他人，并不以我为尊，排斥异己。

与此同时，从一种选择到多种选择作为一种文学发展势态，是和中国现代文学平民化大众化过程紧密相联的，包含着文学民主化、自由化的因素。应该看到，中国现代文学的历史发展的种种局限性，都和中国全民族的文化水平提高之缓慢相关的。中国现代文学的平民化过程发展得并不充分，形成了与整个文学发展的先导力量不和谐的状态，这使得中国文学每每在向前举步之时或者举步之后，总要向后面久久地张望。所谓长期以来的雅俗文学之争，大众化问题讨论，就表现了这种情况。这除了各种其他原因之外，原因之一就是在中国文学发展中，缺乏一个真正民主的平民化过程。至今还有一种观念认为，中国文学的进步在普遍的意义上说，首先是一种引导和培育的结果，而不是和人民生活息息相关的自由选择。于是，大量的通俗文学作品出现和流传，其表现出的弱点和缺陷被突出了，而没有看到其中隐藏着文学进步的信息。因为这种信息并不是表面地浮现在作品的艺术质量和文学价值上面，而是表现在文学与人们日常生活日益密切的关系之中，它在无声无息地建筑着文学发展的基础。

文学的多种选择是在一定范围的自由选择基础上实现的，因为文学的选择应该是发自内心的一种自觉自愿的行动，而不是被迫的，或者是他人赐予的，这种内心选择是他人所无法替代的。文学发展的整体面貌就是建立在这种内在的选择之上的。显然，在任何一个国度里，文学的多种选择，不仅是指建立在横向的同一起跑线上的各种风格流派，还包括纵向的不同文化层次的不同选择。而在一个多元化的文学整体中，二者往往并没有明确的界线，甚至各有优势。很多被认为是低级的文学创作中，往往隐含着更多的原生美的因素，成为文学进步潜在的基因。因此，文学的平民化过程具有人类生活不断自我完善的内容，标志着文学真正向人回归的历史过程。文学的平民化是中国当代文学重要的走向，其必然性和可能性表现在：（1）经过三十余年的和平建设，中国人民文化教育水平已大有提高，具有相当的文学创作和接受能力；（2）有了安定团结、安居乐业的局面，人们对于精神食粮的需求日益增长，开始追求和建设自我的生活，文学成为自然的生活伴侣；（3）宽松的生活气氛，让人们可以自由发展自己的个性，表现自己的志趣，通过接受各种文学信息进行自我塑造。在这个基础上，文学的平民化必然是同过去文学的整齐划一观念相对立的。

文学的多种选择不仅是某种途径和方法的选择，也是一种生气勃勃的美学运动，它所表达的是当代文学走向繁荣的尺度，也是文学自由发展的尺度。文学的历史发展不再是通过否定和否定之否定的过程达到自己的目的，也不会重复以一种文学的牺牲来换取另一种文学成长的悲剧，而是给各种文学提供一种能自我生存和发展的机会。文学世界首先是一个自由试验的场地，允许成功，也允许失败；允许长久存在，也允许昙花一现。它们的价值就在于给人类生活增加了一种生气，使人的生命创造力在那么一瞬间发出光亮。这种创造运动本身就属于永恒。人类一切潜在的创造力，潜在的心理欲望和要求，对未来莫可名状的期盼，在文学多种选择之中，不再由于种种障碍，窒息在意识深处，而得以正常地阐扬和发挥。

当然，这一切的完满实现不是理论上的，甚至也并非仅仅是文学本身所能决定的。相反，文学从一种选择到多种选择——我们所最感快慰的——将不是我们的自信所能把握的，而是不以人的意志为转移的客观规律。理论的提出对此并没有决定作用。它唯一的意义可能就在于，对我们大多数人来说，理论的发现将会使我们减少一些心灵的痛苦，比较愉快地接受未来的一些文学事实。

1986 年 9 月 5 日

之十

艺术思维活动中的定向性

艺术思维活动是一个充满活力的创造性过程。在这个过程中，艺术家真正体验了一个艺术品从萌生、孕育到成熟的一切痛苦、折磨、喜悦和欢愉。但艺术的思维活动，不同于一般的遐想和想象，可以无边无际，它总是显示出一定的方向性。很多人都曾注意到这个问题，试图从逻辑思维和形象思维的关系上来加以解答，但却很少从心理学和美学的角度，来考察这个问题。

其实，艺术思维活动中的定向性，同艺术家长期形成的比较稳定的审美意识和美学理想是紧紧联系在一起的。艺术创造总是由生活来启动的，《乐记》中"凡音之起，由人心生也，人心之动，物使之然也"说的就是这个道理。此"人心之动"，不仅是同具体的客观事物的内容发生密切的关系，而且本身就体现出某种特殊的审美注意。这种最初产生的审美注意，是艺术家对于自己所关注的某种事物，或者事物的某一方面，具有某种特殊的敏感性和"偏爱"，而且在很大程度上具有"排他性"，掩饰了其他事物或者事物其他方面的特征，尤其是对那些相反方面的东西。欣赏黄河水势澎湃、摧枯拉朽之力的人，常常忽略了它可能产生的对美好田园的破坏力。这时，人们所产生的心理上的快感，总是沿着审美注意的方向延展，它把生活中一切相似相同的现象集合起来，造成独特的审美意境。因此，这种审美注意的特殊性，在艺术思维活动中，对于再造形象的方向和空间，就带着某种规定性。这种规定性使得艺术家能够在最大程度上，把自己全部的创造热情和力量，集中在某一特定的艺术对象周围。

如果说这种审美注意，是艺术家创造性思维活动的最初的触发点，那么这个触发点同样也是艺术家美学理想的聚光点。毫无疑问，并不是生活中的一切事物都能引起艺术家的审美注意。恰恰相反，艺术家常常会感到困惑，对周围无数的具体事物中的有些事物，有时竟然产生不了丝毫兴趣，甚至感到格格不入。这在很大程度上，就取决于创作主体所包容的历史和美学的特殊内涵，取决于主体的审美观对于生活感应、取舍、过滤的结果。创作主体的这种内涵是在长期的生活中，以各种各样的方式"沉淀"下来的，逐渐构成一种比较稳定的美学理想，影响和支配艺术家对生活的感知。依靠这种内在的"审美指南"，艺术家总是同自己的艺术对象显示出某种自然的和本能的联系，希望把自己的心灵同对象融合在一起。杜勃罗留波夫曾经写道："诗人的感应，常常会给某一对象的一种什么品质所吸引去，于是他就到处努力呼召和搜寻这一品质，他把尽可能完全地并且生动活泼地将它表现出来作为自己主要的任务，他把它的艺术力量都化在这一点上，这样，艺术家就使自己灵魂里的内在世界跟外部现象的世界交融在一起，能够通过统治着他们的精神的三棱镜来观察全部生活和自然。"① 所以，尽管某种生活现象触动艺术家的创作欲望，具有一定偶然性，但在艺术家主体的审美理想中却具有内在的必然性。具体的生活现象只能在艺术家先前已具备的心灵条件下起作用。它已经在不知不觉之中经过了艺术家心灵的挑选，隐含着某种特定的美学理想的萌芽。所谓艺术作品的倾向性，就是在生活现象和艺术家之间显现出来的某种内在关系。

还应看到，在最初触发艺术家创作的因素中，虽然已经隐含着某种方向性，但这种方向性只有在从感觉世界向作家意识世界的迁移中，才能被稳定下来。这时候，它将受到艺术家整个经验世界的影响和支配，同时依

---

① ［俄］杜勃罗留波夫：《杜勃罗留波夫选集》（第1卷），辛未艾译，新文艺出版社，1954年，第63页。

赖于艺术家的生活和艺术经验来滋养和延展。一方面，艺术家把各种各样符合这个方向的经验、意象、感受聚合起来，对在感知客观事物的基础上所形成的记忆表象进行加工和改造，并且重新将它们组合成新的形象；另一方面，艺术家经验世界的相异又使得这种方向导致不同的形象排列。在一定的条件下，艺术家可以从 A 想到 B，也可以从 A 想到 C，构成不同的艺术世界。而这一切都能够在艺术家先前的生活和由此构成的全部人生和艺术经验中找到根据。所以，艺术思维的中断和改变是经常发生的。有些艺术家，由于生活经验不足，在持续这种方向上的形象塑造中，一时失去了延伸的环节，因此导致创作的中断。这时候，艺术家需要重新去深入生活、体验生活，补足经验世界的链条，使它能够在艺术思维中继续伸展下去。也有的艺术家，在这种定向的表象排列中，受到新的启发，导致了既定的思维方向的偏离和改变，这时候，艺术家则常常需要重新进行自己的艺术构思。

因此，艺术思维活动同样体现出一种运动的特性，它是在艺术家感情的驱使下，遵循着艺术家美学思想的指引，在艺术家经验世界的范围内的一种定向的形象再造的运动。

显然，艺术家美学理想在艺术思维活动中的支配作用，不是外加的，而是体现在艺术家对形象的追求中，同所表现的形象水乳交融，不可分离。但是，当现实中具体生活和艺术家心灵发生碰撞，迸发出绚丽的艺术火花之时，艺术家只是本能地在这闪光中感到某种趋向，朦胧地意识到某种他向往、迷醉的形象轮廓。它吸引着艺术家，促使艺术家不断去接近它、了解它、熟悉它，使它从模糊状态中突现出来，直到全部占有它。于是，这个尚未清晰的形象，在艺术思维活动中就充当了引路人。在屠格涅夫的创作过程中，就有这方面的提示。屠格涅夫塑造《父与子》中巴扎洛夫的形象时，最先引起他注意的是一个外省青年医生的性格，他说："这个性格给我的印象很强烈，同时却不太清楚；起初连我自己也不能透彻地了解它，于是我就聚精会神地倾听和观察我周围的一切，仿佛要检查自己的感觉是否真实似的。"① 屠格涅夫对于自己创作过程的回顾，虽然不能看作纯粹的艺术思维活动的复写，但却在一定程度上反映了这个过程的心理轨迹。艺术思维活动是在追踪、捕捉一个飘忽不定的形象中进行的。这个形象是确定的，又是不确定的。所谓确定，是说艺术家在客观生活的经验中意识到它的存在，它同整个的美学理想产生了牢固的有机联系；所谓不确定，是说这个形象还有待于艺术家提供足够的条件，它并没有显示出自己的全部细节特征。

在艺术创造中，艺术家永远是个探求者，而艺术思维活动则是这种探求的足迹。艺术家对特定形象的渴求和热情，使艺术思维活动带着强烈的感情色彩，它形成一种思维活动的定势，推动着形象运动。艺术家的心灵时常同形象纠缠在一起，为之喜，为之忧，从而达到"神与物游"的境界。

对于艺术家的这种苦苦追求，艺术形象并非无动于衷。在艺术思维活动中，艺术家愈是把艺术形象推向清晰和完善，就愈能展示出形象的风采和魅力，它所产生的对艺术家的吸引力也就愈大。这时候，当艺术形象愈来愈具体，愈来愈显示出自己活力的时候，艺术家主体的美学理想，就愈来愈明显地转移到了艺术形象自身的运动中了；艺术家主体对思维活动方向的把握也就随之逐渐减弱甚至暂时消失了。

可以看出，在艺术思维活动中，有两种互相补充，互相影响，有时也会在互相冲突的方向上的力。一种是艺术家按照自己的美学理想，对形象的不断追求和创造的力；一种是形象在自己完善过程中，对艺术家愈来愈强的吸引力，这两种力彼此影响和互相交织，使艺术形象沿着一定的方向趋向生动和完善。在这个过程中，艺术形象的完善和艺术家美学思想的实现是融合在一起的。具体的、正在不断完善的形象，总是或多或少地规定着艺术思维活动的方向，而艺术思维活动在这方向上的努力，又使形象充满生命，从而完成自己的美学使命，这如同两条齐头并进的平行线，规定

---

① 外国文学研究资料丛刊编委会：《外国理论家作家论形象思维》，中国社会科学出版社，1979年，第101页。

着艺术思维活动的轨道。

艺术思维活动的这种"定向性"的特征，反映了艺术创作中主观与客观、理想与现实之间的统一关系。艺术家在塑造艺术形象过程中，不仅要按照形象的特征和性格发展逻辑去思维，还要按照自己对形象的美学要求去思维。两者统一的程度，则是艺术形象的真实性和倾向性统一程度的内在原因。正是由于这多种因素的综合影响，艺术思维活动就不能理解为一般的想象活动，它是一种有节制、在特定的美学范围内的思维活动。这里，我们可以借用"格式塔心理学派"的"场"的概念。他们把人的心理活动放在特定的"场"中进行研究。所谓"场"是指人的经验世界原来规定好的一种情势，它依存于各种不同然而又处于统一状态的感觉和印象的排列之中。艺术思维活动同样具有一个"场"的界定。在这个"场"的范围内，艺术想象可以自由驰骋，但如果脱离了这个"场"的约束，想象就会脱离艺术的轨道，成为盲目的心理幻想。因此老托尔斯泰告诉我们："想象是种那么灵活、轻巧的能力，以致运用它时要十分谨慎小心。一个不恰当的暗示，一个莫名其妙的形象，会破坏一切由无数美妙而可靠的描写所产生的暗示。"①

艺术思维活动是一种富有创造性的复杂丰富的心理活动，又是异常活泼和富于变化的。所以，艺术思维活动的定向性也不是由单一的心理因素所决定的，而是主观和客观多种因素综合作用的结果。我们之所以提出这个问题，是因为它是艺术作品的思想性、倾向性和社会作用的最初的关节点，也是艺术家、作品和社会生活三者之间关系的美学意义的关节点。对此做一点研究，对于我们认识艺术创作的特殊规律，从根本上反对和避免创作中的公式化、概念化和教条化的倾向，是会有所帮助的。

1984 年 12 月

---

① ［苏］O. N. 尼季伏洛娃：《文艺创作心理学研究》，魏庆安译，上海市心理学会编译组，1981 年，第 48 页。

之十一

艺术思维活动中的场依存性和场独立性

一

从心理学的角度来说，人的任何思维活动，包括感觉印象、知觉判断和理性思考，都是在一定情景中进行的，因此必然要受到这种情景的牵制和影响。我们可以把这种具体情景理解成"场"。大量的心理学实验证明，人的心理思维活动具有二重性，一方面是主体思维对特定的"场"情景的排斥和抗拒性；一方面则是对"场"情景的接受和依赖性。有的心理学家把前者称为主体的"场独立性"，把后者称为主体的"场依存性"。美国一个心理学家就曾用大量的心理实验来证明，不同性别艺术家的场独立性和场依存性是有差别的。艺术思维活动同样存在于一个特殊的场情景之中，这就使我们有可能进一步扩大探索艺术思维奥秘的视野，把艺术家主体和艺术对象作为一个整体心理结构来探究和认识。

如果设想我们从一个大的圆环最后走进创作心理活动的深宫，那么作为一种场情景，我们也许首先走进一个宽敞的广场，即由特定的社会生活所构成的外在情况，它同样具有丰富的多层次的内容，包括社会政治条件、读者对艺术的要求、生活环境、出版等诸种因素。但是，我们希望再走进去，走到艺术思维活动内在的场情景之中，这里活跃着已经蜕变为艺术内容或者正在蜕变为艺术内容的一切因素。艺术家主体的场依存性和场独立性是建立在艺术思维内在各种因素的美学关系中的。

在艺术思维活动中，一定的"场"情景是由艺术家主体和生活对象熔铸而成。当一种场情景一旦生成，就同艺术家主体建立起了两种关系，一方面它是主体的产物，是主体的附庸，同艺术家主体保持着千丝万缕的血缘关系；另一方面则表现出它是一个自在之物，显示出它自然的独立品格，具有摆脱艺术家主体氛围的独立意志，和艺术家主体产生离异现象。因此，如果设想艺术家主体本身是一个完满的王国，那么当具体的生活作为对象，一旦闯入了这个王国，和一些主体因素汇合起来，占据一定的空间，原来完满的王国就开始了分裂，主体的王国和形象的王国彼此要求新的理解和新的融合。作为具体形象的需要，艺术形象要艺术家来理解它，服从其自然性质，用生命去充实它。而作为主体，它是以整个社会的面目自居的，对于具体生活具有超越具体性的思考，它要求具体形象归随主体，用自我的力量去驾驭它。思维的张力随之在不同层次上展开形成一个黑白相间的中间地带。

艺术思维活动体现了具体的场依存性和场独立性相互搏斗融合的复合过程，场依存性体现为某种活生生的本原存在，在艺术中维持自身的有机生命状态，它把艺术家引导到对象的生活中去，引向对象的心灵深处，去领略大千世界的亭台楼阁、草木花树，去体验对象灵魂最细微的颤动，倾听对象内在心灵发出的最隐秘的话语；有时候需要艺术家不失时机地潜入人物的梦境之中，理解人物无意识和潜意识的活动。很多艺术家在创作中所表现的对于对象情景的迷恋、忠诚和真挚态度，为我们提供了真实的心理标本。巴尔扎克在写作中常常沉浸在一种和自己的人物纠缠不息的状态之中，当他写到高老头死亡的时候，不由得自己失声痛哭。这里实际上表现了一个微妙复杂的"心理结"，巴尔扎克爱怜自己的主人公，不愿意让他去死；但是他爱怜的主人公又不得不去死。这种相悖的心理过程纠缠在一起，它的缓解过程都是在对方的运动中得以实现。很明显，巴尔扎克对高老头的爱怜，不愿其死的感情只有在主人公悲惨死去的氛围中才能得到最大的宣泄，获得艺术的证明；同样高老头的不得不死的结局是在巴尔扎克对主人公爱怜感情不断发展过程中完成的。这里艺术家体验的是一种生活的痛苦，同时又是在享受一种创造的艺术快感。艺术思维活动中的场依存性赋予艺术家主体多样性和表现自己的现实性。

显然，艺术思维活动中的场依存性，一开始就体现了艺术创作的统一力量，它本身包含着主体的主动性，但是却以"被动"的形式显示出来。艺术创作是在具体的客观生活起点上进行的，而这个点一旦在心理中被确定下来，对于制约和提示后续的思维内容，就有了先导的主动权，开始和艺术家分享创作的喜悦，在无形与有形之中牵动着艺术家的生活经验。大量的心理实验证明，人对事物的判断总是受到周围情景影响的。在创作中也是如此。当艺术家需要确定一个房间的陈设时，他摆上第一件物品，往往就确定了这个房间的整个风貌。因为整个房间的设计是通过各种物品的和谐关系表现出来的。这里我们可以想象，为什么鲁迅曾多次说明，阿Q戴的是那顶破毡帽。因为整个阿Q的形象在鲁迅心中非常清晰，以至于任何一个细节的安排都是主体整体不可分割的一部分，因而也是其他事物所无法替代的；失去了这个破毡帽，就创作心理意义来说，就意味着丧失了阿Q的整个形象。更有趣的是大仲马写《基督山伯爵》的情景。当他确定自己的主人公是名水手的时候，就不得不改变过去的设想，把主人公活动的场所从巴黎搬到一个港口城市，重新设想主人公的生活情景，由此在各种艺术因素之间建立一种强有力的联系，确定整个故事的整体构思。这表明，在艺术思维活动中，艺术家是根据已知条件来确立形象，来探索和想象可能存在的未知事物的，他对生活所作的艺术判断，是在一种具体情景中进行的，势必受到这种具体情景的影响。

这种情景不仅表现在艺术因素的联结中，而且更明显地表现在艺术家对人物性格的依存性。在一切现实主义艺术中，人物性格具有更大的牵引力，使得整个构思都多少打上"性格"的痕迹。托尔斯泰在写《复活》过程中，对于玛丝洛娃出场的肖像描写就改动过多次，每次改动都力图显示出人物的内在性格。这方面我们还可以以果戈理的《死魂灵》为例，他在描写一个地主的吝啬品质时，把这个地主的全部家当都"性格化"了：粗笨、牢靠、死板……这里所表现的一切可以被看作是人物心灵的一种外化形式，是一种心理标志。这些心理标志实际上构成了人物合理存在的场情景，为自己的生命提供依据。因此，性格对艺术家的牵引力，同时也不断表现为性格对于具体的场情景的依存性。在艺术创作过程中，场情景的意义并不仅在于各种人物与环境的物质关系，更重要的是体现为一种心理场。在创作中，各种生活因素实际上都是一种心理化的产物，表现一种错综复杂的心理氛围。

很少人研究过这种特殊的心理场对人物性格形成的巨大影响，而常常撇开这个心理场，把性格理解成一个既定性的产物进行分析。在艺术思维活动中，艺术家所塑造的人物不仅要受到自身性格逻辑的牵引，而且在一个更大的范围内，受到与其他人物关系的牵引，并由此形成心理场相互补足、依存的艺术关系，而艺术家正是通过这种关系来把握和表现人物的心理特征。莎士比亚笔下哈姆雷特复杂性格的形成，就同主人公所纠结的复杂人物关系分不开。对于哈姆雷特优柔寡断的性格，历来就有很多人进行分析，几乎成为一个性格的奥秘。其实，莎士比亚一开始就把哈姆雷特投向了一个复杂的心理纠葛之中，他和其他人物的关系都处在不同心理氛围的交叉搏斗之中，他和自己母亲以及杀害父王的叔叔的亲缘关系，他和忠心耿耿大臣女儿的爱情关系，都在无形中牵制着人物的性格。在这个交叉的心理场中，作者实际上受到了各种力的牵制，不能不把各种力的作用体现在主人公的性格上。当然，对于人物来说，这种交叉的力的牵制并不都是直接表露在表面的行为或者意识之中，有些是深深潜藏在潜意识和无意识之中的，对人物的行动具有潜在的支配力量。尤其是作为一种本能的至亲力量的牵连，更是浸透在人物整个身心之中，属于自我难以分割的一部分。因为它植根于自己的血缘之中，是很难一下子摆脱的。哈姆雷特的性格塑造之所以成功，因为它体现了一种多重关系的心理场，能够成为一个中心，映照来自多方面的人际关系。

二

考察艺术创作中所依据的心理场限，能够帮助我们从一个新的角度来理解艺术作品的统一性和整体性，理解简单艺术和复杂艺术的区别。我们从一般简单的劝善惩恶的故事中可以发现，人物性格的单向品质总是和他所处的人物关系相一致的，因为任何人物只能面临一种选择，或者是恶的对象，或者是善的对象。在这种单一的参照物面前，人物只能映射出自己性格某一方面，由对方的存在来得以证实和表现自己。这种人物常常只是某种教义或道德的代表。而在一些复杂的艺术作品中，人物能够表现出自己更丰满的生命。这并非人物没有个性，恰恰相反，人物强烈的个性是通过多方面的生活表现出来的。希腊悲剧《安提戈涅》就是这样。安提戈涅敢于抗争的性格是在多重背景下表现出来的，并不仅仅局限于一种善与恶的简单对比。命运、道德、法律、感情构成了多重氛围的心理场限，艺术家必须向不同的氛围负责，承担它们所赋予的生活意义。索福克勒斯完满地承担了这些重负，使自己笔下的形象获得了完整的生命。

因此，在艺术思维活动中，人物作为一个完整的生命被确定下来，并不仅取决于对个体的人物面貌的设想，更重要的在于它所依据的人际关系的确定。否则，这种个体的确定常常是不稳定和易于变化的。托尔斯泰在创作《安娜·卡列尼娜》的时候，起初是想谴责女主人公违反道德原则的罪过，写一个"不忠实的妻子"引起的家庭悲剧。但是在实际创作中，安娜的形象起了根本性的变化，她由一个朝秦暮楚、道德沦丧的女性，变成了一个有精神追求，敢于冲破贵族上流社会虚伪的道德习俗藩篱的叛逆者，成了道德高尚、感情真挚、待人诚恳的美丽妇人。为什么发生这么大变化呢？仅仅从托尔斯泰对安娜的认识深化来解释是不全面的。从创作心理角度来看，托尔斯泰对于安娜性格的最初设想，仅仅是从个体着眼的，还没有顾及安娜所依据的整个人际关系，尤其是对安娜的丈夫卡列宁面目的确立，直接关系到安娜形象的艺术面目。具体地说，如果安娜被设想为一个坏女人，其丈夫必须是被确立在一种可亲可敬的地位上，但是在当时贵族官僚机构中，确定这样一个可敬可爱的人物对托尔斯泰来说十分困难，其心理障碍大大超过只是把安娜设想为一个被谴责的对象。在当时的生活中，作为一个在官场上如鱼得水，捞到一份美差的人（这是维持一个优裕家庭的基本条件），只能是一个充满虚伪的人格。而在艺术思维中，这种对卡列宁形象的确立自然而然波及了安娜的形象，相对的心理色彩就从憎转向了爱，因为托尔斯泰决不能由此设想，一个纯洁美好的人能够容忍卡列宁的虚伪人格。在作品中，我们可以看到这种心理转换的痕迹：卡列宁在最初几章里是用比较柔和的笔调写的，安娜只是一个温柔漂亮的妻子，但到后来卡列宁被塑造成一个冷酷无情、虚伪的人物，随着对卡列宁的描写愈来愈充满厌恶，安娜的形象也愈来愈显得光彩照人，楚楚动人。这说明，在艺术创作中，实际上每个个体的确定都是和具体的场情景的确定相关的。艺术家的各种情感因素构成了整个创作心理场限，对于每个个体形象的面貌具有规定作用。这种规定作用把彼此不同的艺术因素聚合起来，形成一个超越个体的完整的有机体。

如果说艺术思维活动中的场依存性来自不断延展的形象系统的牵引力，那么就可以断定，在整个艺术思维活动中，这种牵引力不可能是一个不变的恒量，它随着形象系统自身生命活动的焕发而不断变化。在现实主义创作中，一般说来，当形象系统的自身面貌被确定得愈清晰，愈是显示出它的全部风采，对于艺术家主体的牵引力就愈大。"他自己活跃起来了"，很多艺术家这样说过，为此，艺术家对于自己所描写的生活应该有深刻的感知和体验，为形象的自身运动创造良好的条件。屠格涅夫在写作《父与子》过程中，曾经每天代替自己主人公巴扎洛夫写日记，他在生活中遇到了新的人物和事件，就按照巴扎洛夫的感受写下来，积累了足够的印象，以至于形象自动活跃起来。他曾对剧作家奥斯特罗夫斯基说过："巴扎洛夫这个人物，折磨我到了极点，就是当我坐下来用餐时，他也往往在我面前出现。我在和朋友们谈话的时候，就会想：要是我的巴扎洛夫在，他会讲些什么？因此，我有一个大笔记本，整个用来记录我所想象的巴扎洛夫的谈话。"这种情景反映了创作心理中场情景力量的逐渐增强，使艺术家把自己的整个身心投入到作品之中。

但是，即便形象自身的力量完全控制了艺术家，使艺术家沉浸在"神与物游"的境界之中，也无法排除艺术家主体的独立性。相反，这常常表现为艺术家在艺术思维活动中场独立性的最大实现。这是因为在艺术思维活动中，艺术家对场情景的依存不是被动的，而是直接表现出艺术家主体的趋向，其中包含独立的美学追求。例如在传统现实主义创作中就是如此。从表面上看，艺术家在形象引导下前进只是一种"被动"的场依存性的表现，但是作为一种思维运动却表明了艺术家塑造形象的主动的场独立性，场依存性成为实现其场独立性内容的一种运动形式。这是由于形象系统构成的场情景，只是艺术家主体和生活之间的一个中介，它并不属于客观生活的范畴，所以它本身具有各种可能的发展方向。而这个方向的最后确定，来自艺术家主体的美学理想，它独立不羁，必须同时向艺术家主体和生活负责。在传统的现实主义创作中，艺术家主体这种独立的意向一般表现为真实地再现生活的本来面目，这就要求艺术家最大限度地靠近生活，深刻体验生活的实在内容。正是在这个基础上，艺术家的艺术手法和艺术理想才能获得完全一致，艺术思维活动的场依存性和场独立性重叠在一起，统一在塑造真实感人的人物性格的过程之中。

当然，在这个过程中并不永远风平浪静。作为一种独立的品格，艺术思维活动中的场独立性始终控制着艺术家对具体场情景依存的合理性，监督着各种艺术因素之间关系的形成，一旦发现某种因素之间的结合并不和谐，或者出现了间隔，违反了艺术家内在的意愿，被形象自身运动掩盖下的艺术家独立的自我，就会凸现出来，重新调节和改变艺术思维的内容，创造新的依存关系。托尔斯泰在写《安娜·卡列尼娜》过程中意向的转换就反映了这种情况。我们可以设想艺术家在创作中可能会出现这样的情景：他有时会信心百倍地追随一个形象，也让形象带着走，并按照形象的意愿来构筑自己的艺术世界，但是当他到了某一个严峻的时候，会突然发现原来所追随的形象是虚假的，软弱的，并不可能承担自己所意欲表达的生活内容。于是，他不得不转换方向。

这是由于，在艺术创作中，寻找和把握一个完全能包容和表达艺术家自我意愿的艺术对象，是十分困难的，而这个对象正是艺术思维活动中场依存性和场独立性的基础。在创作中，艺术家对生活的美学判断是通过对象的判断表现出来的，但是对象的判断却无法完全代替艺术家主体的判断，这是在一般传统的现实主义作品中所表现的明显差异的原因，由此形成艺术家对场情景的依存性和独立性之间的矛盾。艺术家要完满地表达出自己对生活的判断，常常受某个具体故事、具体人物自身活动内容的局限，他要服从和依存于具体故事和人物的内容范围，就不得不牺牲自我对生活的某种判断，牺牲艺术思维活动中的场独立性。这就形成整个创作过程的矛盾和冲突，艺术家必须通过艺术搏斗消除这种差异，把自我独立性和艺术对象的特殊情景融合在一起，凝固成一个统一的艺术整体。

三

由此可见，艺术思维活动中的场依存性和场独立性其实表现了艺术家主体在创作中地位的变换，反映了艺术思维活动双向运动的动态结构：艺术总是把在创作中表现自我和通过自我来表现生活熔铸在一起，它一方面在走向生活，同时又在不断地反归于自我，互通有无，互相印证，在对流中持续永久的活力。十九世纪英国诗人柯勒律治在《文学传记》中就注意到这一点，他在论及心智在思想活动中的自我经验时曾经说："显然有两大力量在运作着，他们是彼此相对的主动和被动；这两种相对的力量绝不可能同时运作着，除非当中有个兼具有主动和被动性质的智能加以调解。"但是柯勒律治看到了这两种力的相互排斥，没有看到它们的相互牵引。它们实际上是同时存在的，互为形式的内容与互为载体的形式，共同组成艺术思维活动的轨道，其场依存性以场独立性为条件；而其场独立性常常依赖场依存性为自己赢得时空，开辟道路。

考察艺术思维活动中的场依存性和场独立性，为我们留下了一个创作心理学课题，就是如何对艺术创作中艺术家自我力量进行定量分析，从而揭示出艺术中主观与客观生活相融合的内在规律。这里我们所面临的并不仅仅是对艺术思维内容的各种因素的心理分析，还包括艺术创作的特殊媒介和形式的分析和探讨。因为在艺术活动中，媒介和形式同样是一种心理的标志，凝结着艺术家某种特定的心理内容。它们一方面直接显示出的艺术家驾驭生活和艺术的能动性，另一方面制约着艺术思维内容的发展，使艺术思维活动又不得不依存于它，组成了一种复杂的相互矛盾依存的统一过程。在这个过程中，各种艺术因素综合作用的结果，显示出艺术活动中整体与局部的有序的美学关系。

实际上，当把心理学科学引入文学创作研究领域之后，对于艺术活动中的表现自我和表现生活仅仅做定性分析已远远不够，其已经显示出了局限性，让我们不能把思维过于机械地建立在单向思考的基础上。王国维很早就提出了作品中"有我之境"和"无我之境"的差别，并且在很多作品中获得了证明自己观点的依据，从而在作品分析中发现了艺术家主体在创作中具有不同的美学功能。这种功能的变化首先来自艺术家自我参与到具体的艺术情绪中的程度。同时，透过艺术创作多样化的帷幕，王国维已经向人们暗示了艺术创作中另一个重要秘密，这就是在艺术创作活动中，艺术家主体地位其实是不固定的，时常随着艺术情绪和心态而变化转换。由此，王国维在心理美学方面，已经把人们带到艺术思维活动门扉之前，并且在神色朦胧之中暗示了一条进入这个王国的通道。但是，王国维并没有能够走进去，而是把人们带到艺术作品中主体与客体接壤的边缘地带就若有所思地停住了。也许是他对作品所做的"有我之境"和"无我之境"的定性分析，已阻断了自己的视线，使他没有看到更深层的含意，这就是在"无我之境"中同样隐藏着一个"有我之境"。这也许因为他所关注和期待的是另一个理论阶梯，从而从眼前显现出来的另一条通向更神奇境界的道路匆匆而过。尽管如此，王国维还是向这一更神奇的王国留下了深情的，尽管是过于短暂的一瞥。

这一瞥却给人们留下了理解艺术的新的视点。随着对艺术本身的认识从客体方面向主体的转移，一些被人们遗忘了的心理小径被重新清理了出来，人们开始走进艺术创作思维这个神秘的王国，深入探索和研究文艺创作内部的运动规律。五十年代，钱谷融先生在《文汇报》发表了《艺术中的"有我"和"无我"》一文，沿着中国古老的艺术心理学的小径，一边清扫着历史的遗迹，一边轻轻开启了艺术思维活动的门扉。在对艺术主体的发现上，这篇文章摆脱了王国维"境界说"中那种只是为艺术作品的面貌定性、定位的分析，而把它理解为一种活的存在，能够不断地从艺术对象的生活中走出来，同样也在不断地走进去，构成艺术创作焕发生命活力的动态结构。艺术思维活动是一种主客观相互交融的过程。文章指出："艺术活动，不管是创作也好，欣赏也好，总离不开一个'我'。在艺术活动中，要是抽去了艺术家的'我'，抽去了艺术家个人的思想感情，就不成其为一种艺术活动，也就不会有什么艺术效果，不会有感染人、影响人的力量了。……但是在艺术中，这'非我'，又不是独立自在的'非我'，而只能是'我'（艺术家）眼中所见到的'非我'，所以，在这'非我'之中，又不能不处处有一个'我'在。因而我们可以说，在创造和欣赏活动中，都贯串着一个'我'与'非我'的辩证关系。"这种慧眼卓识的艺术观点，为人们从心理学角度考察、理解艺术思维活动，提供了一个新的起点，以至于至今我们还在这个起点上开始建造大厦。遗憾的是，在那个连艺术的主体本身都不能提的年代，这种观点一开始就遭到了非难，新的起点刚一产生就被教条氛围所扼杀。

现在我们重新从这个起点前进了。艺术思维活动和艺术家自我生命创造力的焕发，不再被分割了对待，而被看成一种运动整体。在这种运动中，创作心理中的场依存性和场独立性把不同层次的意识统一了起来，因此，艺术创作不仅是自我和生活的合成，而且具有另外一层重要意义：艺术创作是超越自我和超越生活的，因为它不仅是在证实一个已知的存在，而且是在探索和开拓一个未知的世界。

1985 年 4 月

之十二

艺术思维活动的延展与中断

也许是人们对于艺术过于溺爱，人们对于艺术的探求也是永无止境的。艺术的秘密不仅隐藏在艺术作品之中，而且更深刻地表现在艺术思维活动之中，这也许是人们对于孕育和铸造艺术作品的心理过程表现出莫大求知欲望的原因之一。于此，人们通过一番艰苦探索，期待着一种更大的满足，这就是用心灵去体验在艺术思维活动中创造生命的一切痛苦和欢乐，这也许是艺术生命过程中最富于色彩的境界。艺术思维活动中的延展与中断构成了艺术家心灵悲欢离合的一幕幕最精彩戏剧。

生命是流动的，艺术的生命首先在这种流动中呈现出来。人们在接受艺术作品过程中的满足，就是在系列化的流动的思维状态中获得的，这是一种运动的满足，是一系列特殊的心理活动连续的结果，其中也隐含着艺术家创作过程独特的思维轨迹。艺术作品是艺术家某种思维活动有序过程的结果，其动态过程可以被认为是一种特殊心境的延展。由于这种延展，艺术家能够从一个生活质点开始，创造出巨幅生活画卷，能够由生活片石寸荃的启发，构建雄伟的艺术大厦。由于这种延展，生活中一些濒临死亡的事物，一些被时间凝固而变得生硬的东西，被带到了生命的涡流之中，开始具有欲望、冲动以及各种感情的交流和撞击，由无序状态进入有序的运动行列。这种充满感情的思维运动会给艺术家带来一种本能的宣泄和快感。这也是一些艺术家在艰苦条件下仍能忘情投入创作的原因之一。

显然，在这种动态的思维延展中，隐藏着艺术生命某种本原的秘密，而且这个秘密是十分内在的。当人们看到艺术创作像一股生命之泉，从艺术家的心灵之中涓涓流出的时候，是很难看到在这细流之下巨大的意识涡流的旋动的；而当人们尽情拥抱了作品之后，创作思维过程已经悄然而逝，难以判断它的来龙去脉。这时，正如陀思妥耶夫斯基谈及创作时所说的："工作着与苦恼着，你知道写作意味着什么吗？"

在艺术思维活动中，尽管很多作家都享受过创作过程本身带来的恩惠，以及由此带来的极大喜悦，但是当艺术家谈及其事的时候，往往会把我们引进一个神秘的境界。当代作家王蒙在回忆写《海的梦》的创作心境时写道："写的时候，我充满诗情和喜悦，一切都好像是从笔端自己流出来的。……睡完午觉，我不能自己，脸也不洗，汗也不擦，茶也不喝，笔硬是停不下来，直到终篇，才长出了一口气，才发现自己还没洗脸呢。"创作过程中这种灵感突发和奔流不已的特征，把艺术家带到了一种忘我境界之中。西方的柏拉图也许就是被这种情景所迷醉，从而把创作看作是一种灵感的迷狂。这种富有浪漫色彩的想法被以后很多艺术家所接受。

艺术家这种忘我的体验，会使我们感受到创作过程中生命本原的意义，从某种程度来说，它是浑然的，活跃的，神秘而又变化多端的，是无法用任何理性的规矩来衡量、来说明的。正如近代学人章学诚所言："夫文章变化，侔于鬼神，斗然而来，戛然而止，何尝无此景象，何尝不为奇特，但如山之岩峭，水之波澜，气积势成，发于自然，必欲作而致之，无是理矣。"（《古文十弊》篇）这种透彻的议论确实提醒了人们切勿用某种绳范章法来衡量艺术，这会使人们满足于对艺术思维活动表面的体验，让理性一直沉溺在感性意识的状态中。

往往有这种情形：在对事物的探求中，当人们在说明和证明某种现象或某个属性时，同时又可能遮蔽着更深一层的内容。当人们打开一道门进入一个房间的时候，会发现自己正站在另一个房间的门扉之前，真理的探索是永远没有止境的。在艺术创作中，艺术家所表述的艺术思维过程，在某种程度上，只是描述了作为心理学过程的表面状态，是身入其境的真实感受。它包蕴着一个整体的生命过程，同时又有可能以自己感性的丰采掩遮了更内在的心理秘密。这就是在一种生命活动中所积聚的力量，冲突和消耗的生动曲折的思维延展历程。我们必须从"无是理"的境界中再走进去，探索和理解艺术思维活动延展的理性轨迹。

艺术思维活动的延展包含着艺术家心灵有节奏的内在振动。当创作活动从某一个生活质点开始延展的时候，总是包含着艺术家思想感情上一番骚动不安。生活中的某一部分进入艺术家思维之中，是艺术家心灵同它们发生碰撞并进出闪光的结果。一方面艺术对象作为一个客体，包含着某种艺术家所期待和感兴趣的具体内容；另一方面是艺术家在这个对象中有所发现，感觉和体验到了和自己美学意向相吻合的信息，这里面无疑包含着复杂深刻的内在秘密。司汤达从一个案件中得到启发开始写《红与黑》，鲁迅写鲁镇上的祥林嫂，郭沫若抗战时期写屈原，其中都隐藏着一种神秘的心灵上的牵连。这种牵连的形式可能是多种多样的，有的比较明显，有的则比较隐蔽，但总是存在于艺术家主体与客体互相感应的过程之中。

这个过程也许具有这样几方面的内容：（1）艺术对象在艺术家心灵历史中的地位。例如鲁迅写祥林嫂就同他的生活经历有很大关系。鲁迅儿时就接触了许多女佣，了解和熟悉她们的生活。而且，他和自己家的女佣就有一段亲密接触，并对她产生过一种类似对母亲的感情，这种感情构成了鲁迅心灵感情的一部分，在艺术创作中保持着一种寄托的需要。祥林嫂在某种程度上就体现着一种心灵感情的转移，寄托了作者一部分心灵深处的东西。（2）艺术对象对艺术家现实思想感情上的引导与启示作用。具体地说，鲁迅之所以创造"祥林嫂"，是和他当时受到新思想的影响，关注劳动人民的命运，痛恨封建主义的思想感情连在一起的。鲁迅人道主义理想与封建社会人吃人的现实形成强烈的冲突，祥林嫂成为一种生活的见证。（3）艺术对象作为艺术家表达自我的一种需要，它唤起艺术家对自我存在的某种思考，这是一种更高层次的精神牵连。《祝福》包含着鲁迅对自我与主人公之间生存关系、感情关系的反思，生存境遇引起鲁迅对生与死的问题进行重新认识。（4）艺术对象对艺术家生活理想和意志的激发和肯定，表现出艺术家美学风格与社会生活相互投射的关系等等。例如鲁迅一向以冷静深刻著称，他艺术的快感大多来自匕首投枪式的尖锐深刻，以揭示悲剧的残忍来肯定自己的艺术价值，这些都和《祝福》的创作过程有密切的联系。

以上所说的几个方面当然远远不能概括艺术思维活动得以延展的全部内容。但是综合上面所说的心理因素，我们把艺术思维延展推移到了艺术家主体与客体对象所建立的特殊关系之中，这就意味着，在原有生活中开始分裂出一个独立的部分——一个生活的横断面或者一人一事，构成了能够和艺术家相互感应对流的"对象的生命"时，它们彼此就有一种互相依存的需要，都需要通过对方的生命运动来延展和完善自己，通过肯定对方生命的存在来证明自己。艺术作品的生命就是从这里开始的。这时，再也不可能存在着"纯客观"的对象生活。对象的生命中不仅凝结着艺术家对生活的独特感受和理解，而且本身就成为一种有知觉、有愿望的生命，要求艺术家不断了解自己，尊重自己的意志，完善自己的生命。

在这里，分析对象生命和艺术家主体的关系，是一个饶有趣味的课题，因为对象的美学特征就是在这种关系中显露出来的。一般来说，对对象的生活，艺术家愈了解，愈熟悉，就愈能进入创作过程，形成自己独特的生命。其实情形也并非完全如此。假如对象的生活已被完全包容在艺术家的主体世界之中，和艺术家思想感情全无距离，创作几乎是无法展开的。这是由于对象的生活在艺术家主体面前已经穷尽了自己，已无需延展自己，也不能延展对方。很多艺术家面对自己周围的生活熟视无睹，无从落笔，也许就是这种生活对他来说太熟悉了的缘故。这种熟悉到了无法影响艺术家感情的地步，因而也不能自行从艺术家主体世界中脱离出来，成为一种独立的生命。

由此看来，一种对象的原型对艺术家产生吸引力的原因是双重的：一方面它必然是艺术家所熟悉的，和艺术家的主体世界在感情经历上有某种亲缘关系，甚至可能成为艺术家感情思想的某种"替代"。而另一方面，这个对象的原型对艺术家主体来说，又是新奇、陌生甚至异己的人或事，包含艺术家想去了解的内容，和艺术家保持着一定的心理距离。一种对象的生命就是在这两种情景中生发出来的。在此我们不妨考察一下郭沫若创作历史剧《屈原》的过程中的种种因素。

郭沫若对屈原是很熟悉的，早年就描写过屈原。屈原的浪漫主义诗情和爱国主义思想在郭沫若的心灵中占据着重要地位，已溶解在他的意识深处，构成了他人格世界中的一部分。抗日战争时期，郭沫若报国心切，回到祖国，想为国家建功立业，但回到祖国后，蒋介石一直半信半疑，以各种方法来限制和压抑他的活动，使郭沫若感到痛心和愤懑。这时候，屈原的身世和郭沫若的心灵产生某种相通和相互感应的联系，郭沫若从屈原生活中深刻地意识到了自己。同时，对郭沫若来说，屈原又是另外一个陌生的个人世界，他生活的年代和郭沫若的时代有一段长久的距离。屈原能够在某种程度上代替郭沫若进行自我表达，同时又能够遮蔽这种表达的直接性，保护艺术家的心灵。在郭沫若所熟悉的屈原生活经历之中，包含着郭沫若一种崭新的现实感情内容，郭沫若从前一种情景中尽情尽力地捕捉、感知和表达着后一种情景。在艺术思维活动中，作品的成型或多或少表现了艺术家主体世界的进一步丰足，艺术家总是又获得了一些新的知识，又多了些新的体验，增加了一些新的思想，也许这是艺术创作生命力延续的根本原因之一。艺术生命的延展并不只是在艺术家主体世界圈子里进行的，而是从主体世界圈子里伸展出来的；艺术家需要自己付出一部分，同时需要从生活中摄取一部分，共同造就一个新的生命。

对象原型这种双重性的表现方式是多种多样的，它和艺术家主体发生多层次的关联，会产生多重意义。在一个统一的心理过程中，一个对象原型和不同的心理元素相结合，或在不同的意识层面上，会具有不同的色彩，或明或暗，或显或隐，变化多端，无定数也无定格。一个对象原型在艺术家感性意识层面上是清晰的，在理性层面上可能是模糊的；也可能在现实意识中是明朗的，在历史思考中是暧昧的；在政治领域中可以是未知的，在美学领域中却是已知的。在这方面，对艺术家心理结构进一步的探讨会帮助我们发现更多的秘密。

以上面的论述为基础，为了更清晰地表达对艺术思维延展过程的理解，我愿意暂时在艺术家主体与客观生活之间假设有一个"中间地带"，对象原型就在这个中间地带存在，它一方面牵连着艺术家主体世界的各种因素，另一方面又和原始混沌的生活状态纠缠在一起，难分难解，连成一块。艺术思维过程使这个中间地带成为艺术生命孕育成长的场所，对象原型开始一步一步从艺术家主体世界中独立出来。同时也一步步从原始混沌的生活状态中分离出来，成为一种独特的对象生命，作为艺术家表现生活和表现自我的中介。

这个"中间地带"是艺术家思维最活跃的中心，也是艺术家某种感情经验的聚积场所和运动空间，一切主客观的因素都在这里自行流动和碰撞，进行新的识别和认识。任何一种对象原型被带到这种思维的涡流状态之中，带着艺术家艺术创作中的某种心理欲望，包括艺术家对生活的理解和倾心相与的美学理想，在不断地寻找着自己的肖像和声音，寻找着自己的语言和姿态。这时，艺术家对艺术的一切期待，都开始逐渐转化成为一种具体影像。例如鲁迅在谈到《阿Q正传》成因时说过"阿Q的影像，在我心目中似乎确已有了好几年"，这个影像随着鲁迅生活的发展逐渐开始有了自己独特的面目，阿Q"该是三十岁左右，样子平平常常，有农民式的质朴，愚蠢，但也很沾了些游手之徒的狡猾"。这个独特的对象原型在《阿Q正传》中已成为活生生的"这一个"，已无法和一般的三十岁左右的农民相混淆。鲁迅曾说："只要在头上戴上一顶瓜皮帽，就失去了阿Q，我记得我给他戴的是毡帽。这是一种黑色的，半圆形的东西，将那帽边翻起一寸多，戴在头上的，上海的乡下，恐怕也有人戴的。"而鲁迅对阿Q的形象也有非常具体、明晰的自我期待。后来，当看了刘岘给阿Q作的画像后，鲁迅曾在给他的信中说："阿Q的像在我心目中，流氓气要少一点……"而对另一位画家的阿Q画像，鲁迅又觉得流氓气略感不足。

鲁迅为什么要写这样一个农民，其中隐藏着更多的心理秘密。在艺术思维活动中，艺术家心理中一切感情的企盼，对艺术的理想都在向具体的艺术情景中扩展，在对人和事的描写中，成为一种具体的现实。这个过程也是一种从心理上自我期待到自我完成的过程。在这个过程中，每一个细节的设计都有多种心理因素在起作用。在鲁迅亲手修改的日译本《阿Q正传》手稿注释中，我们可以引展出一些连带的心理现象。对于阿Q的黄辫子，鲁迅注为"系指因营养不良，连头发也变成黄色的"。"营养不良"表明生活的穷困状态，可见鲁迅对于阿Q的生活地位非常关心，从而可以看出，鲁迅对于生活在这种穷困状态的人的精神状态感受最深。这从另一角度反射出鲁迅重视穷苦人们在社会变革中的作用。也许是因为穷，鲁迅在感情上宽容了阿Q，对"假洋鬼子"走路时"腿也直了"，鲁迅又注为"是因为学洋人走路的姿势……"这不仅表达了对"假洋鬼子"的蔑视，从另一个角度反映了鲁迅对一些西化文人的心理态度。"假洋鬼子"的"腿直"是学来的，过去自己并不"直"，而且学的是"姿势"，这一连串语义关系构成了一个具有多层含义的心理寓意。

从整体意义上来说，艺术思维活动的延展是艺术家和生活互相感应、影响和介入的一场特殊的"对话"的延续，是双方互相剥夺和占有的过程。在艺术思维过程中，作品的生命就是在艺术家主体与客观生活碰撞和交流中开始的。一位著名学者曾作过这样的比喻："正像我们现实生活中的人有父母生养一样，艺术形象同样也该有它的双亲，它应是客观现实界（自然和社会）同主观心灵界（艺术家的思想感情）之间所自己美学理想的指引发生的交感作用的结晶。"在日常生活中，如果说艺术家心灵上已积聚了某种感情和欲望，这种感情和欲望突然在某个具体的对象原型中变得更为明晰和突出；而这个对象原型更深刻地触发了艺术家的心理意识，唤起了艺术家对生活新的探求欲望，而且这种探求的欲望又在生活中得到了具体的应答，如此循环渐进，主体和客体对象之间互相在加强着对方，印证着对方，使对方的生命得以满足，艺术思维活动的延展就有可能实现。

这里，我想举绥拉菲莫维奇创作《铁流》的一席谈话为例。作家曾经告诉我们，他写《铁流》最初萌生的欲望，不是从某种结构或情节，或者是在某个人物和事件中产生的，而是在他看到了高加索山雄伟动人的景色之时，心灵中感到了一种深刻的冲突，他说："它的全部背景，它的全部自然景色都早已在我的眼前清晰地燃烧起了动人心魄的幻想。""高加索山脉的分水岭雄伟的景色，像烈火般印入了我的作家的脑海，用命令的口吻要我把它表现出来。"可以说，高加索山的景色已经唤起了作家创作的激情，在这种激情中同时包含着作家内心长期积累的情感内容，它一直沉睡在作家的意识深处，作家自己也未必真正感觉到它的存在，而在此刻它开始觉醒了。但是，作家感觉到了它，并非真正具体地把握了它。作家要把这种深刻的感情表达出来，高加索山给予作者霎时的幻象是不能承担的，它并不能使作者情感上得到满足，作家需要找到适合自己感情需要的更实在的内容，更真实的生命。但作家这时还没有在生活中真正意识到这种生动具体的对象存在。在很长一段时间里，对高加索山的这种心灵感受，充盈在作家的心灵之中，它就像一只酒杯一样，需要一种更充实具体的生命来把它斟满。

绥拉菲莫维奇为此在自己感性经验中，苦苦寻找着这个对象的生命。他说他曾经设想去写一个农夫，写农民的反抗斗争，写工人的斗争生活等等，但是都感到不满足，不理想，因为他并未从它们之中具体地确立自己的感情，从中获得自己所期待的生活内容，致使他艺术构思一次次中断，半途而废。直到有一天，作家听到三个达曼人讲他们行军的故事，才突然在作家思想中展现出一个新的境界。在这时，作家才真正发现自己在寻找什么，想要表现什么，意识到在高加索山给予的感情的幻象世界中，真正包含着什么。绥拉菲莫维奇在这个故事中确定地找到了自己，具体地发现了自己要表现的对象；于是这个细节在作家主体世界里引起了久远的回声，调动起意识深处一些相同、相似、相关的经验因素，使这个故事变得血肉丰满，于是，一幅幅流动着的，充满生命的艺术画面，在艺术思维的时空之中伸展开来，直至走完自己的历程。

往往有这种情形，艺术家在生活中有所感触，激起了某种感情，这种感情使他躁动不安，极欲把它表达出来，但是在生活中没有发现他所期待的应答，或者说具体的生活无法和他的主体经验世界发生持续具体的联系，若有若无，若断若续，艺术思维活动的延展就会受到阻碍，产生创作的苦恼。在这种状态中，与其说艺术家缺乏的是具体的对象原型，不如说艺术家整个思维还处于一种模糊和朦胧境地，并没有完全意识到自己思想感情的需求和它的实质。这时，感情的幻象就像一团迷蒙的星云，弥漫在艺术家的思维之中，系结着感情的生活因素还处于凌乱状态，它们之间还没有构成一种有机的联系；建立在艺术家不同心理层次上的艺术要求和欲望，含有不同的内容，它们之间还存在着互相冲突和矛盾的情形，还不能够在一种特定的生命活动中统一起来。

为此，艺术家常常会处于一种苦恼的选择之中，在丰富的生活关系面前，他并不是无可选择，而是难以确定自己的选择。在艺术思维活动中，无论是故事情节的发展，或者是人物行动，在整体生活中，常常存在着多种可能性，世界会给它们太多的方式、途径和特征，而丝毫不影响这种现实生活存在的合理性。作家韩少功在《留给〈茅草地〉的思索》一文中就曾提到过，他对小说中"张种田"形象有多种设想，"我本来可以把'张种田'的优点挑出来，把他写成一个叱咤风云的英雄战士，……当然，为了让他更生动更显真实，可以写一写他性格上的小缺点，写一写他对任何事物都有一个曲折的认识过程，……我本来还可以把'张种田'的缺点都挑出来，把他写成一个蜕化变质的昏君骄臣，……但我抑制不住一种强烈的愿望：写出一个复杂的老干部形象。"韩少功之所以中断了原来的写作，把写好的草稿撕掉重来，显然和他主体意识中一种更深刻的期待有关，这迫使他进行第二次、第三次新的选择。托尔斯泰在谈到写作《一个俄国地主的故事》时也讲到了这一点："我感到有一点，即我整月地处于无所事事的状态中，所得的报偿就是我心里鲜明地显示出一个俄国地主的故事的提纲。起先，当我预料到内容丰富和思想精彩的时候，我曾写得很顺利，我不知道在有关这一事物的思想和画面纷呈之际我应选择什么。"

当然，这个过程要复杂得多。艺术家在诸种生活因素中进行选择，不仅体现在整体的构思和人物面貌上，而且贯串在作品一切细节的安排上，即便是艺术家已经确定了整体的构思和作品的基调，作品中人物的肖像、举止、细节的编织都会一一牵动着艺术家的心灵，期待在多种可能性之中作出抉择。托尔斯泰在写作《复活》过程中，曾对出场的玛丝洛娃的肖像进行过精心的描写，把最适合于她的色彩和形象赋予了她。巴尔扎克在写作中，为了一个花粉商的名字在巴黎大街上找寻，都包含着一种苦心经营。艺术思维活动常常就是在这种细枝末节之处进退维谷，难以进一步展开的。在创作的王国里，生活给予艺术家构思的多种选择，给予艺术形象的发展提供各种各样的机会和可能性，这就是艺术创作所拥有的特殊的自由，也是艺术家发挥能动的创造性的广阔天地。有时创作的生命是一次完成的，并不给予艺术家以重复生命的可能性。艺术家总是认为把握了生命的前景才向前迈进的，然而生命的流程本身常常是难以预料的。生命的选择常常就在寸毫之间决定，这时，艺术家的犹豫不决是艺术思维活动中最耐人寻味的环节。

这种耐人寻味之处，和一般构思相比较，更神秘的内容表现在艺术家对于艺术形式、技巧方面的考量。面对一个既定的对象原型，艺术家重要的不仅在于表现什么，而且在于怎样表现，运用什么样的形式，这是艺术思维活动能够延展的基本条件。它表达了艺术家美学理想在艺术创作中的具体化过程，是艺术家主体与客观生活高层次的互相承担。托尔斯泰在《战争与和平》序和跋（草稿，1867 年）中曾说：“我曾经无数次地动手来写一八一二年的历史，但却又把它放弃。这段历史等我越来越认识清楚，便愈来愈迫切地要求用清晰而明确的形象把它写在纸上。有时，我觉得我初时所用的手法微不足道；有时，我想把我所认识到和感觉到的那个时代的一切全部写出来，但我又知道这是不可能的，有时，我觉得这部小说的简单、平庸的文学语言和文学手法很配不上它的庄严、深邃而全面的内容；有时，必须用虚构来串联那些在我心中自然而然产生的形象、图景和思想，而我对它们却又觉得十分不满意，因此我抛弃了我已经开始写的，而且失望了，觉得没有可能把我所想的所要说的一切都说出来。……我担心没有用大家用来写作的语言写作，担心我的作品不能具有某种形式，既非长篇小说，又非中篇小说，既非叙事诗，又非历史，我担心要描写一八一二年的重要人物这一必要性迫使我要依据历史文献，而不依据事实。"托尔斯泰这段话所表现的苦恼，显然是如何确定作品的形象和艺术方法。托尔斯泰曾经回旋在多种艺术形式和手法之间，考虑如何用美学的方法来确立自己和表现自己。这种美学理想的具体化过程一直渗透在艺术家最基本、最细微的艺术构思活动之中，甚至包括艺术家对艺术语言和技巧的具体运用。艺术思维活动的延展最终是通过有形的载体实现的，假如这种载体没有确定，艺术家所表现的对象生活，就不可能脱离艺术家主体的存在，成为一个独立的生命。实际上，在艺术创造中，对于色彩、线条和语言的选择，常常构成艺术家最终完全表达自己的真正难关。在我国古典诗歌创作中，早就有"一字之师"的说法，就正说明了艺术思维过程中确定形象的不易。

由此可以说，艺术思维活动的延展包含着艺术家主体与客观生活特殊的"对话"，这种"对话"是一种多层次的综合性的过程，具有多种多样的色彩。有时候，艺术家可能是"路遇知己，一见如故"，艺术思维活动如长河奔流，滔滔不绝；有时候，虽然是"一见钟情"，但无从说起，"盈盈一水间，脉脉不得语"，相思相望，为伊憔悴；也有时则仅是一厢情愿，结果是有来无往，徒然自作多情罢了。在各种各样的情景中，最重要的是艺术家是否与生活之间保持一种息息相通的关系，是否能够获得一种具体生动的应答。艺术家正是在这种"应答"中创造了艺术的实体，并且使艺术家主体世界得到不断的更新，从而去寻求生活更完美的应答。

1986 年 7 月

之十三

艺术想象新探

车尔尼雪夫斯基说："在诗的天才中，主要的东西就是所谓创造性的想象。"想象是艺术创造的翅膀。对于任何一个伟大的艺术家来说，最令人神往，也最令人难以捉摸的莫过于他们变幻无穷的、神奇的艺术想象了。

但是，艺术想象到底是怎样进行的呢？它是否有一定的规律可循，有某种特殊的限定条件呢？它是怎样产生，又是怎样完成的呢？这一系列的问题吸引了许多艺术的探索者，他们不满足于欣赏作家已经创造出来的作品，而且时时企图跨入作家心灵的大门，和艺术家的心灵一起遨游，得到艺术品之所以迷人的真正奥秘。至今为止，人们不仅较为明确地认识到了艺术想象和逻辑推理在本质方法上的差别，而且进一步发现了艺术想象同心理学、美学、创作个性的极其密切的联系。确切地说，艺术想象是同心理学、美学相联系着的一个艺术问题，我们的艺术想象论就建立在这个基点上。

一

艺术想象是形象和图画的想象，这是我们理解艺术想象内容的一般常识。尽管这是从艺术想象表层结构中就能得出的结论（我们从任何一个作品的横截面就可以看出这一点），仍然是非常重要的，因为它揭示了艺术想象的根本属性就是它的具体性，这种具体性是建立在人的感觉基础上的。

艺术家在艺术创作中，把自己对生活的感触和热情变成可感、可视、可听，并且在某种意义上是可触的东西，首先是对生活有了具体的感受，由此激发了他的感情和向往，才能进入艺术构思。正是生活中个别事物的提示和启发，使艺术家有了创作的可能性。可以说，生活中的个别现象，一旦引起艺术家的注意，就可能成为艺术作品最早的天然胚胎，它在作家的想象中孕育成长。艺术家产生艺术想象的直接推动力就是来自现实的具体感受和印象。作家在具体的事物中，意识到了某种对他来说是可贵的东西，就本能地把它捕捉住，去设想更完美的艺术图画。于是艺术想象从这里开始了。

毫无疑问，并不是生活中一切具体事物都可以是艺术想象的起点，恰恰相反，艺术家常常会感到困惑，在周围无数具体的事物中，竟没有能激发起他艺术想象的东西，一旦获得就如获至宝一样抓住不放。生活中的任何个别事物只有具有牵动作家整个感觉、经验的能力，才有可能进入想象的世界，从一意象跳到另一意象，从一个感觉跳到另一个感觉。这时，在音乐中，一个乐音可以启迪艺术家整个音乐感觉世界；在雕塑中，形象的某一动作的顷刻，就孕育着动作的全部过程；而在文学中，生活中的一个场景、一场对话乃至一枝一叶，都可能引起整个感觉世界的想象。在艺术想象中，生活以它生动的、具体可感的形式吸引着艺术家，迫使艺术家用直观的形式把它显现出来。

艺术想象最本质的特征就是形象的具体性，这就从很大程度上决定了艺术想象不能只是事物轮廓的想象，还要是细节的想象，它要求艺术家对事物体察入微，深入到形象的每一个具体特征上去。鲁迅谈到《阿Q正传》的成因时说"阿Q的影像，在我心目中似乎确已有了好几年"，在鲁迅的想象中，阿Q这个"影像"有着独特的面目和鲜明的标记，他"该是三十岁左右，样子平平常常，有农民式的质朴、愚蠢，但也很沾了些游手之徒的狡猾"。鲁迅还说："只要在头上戴上一顶瓜皮帽，就失去了阿Q，我记得我给他戴的是毡帽。这是一种黑色的，半圆形的东西，将那帽边翻起一寸多，戴在头上的；上海的乡下，恐怕也有人戴的。"正因为鲁迅对自己的主人公形象如此烂熟于心，才创造出了一个鲜明生动的个性。这些具体的外貌特征，是鲁迅反复感知过的，以至于在他心灵中阿Q的形象成为一个活生生的具象。在我国古代画论中，有"眼中之竹""胸中之竹""手中之竹"的说法，说明了从生活到想象，从想象到艺术实践的全过程，在这个过程中，始终离不开"竹"的具体形象，而"胸中之竹"正是艺术想象的环节。

艺术想象的具体性，并不排斥艺术想象的概括性特征，但是这种概括性并不是在某种观念支配下对事物的综合，而是在对形象的感知和体察中自然进行的，换句话说，这种概括本身就是对形象的具体属性的感知和想象。在艺术创造中，触发艺术家想象的永远是生活与事物的具体属性，而不是抽象的观念和意图，虽然这种具体的生活和事物的属性引起艺术家的想象具有很大的偶然性，但是它是否能触发想象却具有内在的必然性。可以说，具体的生活现象是在艺术家先前心灵中已准备好了的条件下起作用的，是在不知不觉之中经过艺术家心灵挑选了的。艺术家在这种先前的规定中去捕捉感性的生活时，已经规定了他的艺术想象的某种概括性。因为在通常的生活中，某种生活和事物的具体属性所能代表的意义并不是尽然相同的。在仪态万方的生活面前，艺术家总是依据自己对生活的理解和感受的程度，本能地走到自己所感兴趣的对象跟前，让自己的想象伴随着它自由飞翔。这时，一朵小花和万里长城同样是令人神往的，同样可以形成一个美妙的世界，尽管这两个艺术世界的容量和内涵大有差别，但各自仍不失其艺术品价值。但是，假如一个艺术家放弃自己所迷恋的小红花，而追随到万里长城的脚下，那他一定会失望的，万里长城给他的将不是热情的想象，而只能是冰冷的推理。因此，艺术想象的概括性的程度正是由艺术家对形象具体性的感受程度所决定的。作为艺术家，首先使他感情激荡的是具体的生活画面；只有在直接经验的基础上，艺术家才能创造出生动的、具体的、富有个性的艺术典型。

艺术想象的具体性不仅仅表现在触发艺术家艺术想象的具体性，而且更重要的是艺术想象过程的独特性。艺术想象的具体性是具体图画的想象，也是艺术家具体心灵的观照。艺术想象的世界是神奇、富有的世界。《文心雕龙》讲："文之思也，其神远矣。故寂然凝虑，思接千载；悄焉动容，视通万里。吟咏之间，吐纳珠玉之声；眉睫之前，卷舒风云之色……"在这个世界中，日月星辰，天上人间，无奇不有，无所不包，有"蜀道之难难于上青天"，"大江东去浪淘尽"，也有"月有阴晴圆缺"，"天若有情天亦老"；有"怒发冲冠"，也有"绿肥红瘦"；有"大珠小珠落玉盘"，也有"石破天惊逗秋雨"；有《西游记》的鬼神世界，有《红楼梦》中的大观园胜境。在这个世界里人可以"观古今于须臾，抚四海于一瞬"，"绎虑于险中，采奇于象外"。尽管如此，艺术想象过程仍然是艺术家心灵观照的轨迹。在一定的条件下，有的人可以从 A 点想象到 B 点，有的却可达到 C 点或者 D 点，这都能够在先前的生活中，在由此所决定的全部人生经验和艺术修养中找到根据。毫无疑问，一个对生物学一窍不通的人，看到银杏树，绝不会想到第四纪冰川时代给自然界留下的遗迹；而一个生物学家看到鸡蛋，也很难想象农民赶集的情景。

现代艺术发展的一个显著特色，就是艺术愈来愈自觉地和心理学联系起来了。对于艺术想象的研究也同样如此。人们不能不时常借助心理学上的发现，来探视艺术想象的奥秘。西方近代联想主义心理学派把人的联想归结于恒常的经验，认为人的想象只是一种由心灵决定的物象的转移。这种想法在一定的范围内是有道理的。艺术家总是根据自己对生活的感受和理解来进行艺术想象。但这些感受和理解不是抽象的，正是对生活的大量印象的记忆和形象的储备，构成了他的艺术经验。艺术家的想象也只有依据这种经验来想象形象。屠格涅夫在谈到创作时说过：比如说，我在生活中遇到了某个费尔卡·安德烈耶夫娜、某个彼得、某个伊凡，你瞧，在这个费尔卡·安德烈耶夫娜、这个彼得、这个伊凡的身上有某种特殊的东西打动了我，而这又是我从来没有从别人那里看到听到过的。我仔细地观察他，他或她对我引起了特殊的印象；我深思着，以后，这个费尔卡，这个彼得，这个伊凡离开了，不知消失在哪儿了，但他们所产生的印象，却保留下来，成长起来，我拿这些人物同其他人物相比，把他们带入各种情节之中，于是在我心中就形成了一个完整的、特殊的小小世界。艺术想象的具体性就是依赖着作家大量的感性经验显现出来的。对艺术家来说，他所拥有的感性经验的不同，艺术想象的范围和轨迹就不同。

因此，搜集记忆的形象，丰富自己的感觉经验，是增强艺术想象能力的基础，很多艺术家都具有这方面出奇的本领。沈从文曾在谈到童年的好奇心时回忆：我生活中充满了疑问，都得我自己去找寻解答。我要知道的太多，所知道的又太少，……各处去看，各处去听，还各处去嗅闻，死蛇的气味，腐草的气味，屠户身上的气味，烧碗处土窑被雨以后放出的气味，要我说来虽当时无法用言语去形容，要我辨别却十分容易。蝙蝠的声音，一只黄牛当屠户把刀进它喉中时叹息的声音，藏在田塍土穴中大黄喉蛇的鸣声，黑暗中鱼在水面泼刺的微声，全因到耳边时分量不同，我也记得那么清清楚楚。因此回到家里时，夜间我便做出无数稀奇古怪的梦。经常是梦向天上飞去，一直到金光闪烁中，终于大叫而醒。这些梦直到将近二十年后的如今，还常常使我在半夜里无法安眠，既把我带回到那个"过去"的空虚里去，也把我带往空幻的宇宙里去。可见想象总是同艺术家在生活中的感性印象、体验和记忆相连的。当代电影明星刘晓庆曾说，要成为优秀的演员，必须尽可能地做到"人所具有我都具有"。她要不停地搜集形象，记忆形象，用艺术家的眼光来看待一切，发现和吸收生活中各种不同的精神上和外表上的美，使它们在自己的心灵田园里播下各种不同的种子。对于任何艺术的想象，这确实是一个很好的提示。

在艺术想象中，形象既是最具体的，又是概括的，这似乎存在着一定的矛盾。起码可以说，具体的不一定就是概括的，具体化的过程不一定就是概括化的过程。但是只要我们把艺术想象作为一个整体的时候就会看出，艺术想象中形象的具体性和形象的概括性是统一在艺术的假想性基础之上的，正因为如此，人们通常把艺术想象理解为艺术的假设和虚构。这当然是不全面的。但是在艺术想象中，形象的假想性是联结形象的具体性和概括性的中心环节。没有艺术的假想，艺术想象就可能退化为记忆的具体性，成为对个别事件专心致志的追想和记录；没有艺术的假想，艺术想象就可能变异为抽象的概括性，成为某种观念的机械的图解和显现。

毫无疑问，记忆是艺术家的财富、资本和原料，艺术家有再杰出的虚构能力和编造能力，也离不开记忆的宝库。但是，对于具体形象和事件的显现，记忆同艺术想象有着本质的不同。记忆能够达到形象的具体性，但是在记忆的过程中，仅仅要求人对某个具体事物的关注，就单个的事物进行细致入微的实录，它要求尽可能地排斥对整个生活的观察和认识，排斥人的主观感情的浸入。而艺术想象恰恰相反。它要求艺术家调动全部生活经验和对生活的认识，把自己的感情贯注于形象中去。前面已经说过，当艺术家热烈地感触到生活中某一瞬间的光亮时，这一瞬间的剪影在很大程度上，只是对艺术家整个经验世界的一个提示和一次触发。而完整形象的形成，只有在大量的形象储备的基础上才能实现。这时候，艺术家需要大量的感性材料，在生活的某一点上不断予以丰富、补充、挖掘、深化、延伸，创造出一个虚构的形象世界。因此，艺术家通过艺术想象创造出来的具体形象，不同于现实生活中的具体事物和人物，它不仅带着艺术家强烈的个性色彩，而且反映着艺术家对整个生活的认识，因而具有一定程度的普遍的概括意义。杜勃罗留波夫这样写道，诗人的感应，常常会给某一对象的一种什么品质所吸引去，于是他就到处努力呼召和搜寻这品质，他把尽可能完全地并且生动活泼地将它表现出来作为自己主要的任务，他把它的艺术力量都化在这一点上，这样，艺术家就使自己灵魂里的内在世界跟外部现象的世界交融在一起，能够通过统治着他们的精神的三棱镜来观察全部生活和自然。托尔斯泰也说过，创作时，概括的过程与赋予生命的过程是同时发生的，但是这是两个截然不同的过程。但这两者都需要统一在虚构的过程中。

二

至今为止，我们仅仅谈了艺术想象的一般特征，确切地说，我们还没有真正地踏进艺术想象的神秘世界。我们仅仅是站在艺术想象的门边，看到一点微枝末节，就事论事地进行议论，而没有确切地说明艺术想象真实的内在意义。

那么，艺术想象到底是指什么呢？是指艺术家的手段，还是一种能力呢？都不确切。艺术想象是一种运动，而且应该是这样一种运动，即艺术家在感情的驱使下，遵循着自己美学理想的指引，定向地形象再造的思维运动。似乎没有比这个更明确的定义了，因为我们已经把艺术想象归结于艺术地认识生活和表现生活的整体结构之中了，并且把它理解为艺术家生活素养和艺术素养综合的产物。

艺术想象总是同具体形象相联系，总是在艺术家一定的美学理想支配下进行的。但是这种支配不是强行干预，而是表现在对艺术形象的追求中；在这个形象中，就寄托了艺术家的全部感情和美学理想。可是，当现实生活中具体事物和艺术家心灵发生碰撞，迸发出绚丽火花的时候，艺术家仅仅本能地在这闪光中感到了它的存在，朦朦胧胧地看到使他向往、迷醉的形象的轮廓，它吸引着艺术家，促使艺术家去了解它，熟悉它，直到全部占有它。艺术家的想象就是在这种情感的支配下，不断地接近自己所能意识到的形象，使它从模糊中清晰起来。因此，这个尚未清晰的形象，就成为艺术想象的引路人。陀思妥耶夫斯基在谈到小说《白痴》创作时写道："一个思想很久就折磨着我，但我却怯于用它来写小说，……这个思想是——描写一个十分美好的人。……这种思想首先是通过某个艺术形象而闪现的，不过要知道，不只是通过某个形象，而需要的却是完整的形象。"虽然这时作者已写好了小说的大纲，但形象仍然是很模糊的，陀思妥耶夫斯基曾写道：在四个主人公中，两个在我心中显现得很强烈，一个还完全没有显现出来，而第四个，亦即主要的，也就是第一个主人公，却还极其隐约。尽管如此，作者仍然禁不住这个艺术形象的诱惑，"像干轮盘赌那样，冒险试试看："也许，会在笔底展开！'"在屠格涅夫的创作中，也有这方面的提示。他在创造《父与子》中巴扎洛夫的形象时，最先引起他注意的是一个外省青年医生的性格，他说，这个性格给我的印象很强烈，同时却不太清楚；起初我连自己也不能透彻地了解它，于是我就聚精会神地倾听和观察我周围的一切，仿佛要检查自己的感觉是否真实似的。可见，艺术家的想象是在捕捉着一个飘忽不定的形象。这个形象是确定的，又是不确定的。所谓确定，就是艺术家从现实个别事物中意识到了它的存在，它与自己整个美学理想发生共鸣；所谓不确定，就是它还并没有显示出自己的全部细节。

因此，艺术家永远是一个探求者，而艺术想象就是艺术家探求的足迹。艺术家在艺术想象中，不断从迷蒙的境界中寻求自己的形象，把自己的热情交付给它，赋予它血肉，一直到自己的心灵完全触及了它，达到"神与物游"的境界。正如陀思妥耶夫斯基所说的，在那些漫漫的长夜里，他于兴奋的希望和幻想以及对创作的热爱之中：他同他的想象，同亲手塑造的人物共同生活着，好像他们是他的亲人，是实际活着的人；他热爱他们，与他们共欢乐、共悲愁，有时甚至为他的心地单纯的主人公洒下最真实的眼泪。……当代小说家王蒙曾把这种对形象的追求比喻成正在萌发的恋爱一样不能自己，他说：虽然你对她的了解还不是那么多和那么深，你还没有向她透露过你的感情，你还不知道她会怎么样看待你的感情，你还不知道你的爱情的命运和结局。但是，炽热的、刚刚在你的身上被唤醒的爱情已经使你不能自己，你会有多少念头、多少幻想，做多少梦，不论天上的云、河里的水、岸边的树和花瓣上的露珠，都使你想起你的恋人。

在这种热情驱使下，艺术家的心灵不能不时常同自己的形象纠缠在一起，为之喜，为之悲，为之怒，和自己的形象一起去感受生活，体验生活。我国古代有个著名的画虎画家，当画虎时，就把自己关在屋子里爬到地上，模仿虎的各种动作，直到心领神会为止。福楼拜肯定地说，当他写爱玛·包法利服毒自杀的时候，甚至在自己的口中感到了砒霜的味道。而巴尔扎克曾经为自己所想象虚构的人物痛哭流涕。这些艺术事实都说明艺术家在艺术想象的过程中，对自己所追求的形象全神贯注的情景，他在把自己的全部身心都交付于自己的形象，处于一种扑朔迷离，"衣带渐宽终不悔，为伊消得人憔悴"的艺术境界。当然，对于艺术家这种苦苦追求的忘我的神情，艺术形象并不是无动于衷的。相反，在艺术想象过程中，艺术形象愈向清晰发展，艺术形象也愈显示出自己的风采和魅力，也愈吸引着艺术家对它一往情深。屠格涅夫谈到《父与子》的创作时说：我对巴扎洛夫的感情——我私人的感情——是带有迷迷糊糊的性质的。（我是否爱他、恨他——天才晓得！）然而结果，这个形象却明确到这样，居然马上进入生活，独来独往地行动起来。在艺术想象的初期，形象还处于朦胧的阶段，艺术家尚有可能在它面前显示出"写他还是不写他"的犹豫，但当形象愈来愈具体，愈显示出自己活力的时候，艺术家已被形象完全迷住了，不由自主地随着形象一起活动。

因此，在艺术想象过程中，实际上存在着两种力的运动，一方面是形象对艺术家愈来愈强的吸引力，一方面是艺术家对艺术形象不断的追求力，这两种力彼此不断增长，形成一致方向上的合力，使艺术形象愈来愈趋向鲜明生动。在这个过程中，具体艺术形象的运动和艺术想象总是水乳交融在一起的，具体的形象或多或少规定着想象的方向，而想象又使形象充满生命，完成自己的使命，如同两条齐头并进的平行线，负载着艺术的列车风驰电掣地向前奔驰。

艺术想象具有"定向"的特性，使我们有可能把它同一般的想象活动区别开来。艺术想象不是臆想，也不是胡思乱想，而是一种有节制、有范围的思维，它不仅要塑造形象，而且要按照形象的特性和性格逻辑去思维。因此，艺术想象只有在一定的境界中才能实现，这种境界首先需要排除思维中与形象无关的活动，突出意识中形象思维的层次。庄子《达生》篇中有个寓言，说的是鲁国能工巧匠梓庆能用木头制作精美的鐻（一种乐器），使人惊疑是否为神人制造。鲁侯问他用什么办法造的，他说："我没有什么办法！不过，我造鐻时，一定要斋戒静心，斋戒三天，我便忘了庆赏爵禄，斋戒五天，我就忘了批评赞扬，斋戒七天，我就忘了自己的四肢形体，这时连你鲁公的朝廷也不在我心中了。我心里只装着鐻。"这个寓言说的是艺术创造要排除外界的影响，更确切一点说，是艺术构思中的一种"净化"过程，形成一条独特的思维轨道。因为一个艺术家的思维在一般情况下并不是单一的，而具有多种层次。例如政治、哲学、自然科学以及各种生活问题，都会引起他的想象和思考，但是一旦进入艺术想象，他就必须极力抑制其他层次，沉浸到自己所创造的那种艺术境界中去。只有这种状态，才能创造出神圣的艺术作品。我国古代诗论中讲创作要有"禅道"和"妙悟"也是这个道理，唯有心平气静，巧思专一，才能对艺术有所"妙悟"。西方格式塔心理学派在研究人的心理活动时引用了"场"的概念，对我们很有启示。他们把任何人的心理活动都理解为一定情形下特定的感觉系列之一。其代表人物考夫卡就认为，事物的外观为场组织作用所决定，而场组织作用则由近刺激的配置所引起。柯勒认为：我们必须假定，感觉组织作用乃是在确定的刺激作用的条件下所发生的这样一种动力配置所具有的特性。在他们那里，所谓心理活动的"场"，最终不过是在人们经验世界中原先就规定好的一种情势，它依存于感觉世界中，处于统一状态的个别印象和感觉之中。尽管这个"场"的概念，带有很大程度的片面性，但看到了人的心理活动具有一定的整体性和内在的规定性，是很有意义的。对艺术家来说，艺术想象同样存在着一个"场"的界限。在艺术形象所规定的"场"的范围内，想象可以自由驰骋，任意飞翔，但是如果脱离了这个"场"的约束，想象就会脱离艺术的轨道，成为一般的心理活动。

列夫·托尔斯泰因此认为，想象是一种那么灵活、轻巧的能力，以致运用它时要十分谨慎小心。一个不恰当的暗示，一个莫名其妙的形象，会破坏一切由无数美妙而可靠的描写所产生的暗示。作者与其在自己作品中留下一处这样的暗示，不如漏掉一处美妙的描写来得更好。从某种意义上可以说，艺术所创造的只是一种定向的形象运动的空间。罗丹说：在我看来，艺术的任务就在于此，艺术所创造的形象，仅仅给感情供给一种根据，借此可以自由发展。这个形象是感情发展的根据，也是想象的根据。艺术想象同艺术创作的区别在于，在艺术想象中，艺术形象总是更完美、更具体地存在着，而在艺术创作中，只能显现出艺术家所能够显现出来或者有必要显现出来的部分。因为从想象的艺术品到再现的艺术品，还必须通过一定的物质手段的媒介（例如色彩、语言、声音诸如此类）才能实现，所以从想象的艺术到再现的艺术品，不可能达到尽善尽美的统一，总是存在着一定的距离。萨特因此说，画家不可能真正地把心中内在的形象外现为真正的形象，而只是构造了一个"仿型"。而想象愈丰富，这个"仿型"也就愈具体，愈完全。从鲁迅亲手修改的日译本《阿Q正传》手稿中，可以看出一个艺术家对形象细致入微的想象。对于阿Q的黄辫子，鲁迅注为："系指因营养不良，连头发也变成黄色的"。而对"假洋鬼子"走路时"腿也直了"，鲁迅又注为："是因为学洋人走路的姿势……"就连赌博的情况，鲁迅还专门画了一张图来解说。至于鲁迅在《寄〈戏〉周刊编者信》中谈到的他感知如此鲜明的旧毡帽，从来没有在小说中出现过。由此可见，在鲁迅艺术想象中的小说画面和形象要比写出来的作品要细致得多，完备得多，正是在这样更丰富的想象的基础上，鲁迅才创造出了阿Q这一如此丰满的艺术形象。

三

现在我们可以进一步分析艺术想象的过程。既然艺术想象是在一个既定的空间中进行（这个空间当然是美学意义上的），那么艺术想象就得创造这样的空间，并且同时又受到这个空间的制约。可是，艺术想象是依据什么来创造和服从这个空间的呢？是事物之间的关系。艺术想象向我们呈现出五彩缤纷的色彩时，其实是从一个意象到另一个意象的美的关系的陈列，这些意象来自生活，而这种有序的关系只有艺术想象才能完成。艺术想象的实质是掌握美的关系。拉美特利早就指出过，想象作用当受到艺术和教育的提高，达到可贵的、美好的天赋高度的时候，能够准确地把握到它所容纳的那些观念之间的一切关系，能够毫不困难地统摄和掌握一批数量惊人的对象，而从这些对象里最后演绎出一长串有次序的关系来，这些关系不是别的，而只是原先的那些关系经过排列比较而产生的一些新的关系，这些新的关系，心灵觉得和它自己是完全一样的东西。这照他说来，就是精神产生的过程。

因此，有许多学者把想象理解为"组合"。十七世纪英国的霍布斯就提出过这种观点，"如我们看见一个人，又看见一只马，我们心灵里就想出一个马身人首的怪物。一个人如果把他对自己本人的想象和他对别人所作所为的想象合在一起，例如想象自己是赫喀琉斯或亚历山大，小说迷往往如此，这就是组合的想象。"① 十九世纪法国的李博在谈到创造性想象时说："思想秩序中创造性的想象里，根本的、基础的要素，就是以类比来进行思维（Penser par analogie）的功能，换句话说，就是借事物之间的，亦往往是偶然的相似关系来进行思维。"② 这些观点都在一定程度上揭示了想象所具有的真实的客观内容。毫无疑问，任何神奇的艺术想象都离不开具体客观事物的基本要素，我们所惊奇的只是想象的神奇的创造能力。鲁迅说得好，天才们无论怎样说大话，归根结底，还是不能凭空创造。描神画鬼，毫无对证，本可以专靠了神思，所谓"天马行空"似的挥写了，然而他们写出来的，也不过是三只眼，长颈子，就是在常见的人体上，增加了眼睛一只，增长了颈子二三尺而已。

艺术想象并不能超越艺术家经验的限制。假如我们把最神奇的艺术想

---

① 外国文学研究资料丛刊编委会：《外国理论家作家论形象思维》，中国社会科学出版社，1979 年
② 同上。

象的产物进行分解，所得到的也不过是最平常的客观世界中零散的材料而已。使一般人望尘莫及的是，正是这些习以为常的零散的生活和材料，通过艺术家的一番孕育，就能创造出精美的艺术品，甚至使我们感觉到，艺术品中所出现的一切都是生活中所没有的，而是艺术家制造出来的，即便在每一个普通的、微小的细节上，也闪烁着一般生活中所没有的光彩。这种艺术魅力的奥妙在于，这些来自生活的感受，通过艺术想象已经被条理化、序列化，处在一种完美的形象体系之中，用艺术家所意识到的美的关系串联起来了。于是，生活中分散的、个别的事物、情绪，像一些散乱的珍珠，一旦处于一种美的关系之中，顿时成为一串多彩的项链。只有在这种关系中，杂乱的生活现象才能变得单纯整一，模糊不清的印象才能逐渐清晰，而瞬现即失的生活剪影才能被凝结为永恒的艺术画面。

在艺术想象中，只有那些同艺术家所追求的艺术形象有必然联系的生活素材才是有效的，同时，艺术家在各种事物中，从自己的经验世界中，不断地寻求这种联系，发现这种联系。钱谷融先生曾在论细节和整体形象的关系时说，凡是不能从现象与本质的有机统一中来把握事物，不能把事物当作一个活的整体来感知，来认识的人，就绝不能成为一个艺术家，就绝创造不出生动的艺术形象来。譬如，青年男女的一颦一笑，在不相干的人的眼里，无非是一颦一笑而已。但在他（或她）的情人眼里，这一颦一笑之中该是包含着多少丰富深厚的情意呵！如果只把这一颦一笑作为简单的面部变化——如眼帘的开合，嘴角的牵动——来写，而看不出这一颦之中所包含的丰富深厚的情意，看不出"一颦一笑"这种外部表现与"情意"这种内在本质之间的具体联系，那就绝写不好这一颦一笑。显然这是很深刻的见解。深入到艺术想象过程中去看，假如艺术家没有发现个别生活现象同自己梦寐以求的艺术形象之间的联系，他就无法形成艺术画面，也就根本不能去设想人物的行动和面貌。这时，再丰富、生动的生活的表象，对他来说，都是一些僵死的、苍白无用的沙粒。

我们已经谈到了触发艺术家想象的事物永远是有选择性的，这种选择性是由艺术家已具有的艺术素养和生活素养所决定的。因此，往往引起艺术家想象的并不在于某一两件事物表面的惊人之处，而在于艺术家在它们面前感触到了某种内在的联系，在艺术家心灵中所引起的遥远的回声，这个回声提示他去透视整个生活，召唤他去表达出对生活的某种深刻的感受和理解。当他接触这样的生活现象时，才能形成一个能够意识到的，但是还十分模糊的形象画面。这就需要把眼前的生活现象同这个形象联系起来，开始用一个个具体环节把它们联系起来，一步步地接近自己的理想形象。冈察洛夫写道：如何把这些暂时还是七零八落地散布在脑子里的各个部分拼成了整体。为了不致忘记，我赶紧把一些场面、性格草草地记在纸片上，我仿佛是摸索着前进，起初写得无精打采，笨头笨脑，枯燥无味（像开始描写奥勃洛摩夫和莱斯基的情形那样），我自己都常常没兴趣写了，直到眼前突然闪光，照亮了我要走的道路。我的心中始终存在着一个形象，同时还有一个基本的主题，就是它引导我前进，一路上我还无意中抓到些手边碰到的东西，就是说与它关系比较密切的东西。冈察洛夫把自己创作称为"不知趣创作的有趣过程"，在这个过程中，一些直接感受到、体验过的曾在其他人物身上意识到的细节，一旦与人物形象发生关系，就不知不觉地加入了人物形象活动之中。

西方构成主义心理学派的代表人物冯特把心理活动看作是一个"复合体"，他指出，一种心理产物的元素彼此处于一定的内在关系，这种心理产物本身必然是发生于这些内在关系的。所谓内在关系，乃是指那种依存于个别内容的质的构造的关系而言的，若干声音元素所构成的整体的组合，完全是以这些声音彼此所处的，质的和量的关系为依据的。如果不考虑新的创造性复合体的成为彼此所处的内在关系，我们就无法解释这些复合体的心理价值，正如我们如果不经常顾及这些关系所产生的各种影响，就无法理解它们的特性一样。因此，他把想象看作是一种"统觉"。如果把冯特"心理复合体"的观念同格式塔心理学派中"场"的观念结合起来，排除他们的偏见，对于理解艺术想象很有帮助。可以说，艺术想象不仅是在一定艺术形象的"场"内进行的，而且具有一种艺术的"复合体"的结构，这个结构决定了艺术想象中的每一个细节，每一个物质的属性，都必须依存于艺术家所向往创作的整体形象，符合人物、情节、环境、语言等一系列因素的内在关系。莱辛早就指出过，谁若是想同我们的心灵说话，并唤起我们的同情，必须像要娱乐和启迪我们的理智一样注意联系。没有联系，没有各个部分的内在的联结，最好的音乐也不过是一堆无用的沙粒，不可能给人以持久的印象；只有联系才能使它们成为一块坚实的大理石，在这样的一块大理石上，艺术家的手才能雕出不朽的作品。

因此，艺术想象具体性的关键并不在于个别的事物或形象的再现，而在于"发现"和"创造"具体的事物与整个艺术形象，乃至于艺术家整个美学理想的内在关系。莫泊桑曾说，"为了描写一堆烧得很旺的火或平地上的一棵树，我们就需要站在这堆火或这棵树的前面，一直到我们觉得它们不再跟别的火焰和别的树木一样为止。"千万不要认为，这仅仅靠观察的细微能达到，这还要靠艺术的想象。这堆火或这棵树之所以能够显得不同，重要的不在于它们本身的特色，而是在于它们同周围环境的关系，引起的艺术家特殊的感情与联想。这堆火和这棵树，作为一个个体，却体现出"这一个"的"复合体"的性质。让我们记住巴尔扎克的小说《无名的杰作》中老画家的话吧，他说："请你试试把你的恋人的手拓个石膏模型，放在你的面前，你看不到任何一点相似之处，这将是僵死的手，于是你不得不去请教雕塑家，他并不提供精确的复制品，却传达出运动和生命。手，不但是人体的一部分，它把思想，必须抓住和必须传达的思想表现出来，并且继续下去。"

正是这种内在关系，在艺术想象中的每一个细节、每一个具象都存在超越它自身意义的美学价值。鲁迅曾说在创作中，他喜欢画"眼睛"，因为这眼睛正是最能传达出人物形象内在心灵的窗口。"征神见貌，情发于目"，"传神写照，正在阿堵之中"，我国古代画家顾恺之就这样说过。在《祝福》中，鲁迅曾多次描写了祥林嫂的眼睛，这双眼睛成为揭示人物形象精神世界的标志，它本身不仅是祥林嫂具体的、个性化的形象的体现，而且意味着人物形象性格、命运的许多东西。毫无疑问，在我们欣赏这篇小说时，我们的想象将追随着人物的整体形象。这双眼睛的心理内容，是通过它与整个小说的情境的关系而获得意义的。这里，我们用欣赏中的想象活动来推论创作中的想象活动也许显得并不确切，但是，照我看来，艺术描写是借助某种物质手段，将想象中的形象，通过连续的"点"显现出来；艺术欣赏就需要通过艺术家所表现出来的"点"的排列，还原为艺术家想象中的形象——两者之间是具有某种一致性的。通过想象，这种一致性成为艺术家和欣赏者心灵交通的桥梁。

　　显然，艺术的个别细节、意象的排列并不拘泥于客观生活的具体事物或事件。鲁迅曾经用"杂取"来说明他再造形象的过程。他在《我怎么做起小说来》一文中说："人物的模特儿也一样，没有专用过一个人，往往嘴在浙江，脸在北京，衣服在山西，是一个拼凑起来的角色。"高尔基也有类似的话，说他是从二十个到五十个，以至几百个小店铺老板、官吏、工人身上，抽出最有代表性的习惯、特征、姿势、谈吐，综合在一个小店铺老板、官吏、工人身上的。但是，无论"拼凑"这些个别的表象、特征的范围多么广泛，都必须在形成一个完整的、统一的形象中表现出来，假如我们仅仅看到了这些个别表象和特征的多样性，看不到它们之间在整体形象基础上的统一性，就不可能真正理解鲁迅概括形象的想象过程。杂取，不意味着各种生活印象的简单合成。黑格尔讲过，有人可能设想：画家应该在现实中的最好的形式中东挑一点，西挑一点，来把它们拼凑在一起，或是在铜盘或木刻上找些面貌姿态等等作为表现他的内容的适用形式。但是艺术的任务并不止于这种搜集和挑选，艺术家必须是创造者，他必须在他的想象里把感发他的那种意蕴，对适当形式的知识，以及他的深刻的感觉和基本的情感熔于一炉，从这里塑造他所要塑造的形象。列宁曾经对文尼阡柯长篇小说《先辈遗训》发表了这样的议论：过多地把各种各样"骇人听闻的事"凑在一起，把"恶行"、"梅毒"、揭人隐私以敲诈钱财，以及把被劫者的姐妹们当情妇这种桃色秽行和控告医生凑在一起！……把所有这些凑在一起，并且是这样地凑在一起，这就意味着在绘声绘色地描述骇人听闻的事，既吓唬了自己，又吓唬了读者，把自己和读者弄得"精神错乱"。不顾及整体的形象，硬把各种各样"骇人听闻的事"凑在一起，根本就算不上艺术的创作过程，更不可能产生真正的艺术作品。

不难设想，艺术想象的形象能够超越时空的界限，是由于艺术家把握住了不同的时空中存在着的内在联系。这时，艺术家无论如何突出和强化事物的某个具体属性，挖掘生动具体的细节，并把自己的全部感情贯注于某个形象，总是为了使它们从偶然性中解脱出来，在一定的情境中展示出它们同整个形象体系的逻辑联系。于是，这个属性、这个细节、这个形象就在美的关系中获得了新生。我们似乎可以这样设想，如果把艺术想象分成表层结构和深层结构的话，那它的表层结构可以理解为艺术显现出来的表象的排列，而它的深层结构则是艺术家心灵对这些表象内在关系的联结。在艺术欣赏中，当我们的感官接触面前的形象时，我们的心灵却是在捕捉形象之间的内在关系，就是说，当接触着艺术家的心灵，当两者统一在一起的时候，我们顿时会感到豁然开朗，进入艺术家创造的艺术境界。"踏破铁鞋无觅处"，这是我们常常停留在艺术作品的表象上不得要领时所感到的。"蓦然回首，那人却在灯火阑珊处"，这是我们一旦抓住了表象之间的内在关系，心领神会时的体会。在艺术想象中，艺术家通过一个偶然的现象突然意识到了某种形象的内在关系，于是，刹那间，生活中一片偶然的、杂乱的截面被理解了，组成了一个有机的艺术整体。创作时想象有灵感，欣赏时也有这种灵感。

以上谈到了一些艺术想象的问题，只是一些肤浅的看法，不足以"论"冠之，但是还是有必要回顾一下。这些基本看法是：艺术想象是一种在艺术家美学理想的支配下，富有感情的定向的再创形象的思维运动。这个运动的根本特征是形象的具体性，这种具体性是和概括性结合在一起的；在艺术构思中，这二者的统一常常是借助于形象的假想性来实现的。因此，艺术想象的具体性同记忆的具体性有本质区别。艺术想象的表层结构是形象的排列，深层结构是内在关系的联结，艺术家关键在于把握事物内在的美的关系。艺术想象本身具有一个"复合体"的心理结构，任何表象的想象都应该揭示现象与整体形象的内在关系。

1982 年 12 月

之十四

创作过程的心理学美学特征谈片

一

在艺术创造中，艺术家常常能够把一切相互离异的生活元素，带上不同的意识色彩，感性的、理性的，有意识的、无意识的，有机地组合在一起，使它们彼此不能分离。但这种组合不是自然而然的，也许一开始彼此并不那么情愿，甚至会互相抱有敌意，互不相认。只有通过艺术家的努力，通过彼此之间内在的搏斗和冲突，才组合在一起。对此，托尔斯泰在日记中记下了一句意味深长的话：思想家和艺术家不是像我们想象的那样，永远心平气和地稳坐在奥林匹斯山之巅。他自己的创作就常常体现出了两者的搏斗。

其实，在艺术活动中，艺术家自觉的理性追求是通过具体的美学理想表现出来的，有时甚至直接体现为一种艺术样式，一种物质表现手段的特殊途径。例如，在传统的现实主义小说创作中，艺术家理性的支配力量主要表现在追求具体形象和细节的真实上，形成了思维专注的特殊方向，而在具体形象所包含的意蕴判断上，却表示出回避或者"无意识"的淡漠倾向。一些艺术家愿意成为一个真正的形象的创造者，却不愿承认自己是一个思想的探求者，有的甚至对于强大的思想力量表现出恐惧和忧虑，唯恐其破坏具性形象的完满。在这里，我们常常能够从艺术家对于真实具体形象的有意识的追求中，发觉在主观思想方面的"无意识"的踪迹。因为主观思想的力量在创作中不是客观存在的，并非有意回避就能消除得了。因此，在一些现实主义艺术家的创作中，充满活力的典型形象的塑造，一般都表现为艺术家有意识刻意追求的结果，而这些形象所表现的生活真理和思想力量，又常常是艺术家本人意料之外的，甚至使他们自己也会感到恐惧。巴尔扎克的创作就是如此。

也许我们会感到奇怪，一个如此精细的现实主义大师的创作，竟然在作品的思想意图方面显示出模糊不清。为了弄清这种模糊性，我们至今还在争论。之所以如此，是由于我们一直把创作意识中的确定性和模糊性单一化和绝对化了，没有看到在单一方向上的确定性掩盖了它方向上的模糊性，忽略了某一方面的自觉的理性的追求，常常也伴随着其他方面的模糊的、无意识的开拓。

站在今天的艺术阶梯上来看巴尔扎克的小说，也许很容易看到艺术作品中感性和理性、有意识和无意识之间的离异现象，并且能够感觉到这种离异在艺术内容和形式方面酝酿的巨大冲突。但我们却不能不惊叹，这两方面又是紧紧交融在一起的。巴尔扎克在一定时代的艺术规范中创造了艺术的奇迹，当他的艺术之锤敲击在具体的感性确定性的钟上的时候，那在广阔的生活理性回音壁上引起的轰鸣，同样是属于他的创造。

实际上，艺术创造活动中理性的追求并不仅停留在思想阶梯上，同时也向着具体生活更深层的结构发展，并且把一些人类活动中的无意识、潜意识作为自己艺术世界的一部分。显然，作为一种具体美学追求的延展，很多艺术家都注意到这个方向。在十九世纪的创作活动中，很多艺术家已经开始描写人的无意识、潜意识的心理世界，开拓了现实主义创作新的领域。陀思妥耶夫斯基的创作无疑可以成为这方面的代表，他笔下出现了大量描写人物的无意识和潜意识的心理片断，出现了人的外在世界和内在世界双重叠影式的性格，人物开始从过去平面化的结构中脱离出来。陀氏在完整地把握和描写人物的时候，还注意到了隐藏在人物内心深层的东西，这些东西在日常生活中被各种外在的情势所掩盖和压抑，因此不可能完全表现在人的外在言行上。但陀思妥耶夫斯基发现了它们，并且把自己的审美注意专注于这个方面，创造了自己独特的艺术天地。应该看到，在艺术创作活动中常常出现这种情形，自觉的理性的美学追求引导着艺术家走进人的非理性、无意识的世界，而对于这个世界的发现和探索更加充实和延展着这种美学追求。陀思妥耶夫斯基的创作就说明了这一点。

正是艺术家在对人的灵魂的持续探索中，发现和理解了人的两种心理语言系统，一种是外在的，属于在理性支配下合乎日常生活规范的语言（这种理性无不体现一定社会生活道德思想和行为准则的规范）；一种是内在的，属于被这种理性所排斥的，反映出心灵深处的积郁和冲动，它们潜藏在人心理的潜意识和无意识之中。借助现代语言学家索绪尔的术语，人们在艺术表现和表现对象中，开始区分事物的深层结构和表层结构。

因此，从整个艺术的发展来看，注意描写人物的无意识和潜意识，既是一种新的艺术意识和观念的发现和开拓，同时也是传统艺术的美学追求合于逻辑的深化和发展。这正是我们历史地理解现代艺术发展特征的基础。其实，为了撬动人的深层意识的巨石，艺术家最初依然是站在传统艺术和美学的基点上，运用传统的艺术杠杆进行这种创造性工作的。陀思妥耶夫斯基的创作，就比较明显呈现出其不同于传统小说的"怪异"的面，但是人们没有充分注意其同传统小说的血肉联系。其实，陀氏的创作继续遵循着写实的原则，为了突入人的深层意识，他笔下的人物尽管始终以一个客观真实人物面目出现，但是不得不呈现出神经紊乱的心理状态，使之适合于客观真实的美学标准。因此，如果人物仅仅是作为个别的具体形象出现，就无法承担更高层次的象征的意蕴。

从这里我们可以看到，艺术创作不能归结于一种全无理性的、下意识的活动，但它可能以一种无理性和下意识的形态出现，尤其是对构成一个完整的有机艺术作品的动态系统来说，它们有时并不隔着一座万里长城。艺术家往往在无意识中，潜藏着一种有意识的美学追求，在构成具体形象的感性的模糊性中，借以表现更大生活范围内的某种确定性，这在不同的艺术规范中，形成丰富多彩的审美现实。

在现代艺术创作中，这种审美现实已是司空见惯。艺术家对生活高度的理性追求，常常隐藏在某种无意识的艺术形态外壳中，并借助这个外壳来表现自己。这时候，艺术的表现对象愈来愈频繁地担负起双重职能；对于外在的艺术形态来说，它是一种内容，包含着艺术家描写的情景；而对于作品内在的艺术内容来说，它又是一种形式，是负载作品深层内容的船只。从鲁迅的小说创作就可以看到这一点。《狂人日记》所写的狂人的梦呓和猜想，不仅仅是作品内容的表层结构，还负荷着鲁迅深刻的反封建的社会意识。由于这种意识的锋芒是针对整个社会的，并不是来自某个具体的对象，因此表现出了对象的"不确定性"的特点，鲁迅恰恰在狂人所表露的混乱而又偏执的意识中表现了这种特征，通过人物非理性的活动表达自己高度的理性追求。鲁迅在新的艺术层次上，发现了艺术对象所具有的一种新的艺术价值，它不仅是艺术的被承担者，也是一种承担者。

二

艺术创作活动不是一种漫无边际、歇斯底里的心理活动，而是在一定美学思想指导下的定向的形象思维运动。理性的规范和制约原则是不能完全否认的。但是，在艺术创作活动中，怎样理解这种理性原则的具体存在和运动方式呢？我认为，我们不能把创作理性原则仅仅和作品内容的某种因素等同起来，混为一谈。创作活动中的理性不同于作品的思想性和艺术性，尽管理性的具体内涵并不是和它们毫无联系。创作活动中的理性是贯串在整个创作过程中的一种自觉追求的思维力量，它是通过具体的艺术手段、艺术形式和美学理想综合地显示出来的。

对于创作活动中理性原则的探讨，在很大程度上至今还局限在艺术内容方面，而较少推及艺术形式方面。其实，这种理性原则，并不是抽象的，它首先是通过构成这一活动的内在特征和具体的物质前提表现出来，而最明显的，则表现为一种特殊的外化的物质途径的制约和规范。写作、作画、谱曲，都有一个把思维外化为物质形态的过程，要通过言语、色彩、音符等来达到自己美学理想的彼岸。它们作为一种物质中介，也规定了作家的创作思维独特的艺术逻辑，具有控制和调整艺术思维过程的顽强的力量。这是任何一种艺术活动中最外围的一道理性防线，行使着最普遍的规范力量。因此，在艺术创作过程中，任何内容的艺术的迷狂和无意识的追求，都是相对的，有条件的，处于某种规范之中的，因而多少带一些"虚假"的性质。

在创作活动中，艺术的理性原则并不是分割艺术内容和形式的利刃，而是使它们彼此相通，在一定条件下相互转换的桥梁。任何一种艺术形式的产生，不仅直接影响着内容的表现，而且本身就是这种内容长久沉淀的生成物，是一种凝结着理性内容的抽象化的表达。因此，追求形式和追求内容一样，同样是艺术家自觉的美学追求的一个重要内容。

就拿创作活动中出现的"无意识""非理性"现象来说，从十九世纪到二十世纪，实际上经历了长期的从内容追求到形式追求的转换。在这种现象最初产生的时候，仅仅体现为内容的追求，是艺术家深入表现人的心理世界的一种手段，这时无意识的创作内容恰恰体现为一种有意识的形式的追求。在这个过程中，有的艺术家走向了极端，为了避开理性的刀锋，获得人的无意识、潜意识的最具体、最原始的面貌，不损害它们尚未被理性完全理解的内涵和外延，就直接开始了无意识的创作尝试，于是，理性的美学追求从内容方面转移到了形式方面，晃动不定的无意识的艺术内容，终于形成了比较稳固的艺术形式的沉淀，这种形式本身成了艺术家所追求的内容了。这时，一种理性的艺术内容常常用某种无意识的创作方式显示出来，这种艺术形式和内容的相异互补现象，表明艺术时代的更替。

虽然艺术变换的现象是纷繁的，但我们还是不难发现，创作活动中的理性原则是渗透在艺术的内容和形式的辩证关系中的。因此，在西方现代的艺术创作中，有人千方百计复制人的梦境，欣赏人感觉世界的原始面貌，甚至想尽办法使自己处于一种非理性、梦意识的心理状态。这并不能归结为他们抛弃了艺术创作的理性原则，而是体现了一种在特殊的社会条件下强烈的变异的理性追求。这种变异是不足取的，因为它正在把艺术从生活内容本原中分裂出去，最后将导致艺术创作的贫困境地。但是，这并非要完全否定艺术形式追求的意义。在艺术发展中，也许正是这种形式的追求，最后将艺术内容开拓的领域巩固下来，又不知不觉地开辟着新的疆域。可是，一旦到了这个时刻，当新的疆域已经成为人们熟知的故土时，这种形式的限定又表现为一种艺术的束缚了。

艺术就是在这种内容和形式循环往复中更新和发展着。这种内在转换的根据存在于创作过程自身的矛盾运动之中。创作理性不是某种艺术公式和思想模式，而常常表现为一种内在美学追求的形而上的力量和规定性。应该看到，在艺术家的意识思维中，存在着一个感性确定性的世界，它具体生动，丰富多彩，同时还存在着一个超语言、超感官的世界，它朦胧神秘而又深远。后一个世界有时会使艺术家感到无法用前一个世界来表达，就极力想寻找一种形而上的方式把它确立下来，而这种确定在生活多变的具体情势中又无法确切地实现，于是最终把它托付于一种似乎是艺术具体内容超然度外的东西——艺术的形式。

只有在这时，我们才意识到，艺术的创作过程为什么充满着那么多矛盾冲突、痛苦和快乐。从艺术内容的构思来说，有时候艺术家会从明确的思想出发，却突然感觉在走向黑暗的边缘，他所熟悉的感性的形象系统正在吞噬和否定着这种确定的思想，于是，他需要冲破原来的规范，在一个超感官的、模糊的世界中重新肯定和建立这种思想；在通向未来的超感官世界中获得自由，是同在自己意识深处寻珍探宝连在一起的。艺术探求的直线向未来伸展的距离，是和向人的心灵世界探求的距离成正比的。在这个充满生气的过程中，未来永远是从历史中汲取的，艺术的意义就在于把感性世界和理性世界，把已知世界和未知世界紧紧联结在一起，正像把过去和未来联结起来一样。

1985 年 11 月 20 日

之十五

鲁迅与中国现代文化意识形态中的折叠现象

——从中西文化交融中看鲁迅

在现代物质文明高度发展的社会生活中，追求精神意识更充分、更自由的发展，是人类自觉追求的一个重要方面。人的精神意识世界，具有自由、广阔的延展性，它能够凭借物质实在，同时超越这种物质实在，从四面八方集拢过来，同时向四面八方伸展开去，超越人所能及的客观的日常生活界线，在更广阔的范围内创造宏深、奇特的自我人格。本文对鲁迅的理解，就是从这里开始的。

一

本文首先指出，二十世纪初以来，中西文化的交流碰撞，造就了中国现代文化意识多层次的沉积地带，产生了多种文化因素交融的折叠现象。鲁迅的思想就体现了一种多元化文化意识因素相融合的结果。

鲁迅生活在中国历史文化演变的一个独特时期。作为一种文化意识活动的空间，十九世纪末、二十世纪初以来的中国社会，呈现出最纷繁的情形。中国具有最丰厚的传统文化土壤，对世界潮流的封闭状态被打破之后，西方各种思想文化大量涌入中国。从横向来说，它们来自四面八方，带着不同国度和民族的情调和特点；从纵向来看，它们从古到今，不分先后，包括从古希腊文化到二十世纪兴起的各种现代思想潮流。这一切同中国传统民族文化产生一种奇妙的结合，构成了中国现代文化意识发展中独特的形态特征。这是一个多层次的文化意识整体，在它任何一个质点上的文化意识内涵都不是单一的，而表现为各种文化因素相互作用的折叠现象。显然，这种折叠现象的丰富内容，并非一种多种文化意识相互搭配，而达到某种静态的平衡，而是在一种动态的、互相交流搏斗和印证过程中显示出来的。它在每个现代中国文化人的心灵中，留下了层次不同的投影。

其实，当我们真正进入鲁迅思想世界的时候，我们就仿佛陷入了一个被压缩了的精神文化的"沉积"地带，这里密集着从历史到现代，从四面八方集拢而来的文化意识内容，它们隐藏在鲁迅思想的不同层次之中，或多或少，或明或暗，参与着鲁迅整个精神活动。也许这种复杂的思想现象很容易造成某种错觉，易于使人陷入山重水复的迷惑之中，但是，如果对鲁迅思想的理解确定在某一固定的层次上，就不可避免形成片面性。

鲁迅出生于一个传统文化意识浓厚的家庭，从小受到了传统文化教育熏陶。"麻雀虽小，五脏俱全"，在中国，这种封闭的家庭教育环境，往往是代表中国传统文化的独立小王国。依靠这种牢固的家庭文化单元，中国传统的一体化文化，得以在漫长的历史时期内传宗接代。在这样的家庭氛围中，鲁迅所接受的影响，不止于一般传统的道德规范和行为准则，还包括由传统的社会价值观念所决定的做人的理想，由此，鲁迅很小就不得不以一种"大人"的姿态来意识自我，承担一种世袭家族荣誉感和责任感的重负，去考虑和履行不属于一个儿童的思想和道德的义务。生活在这种封闭然而单纯的文化氛围中，鲁迅曾经是一个合乎传统规范的子弟，他很小就有意无意地模仿古人治学之道，在自己书桌上刻下了一个"早"字，来勉励自己刻苦读书，抑制和克服自己天真好动的天性。值得回味的是，若干年之后，当鲁迅已属于一个成年人的时候，在《朝花夕拾》一书中，鲁迅对童年生活的回忆，大多在表现童年已经消失的孩子气，而对他作为一个刻苦读书、自觉要求自己的"好孩子"一方面，很少正面谈及，几乎完全遗忘。

也许这种"遗忘"本身，就表达了一种意识发展的自然"断裂"，因为鲁迅的思想状态远非童年时期，而这种思想状态也远非童年思想直线的发展和延续；而是在沿着家族传统意志轨道演进过程中，受到了横向的文化意识的侵扰和破坏，中断了原来的自然进程，选择了另一条新的道路。实际上，在中国现代文化意识发展中，正是东方和西方文化意识的横向联结，触动了中国传统文化意识的深层结构，改变了社会历史演进的方式。

在鲁迅生活的时代，这种横向文化意识的联结，唤起了对中国传统文化和价值观念的普遍怀疑。中国文化在自给自足小农经济基础上确立的道德原则，在西方物质文明的侵袭下，开始被否定；而物质文明带来的西方文化，为这种对传统道德的否定开辟着思想道路。这种怀疑同样波及了鲁迅。传统的文化教育给鲁迅设计的具体生活道路和理想方式，已经被生活进程所摧毁了，而给予他的做人的自尊感和责任感却没有消失，但是在日常生活中同样时时遭到怀疑和嘲笑。像孔乙己那样传统的知识分子的悲剧，在鲁迅心灵上留下了深刻的影响。在小说《孔乙己》之中，作为一个传统知识分子，主人公的生活具有双重含义，在客观实际生活面前，显得可笑、可怜，而在主观态度方面，却有真挚和纯洁的内容。因此，在小说中，鲁迅所体验的悲剧实际上是双重的，一方面是传统文人在现实生活面前所显露的那种迂腐、呆板和不合时宜；另一方面是人的一些真挚、善良和富有同情心的品质，在生活中所遭到的冷遇和嘲弄。传统文化精神的被误解，恰恰是由其自身的缺陷所造成的，这不仅增加了鲁迅对传统文化批判和否定的态度，而且也激发了他潜在的拯救传统文化的责任心。

这方面很有趣的事实，表现在鲁迅对于自尊心的被侵害所表现出的特别的敏感。在《朝花夕拾》中，鲁迅记叙了小时候很多不愉快的往事，对许多伤害他自尊心的事记忆尤深。在《琐记》一文中，鲁迅把自己下决心出门求学的原因，归结于一个女人散布的流言——由于他曾经经常到邻居衍太太处聊天，一个偶然的机会，提到过家里有些首饰可以卖钱，不久就传出了鲁迅偷了家里的首饰去变卖的话来。显然，这对鲁迅的自尊心是一次极大的伤害。虽然其并不能构成鲁迅出门求学的全部原因，但是这种刺激对鲁迅来说，无疑显示了一种深刻的社会力量。在当时社会生活中，对中国传统文化的怀疑，已经构成了一种生活氛围，鲁迅从小在传统文化教育中培养的自尊和自爱，已经无法在生活中证明自己和保持自己。这表明，在现代社会生活中，沿着单一的中国传统文化的思想轨道，已经走到了尽头，传统文化要保存和发展自己，就必须突破自己，和世界文化发展产生密切的关系。鲁迅所体验的困惑，正是反映了十九世纪末以来中国传统的民族文化面临的困顿。

从某种意义上来说，鲁迅和晚清以来很多旧知识分子一样，在心灵上经历了对传统理想道路从希望到绝望的历程，鲁迅不过把它压缩到一个很短的生活时期罢了。这反映了在社会生活走向开放境界的过程中，由封闭的传统文化所滋养的建功立业、光宗耀祖的理想道路，和社会历史要求之间必然产生的矛盾。这种矛盾促使中国的知识分子对于传统的社会价值观进行重新审视，深刻感受到社会生活制度各个层面的不合理现象，并导致在整体上对整个社会（包括他们自身传统的生活方式和生活道路）的怀疑。鲁迅非常推崇《儒林外史》也许体现了这层含义。这部小说不仅表现了对封建社会制度种种黑暗的讽刺和批判，还显示出一种对讽刺者本身的讽刺和批判。他们受到那个社会的挤压和迫害，但无法从狭小的思想环境中解脱出自己，历史把他们安置在一种"上贼船容易、下贼船难"的境地。从这里我们可以感觉到，所谓反传统的思想和力量，正是依靠了传统文化的滋养而培育起来的。而且，对中国知识分子来说，传统的道德感和责任感越强烈，越能敏锐地感觉到它和社会生活的矛盾，承担更多的痛苦，到了一定的极限，就会导致对传统社会的彻底否定；同时，假如这种反传统的力量，无法冲破传统的氛围，无法在更广阔的外在世界里证明和肯定自己，或者说不能得到完全的证明和肯定，就会反归自我，形成自我讽刺和自我鄙视。

就此来说，鲁迅比起先前的知识分子有更为不幸的一面，也有幸运的一面。所谓不幸者，是指遵循传统的思想道路不仅不能救国救民，甚至也不可能独善其身，造成了某种完全的绝望；所谓幸者，是说鲁迅能够从过去封闭的文化心理中解脱出来，使自己的反传统思想在一种开放的中西文化交融的境界中获得肯定，构成推动社会生活的精神力量。在这个过程中，前者构成了向后者的开拓、发展的深刻动力，它根植于中国传统民族文化精神之中；而后者是对前者的证明和肯定，为前者提供了广阔的发展前景。在这样一种新的文化氛围中，中国文化中的传统与反传统意识其实是交合在一起的，它们彼此印证，互相阐释，中国民族文化是在横向的文化意识联结中自我更新、自我发展。

其实，所谓文化传统是一个历史的范畴，它不是静止的、千篇一律的，而是随历史的发展不断有所变化的。不同的历史时代会给传统提供不同的东西，丰富和发展传统。这种丰富和发展，并不完全建立在自身滋长出来的新内容之上，而是需要外来文化的刺激和补充。同时，它又从来都是从传统内部开始的，不可能完全脱离传统，往往是通过传统中某些不引人注目的因素的发扬光大来实现的。如果我们以一种整体观点来考察中国传统文化自身发展的话，就不难理解，中国传统文化，作为一个完整的文化实体，从来是充满矛盾的，在它内部一直存在着传统与反传统两种彼此相抑相长的因素。从这个意义上来说，反传统同样是一种传统，而且是中国文化保持到今天必不可少的一种特殊传统。这种反传统因素在历史发展中此起彼落，常常构成接受外来和异域文化的桥梁，刺激传统文化自身的新陈代谢，具有很重要的文化意义。显然，在中国长期的封建社会中，封闭的生活形态抑制了这种反传统思想的滋生和扩展；同时也由于这种反传统思想不能在一种更开阔的文化境界中发展自己，因此中国传统文化的封闭性重新得到了巩固。

从分析中国传统文化的历史发展出发，能够为我们理解鲁迅的思想，乃至中国现代文化意识的整体面貌，提供一个必不可少的前提。鲁迅的思想表达了在特定历史背景下，中国传统文化发展的一种必然要求。鲁迅思想品格是在中国传统的民族文化受到现代工业文明进程的严重挑战的情况下确立的。鲁迅首先感到的是对于国家和民族前途的群体的困惑。这种困惑在当时中国先进的知识分子中间，是相当普遍的。尽管他们思想上存在各种差异，但是对传统民族文化的怀疑，都有一个确定的出发点，就是为了挽救中国的民族文化传统，并改造它，使它适合世界现代文明发展的需要。由此说来，在现代文化意识发展中，一切反传统思想，必然是依据传统文化发展的内在需要而出现的，是对传统的一种增加和补充。在这个过程中，西方文化的传播起到了这种历史作用，它的意义是在这样一种情况下显示出来的，即中国单一的民族传统文化和世界现代文明生活显示出巨大裂痕的时候，西方文化作为一种思想中介，沟通了中国传统民族文化和世界现代文明生活发展的直接交流。它加速了中国传统文化内部的分裂，并在实践的调整中，加速了新的民族文化意识形态的形成。显然，接受外国文化意识的影响和中国民族文化传统的丰富、更新，是历史发展中不可分割的统一过程，这也是中西文化造就的一种奇妙的、互为表里和互相依赖的叠合过程。

鲁迅的思想超越先前传统知识分子的地方正在这里。鲁迅没有完全背离中国民族文化传统，而正是从这种传统中引展出强大的反传统思想。但是，鲁迅突破了传统文化封闭、单一的思维模式，把传统带到一个多元化的文化氛围之中，构筑了一个代表中国现代文化的、具有多种文化意识的鲁迅世界。这个世界体现了中国传统民族文化在世界文明进程中的新的姿态。

因此，鲁迅的思想以自己独特的风采，显示了中国现代文化意识发展中的一个精神世界。这个世界是不能用单一的思想模式来解释的。鲁迅思想的步履，越过了大洋，让中国传统文化的戏剧，上演在现代意识文明的舞台上，使传统走向现代化；鲁迅同时又把现代的思想花朵，移植在中国文化土地上，使现代文明传统化、民族化，中国的、外国的，古代的、现代的，各种文化意识，都在鲁迅思想意识中表现过。它们相遇，相互冲突，又相互融合和补充，共同组成了一个丰富的整体世界。

二

应该指出，中国现代文化意识发展的根本意义，是由一种封闭的、单一的民族文化，向一种整体的、开放的世界文化形态的转换过程。在这个过程中，鲁迅的思想是在双重文化背景中建构的。鲁迅对传统文化的肯定，往往是通过对传统否定的方式表现出来的，这里面蕴含着丰富的内容。

很明显，在鲁迅心灵中，中国传统文化造就的岩石，是不会轻易被西方文化浪头所吞噬的。实际上，鲁迅思想本身就包含着一种中国历史文化的积淀，代表着一种深刻的民族文化传统。正是当这种传统已经无法在过去封闭的狭小圈子里肯定自己，需要在更广阔的世界中肯定自己的时候，鲁迅从传统文化的圈层中走了出来，来到了中西文化交融的现代文化意识氛围之中，在这里重新构筑中国民族文化。如果我们认真分析一下鲁迅的具体思想方法，就会发现，作为一种思想活动过程，鲁迅的思想存在着一种双向的运动，一方面是对传统文化的否定，在思想上走向西方；另一方面则是向传统文化的回归，通过对民族文化传统的重新发现来丰富和肯定自我。

鲁迅对中国传统文化的批判是极其严厉的，他有一句名言就是："所谓中国的文明者，其实也不过是安排给阔人享用的人肉的筵宴。"他曾经从民族生存发展出发，号召人们，如果阻碍了这一点，"无论是古是今，是人是鬼，是《三坟》《五典》，百宋千元，天球河图，金人玉佛，祖传丸散，秘制膏丹，全都踏倒他。"但是，这种对中国传统文化的拒斥，并不能说明鲁迅思想的全部内涵，它所隐含的另一个相反的事实却是，鲁迅反传统的思想并不是单纯的，而是始终和肯定传统纠缠在一起的，因为它受到了鲁迅文化心理深层结构的支配。

尤其是在接受西方文化思潮过程中，这种情形十分明显。鲁迅的许多思想都是从反传统出发的，但是其中隐含着对传统某种因素的肯定。鲁迅用自己的思想进行选择、阐发，使西方文化思潮在表象和内涵方面出现了变异现象。例如，鲁迅很早就提倡过"任个人，排众数"的个人主义思想，对此很多研究者提出过各种解释，其中最重要也是最困难的是确定鲁迅提倡个人主义的具体内涵，而不是进行外在的价值判断或者思想政治判断。因此，认真辨析这种思想的来源是必要的。显然，鲁迅"任个人"思想来源是无定格的，鲁迅不仅接受了西方哲学家尼采、叔本华、黑格尔、沙弗斯伯利等人的影响，卢梭和西方一些浪漫主义文学家也对鲁迅有很大的触动。就这些人的思想来说，它们来自不同的国家和民族，其内容有很大差异，而鲁迅对他们思想的接触也有深浅之分。鲁迅不可能完全辨析这些思想之间的区别，只能在把握了他们思想中某一种共同的意向基础上提出了自己的思想。毋庸讳言，鲁迅在理解这些西方思想者意识的时候，在某种程度上必然会产生"误解"，然而这种误解本身就体现了一种合理的选择过程，因为鲁迅"任个人"的思想，已经融入了中国传统的民族文化因素。

这首先表现在鲁迅提倡的个人主义，从来未曾摆脱过某种群体意识的纠缠——这种群体意识正是中国长期积淀的一种文化心理。在西方文化中，个人主义是一种源远流长的人文传统，从文艺复兴开始在西方思想发展中一直扮演着极其重要的角色，成为决定西方社会形态演进的重要精神文化因素。个人在社会中的权力和地位，个人的自由和选择，个人价值在社会中的全部实现，直接构成了个人主义追求的目标与手段的统一，并且成为对社会政治制度的价值判断标准。正因如此，曾经作为推动资本主义社会上升发达的精神动力之一的个人主义，当资本主义大生产迅猛发展，在现代社会面临丧失人的自我存在和价值的危机时，重新构成了对社会的一种新的怀疑态度。在现代社会中，寻找失落的自我，重新确立人的价值，成为普遍关注的问题。西方一些现代主义作家，例如卡夫卡、萨特等，都多少表现出了一种对个性被群体意识淹没的抗议情绪，在整个社会的重压下喊出了自己的声音。

鲁迅站在二十世纪思想的前沿，对人的个性价值面临的挑战并非没有认同感。但是，鲁迅在中国这块土地上张扬个人主义，不能不受到整个文化背景的制约。其实，鲁迅所说的"任个人"，并没有真正把个人价值的实现和个人意识自由放在首位，无所顾忌地追求个性解放和表现自我（对此鲁迅甚至表示了异议），而是表现出对于国家和民族意识具有巨大的依赖性。这种"个人"并不是要摆脱社会赋予他承担的义务，而是必须要承担更多的义务，不是光解救自己，而是去解救社会，甚至为此不惜牺牲自我。显而易见，鲁迅所张扬的个人主义，在内容上和西方个人主义思想有很大差异，并不纯粹是个人精神，而带有济世救民的传统文化精神因素，因而鲁迅把它和"神明"联结在一起。鲁迅当时虽然不相信有能拯救社稷的真命天子存在，但是依然把中国沉沦之原因归结于"夫中国在昔，本尚物质而疾天才矣，先王之泽，日以殄绝"等等，而把希望寄托在精神界战士身上。实际上当鲁迅把"人"和"人国"牢牢联结在一起时，就表明了对鲁迅来说，所谓"任个人""尊个性"，并不是鲁迅真正的社会理想，而只是一种实现理想的中介和手段。过程本身并不包含目的，这是由中西文化之间矛盾所造成的中国现代文化意识的特殊形态。

原因在于，在中国传统文化中，历来就缺乏个人主义传统。所以个人的意志、价值和尊严问题，无法在人自身需求和发展中得到解释，而总要从国家和集体的事务中发现它的意义，寻找它的合理依据。在中国现代文化意识发展中，西方文化中的个人主义受到普遍的欢迎，是有深刻的历史文化原因的。一方面它给予在社会重压下要求解放的人以解脱的途径；另一方面则使他们把自我解放欲望和整个社会联系起来，使"私欲"和"公德"相融合。鲁迅的"任个人"无疑就怀抱着中国传统的思想，同时又和他生活中亲身体验的封建社会和礼教对人性的摧残密切相联。由此可以看出，在鲁迅思想中，西方文化中的个人主义意识在价值上已经发生了转换，它不取决于个人奋斗的成功与否，而表现在改造社会的力量大小上。

在某种程度上，鲁迅超越了西方个人主义追求的圈子，把自己思想融入了集体功利主义精神之中，个人和社会整体之间互为表里，包容在一种思想观念之中。

这种情形在鲁迅笔下的人物身上得到了深刻的表现。《狂人日记》中的狂人也许就是一个典范。我需要特别提到的是，曾给予鲁迅深刻影响的尼采也塑造过狂人，在《愉快的智慧》里，尼采写了一个先知先觉的狂人，他到处寻找上帝，并告诉人们，上帝已经死了，我们需要自己做上帝，但是人们报他以嘲笑或者冷漠的眼光，狂人由此感到非常痛苦。显然，鲁迅笔下《狂人日记》中的狂人并没有"自己做上帝"的需要，尽管狂人在作品中处处受到了误解和冷落，但是作为一种艺术形象，狂人在生活中受到了欢迎，因为他带着一种神明如烛的眼光，刺透了黑暗现实，给人们带来了希望。应该说，同样是狂人，尼采笔下的狂人那种纯粹个人主义气势，那种"超人"意识，在中国传统文化心理背景下，同鲁迅笔下狂人相比，是难以被普遍接受的。而鲁迅笔下的狂人受到人们的欢迎，根本原因在于他具有中国传统文化精神的特点。狂人所感受到的痛苦，不是属于纯粹个人的，而是出于整个民族和国家命运的不幸；他并不是仅仅在为个人呼救，而是在为整个国家和民族的前途呼救，这在一种共同的文化心理氛围中和当时人们产生了心理上的认同感。

当然，鲁迅和尼采一样，有着不被理解而造成的痛苦，但是，鲁迅的这种痛苦隐含着一种深层文化意识内容。正因为鲁迅反传统思想是从传统文化精神中引展出来的，带着一种传统本身的自我解救意向，那么，这种思想本身就具有一种欲望，希望得到传统文化本身的承认，否则，必然会产生一种本能的失落感。鲁迅笔下狂人的形象就是这样。他和人民大众具有天然的血缘关系，他是这个家族中的一员，但是现代文化思想却把他推到了一个孤独的境界，他越是深刻意识到自己民族生活的悲剧，就愈感到和自己民族思想的差异，得不到自己最亲近的人们的理解和认同。在这种情况下，狂人希望人们能够把他看作一个正常人，但是在现实中不可能成为正常人。一个幽灵负荷着两种文化的重负在生活中孤独地徘徊，他的表层心理被挤压成了畸形，遮盖和保护着深层心理中历史发展的必然要求和生存欲望。

实际上，鲁迅整个思想过程都是在两种文化相搏的间隙中进行的，表现了中国文化从一种封闭、单一形态向一种开放的、综合的世界文化形态转换过程的复杂性和多样性。各种文化，就其具体形态来说，并没有优劣之分，但是在不同的历史阶段有着不同的历史内容。鲁迅所感到的和大众思想上的差距，从文化角度来说，当然存在中西文化之间的不同，但是最根本的却是反映了两种文化氛围的差异。在中国现代文化意识发展中，一方面存在着在长期封闭状态中，成长、培养和发展的小文化形态，它自成一体，建立在自给自足自然经济基础上，通过周期性震荡和更替保持着自己的体系；另一方面则在同世界文化潮流的交流中，随着生产力和生产关系的发展与变更，日益生长着各种文化交融的整体的大文化，即世界整体文化形态。所谓中国现代文化意识发展中的折叠现象，正是表明这种整体的大文化形态的不断增长。这种新的文化因素的增长，并不是要造成中国文化和西方文化的互相排斥、互不相容，而有赖于它们之间的相互理解和宽容。但是，这种理解和宽容在具体生活中并不是自然而然实现的，它常常需要通过搏斗，在克服各自文化形态的褊狭性和局限性过程中实现。

鲁迅就常常陷入这种搏斗之中。在中国社会生活中，鲁迅一开始走出传统思想道德的轨道，用一种新的思想去对待生活，这种搏斗就开始了，他必须首先破除传统的旧文化意识长期形成的坚硬的外壳，向人们揭示旧文化在新生活进程中应该被破除的理由。在鲁迅作品中，几乎处处都表现出对破除旧文化、建设新文化的巨大热情。为了克服传统的保守心理，鲁迅付出了极大努力，他对旧文学的批判，对所谓"国粹"的揭露，对"瞒和骗"文艺的揭露等等，无不显示了鲁迅是一个真正的思想搏斗者。这种搏斗表达着一种距离，同时在消灭着这种距离，因为当鲁迅用现代文化意识观点来观察社会的时候，与传统的旧文化形态的差距就已经形成了。现代文化意识与旧的传统观念在价值判断上，在思想基础和思维方式方面，都有着巨大的差异，而它们之间相通的东西却常常被掩盖在生活表象之下，阻碍了它们的交通。实际上，这种搏斗也时时反归于鲁迅自我，构成鲁迅深刻的心灵搏斗，使鲁迅同时经受现代意识和传统意识的双重考验。为此，鲁迅不仅时常把自己推到孤独的峭崖之上，而且也把笔下的人物带到了一种沉重的氛围之中。小说《孤独者》中的魏连殳也许是最明显的例子。一方面他必须承受传统，另一方面必须承担现代意识。他有两种选择，但这两种选择都必须以牺牲自我作为代价。魏连殳的灵魂仿佛被分割在相距遥远的两个极点，一半自我在现代意识基点上孤苦伶仃，另一半自我在传统生活中辗转反侧，它们无法相聚一处，进行着激烈的搏斗，而当他一旦放弃了这种搏斗，人生就发生了巨大的倾斜，陷入了精神自戕的深渊之中。

　　鲁迅也时时面临着这种自我的深渊。这是由于鲁迅生活在一个新旧交替的时代，在这个时代，中西文化的交替创造了一个各种文化意识相互对比并存的文化气氛，鲁迅的自我世界同样是由各种文化意识造就的，它不可能是一种单质的结构，而是一种新旧文化意识相冲突、相并列、相渗透的心理结构。在迈向新时代过程中，鲁迅不可能完全摆脱传统文化意识那部分自我存在，而使自己一部分心灵一直留在历史的暗影之中。这种历史联系，使鲁迅内心深处一直保留着一种忏悔意识，催促他不断地自新。正是由于这种意识的支配，鲁迅一直把新时代的来临同时看成是自我末日的来临，他对新时代的选择是一种痛苦的选择。这种情绪在《野草》中得到了深刻的展示。鲁迅站在光明和黑暗的交界点上，同时体验着旧时代的死和新时代的生，他在两个时代之间周旋，而每个时代都有自己的影子。

　　应该说，这种自我搏斗并非只是两个自我的分离，同时包含着两个自我的互相理解和认同。如果我们从整体来理解中国现代文化意识和鲁迅思想的话，就不能不指出这一点。尽管鲁迅自我思想具有传统的一面，也有反传统的一面，但是鲁迅的思想并不是两者的相加，也不可能是一方把另一方彻底消灭，而是通过搏斗，达到彼此相互理解，结合成一种独立的思想人格。鲁迅不等于双重自我的化身，而是在双重自我之间确定了自己。在这个过程中，鲁迅在双重文化背景下建筑的自我，不仅提供了互相理解的基础，而且同时能沟通两个世界，更充分地把握自己的对象，表现出宽厚的美学胸怀。在《阿Q正传》中，我们就能够体验到这一点。从现代意识观念出发，阿Q是作为一个被嘲笑和遗弃的人物出现的，阿Q的行为，包括他的"革命"理想都显得可笑和无知。但是从传统的文化心理出发，阿Q的变态思想行为又成为一种合理的存在，鲁迅不得不为阿Q这种革命进行一些辩护。于是，在鲁迅笔下，出现了被抛弃的阿Q和受同情的阿Q的双重叠影，大大增加了阿Q形象的思想内涵。显然，鲁迅不能回避自己和阿Q精神上的联系，而正是这种联系使他更深刻地发现了阿Q。

三

显然，在中国现代文化意识形态中，中西文化因素在对立中具有互相承担的依赖关系，我们通过鲁迅和几个中国现代著名文化人的比较可以看出，中国现代文化意识的意义是在不同方向上确定的，鲁迅思想所显示出来的独特价值，表现在启示和唤醒中国人民摆脱愚昧、贫困，和封建专制统治斗争的精神的历史作用。

于是，在中西文化双重背景下，为了寻求一种真正的理解和融会贯通，在鲁迅的思想中，我们可以体验一种心灵在历史生活中的长途跋涉。鲁迅曾经从传统出发，向西方文化寻求真理和信念，投石问路，希望能够从中得到指点；同时，为了证明新的理想和信念，他必须在中国传统文化和民族生活中获得应答，找到精神思想相通的依据。在这个过程中，中西文化构成了一种互相弥补和感应的系统。它们在一个共同体中存在的合理性，都是由对方承担，并通过对方实现的。鲁迅也是在实践中愈来愈清楚地意识到这一点的。实际上，二十年代中期之后，鲁迅思想中向传统的回归倾向，显得更为明朗化了。他经常沉浸在往事的回忆中，在民族生活的最底层重新体验、辨析，而且常常在历史生活的长廊中漫步，在古代文化中寻觅，《朝花夕拾》和《故事新编》就是这时期写就的两本很有趣的书。为了证明自己的理想和信念，我们看到，鲁迅在历史生活中走得很远，很深，他走过了漫长的封建社会，甚至走到了古老的传说神话中去，寻找和现代文化意识息息相通的精神因素，发现属于过去和未来的，中国和世界文化相通的意识交结点。显然，鲁迅获得了成功。在《故事新编》之中，鲁迅就创造了一种古今生活、现代意识和历史精神共生共存共鸣的艺术世界。鲁迅从对历史生活的原始热情和创造力中，从中华民族埋头苦干的历史精神中证明了未来。

这种对历史的探究，同时也是对于人的深层意识的探究。也许更重要的是，鲁迅撩开了被封建社会扭曲的意识表象，深入到了下层人民的心灵深处，发现了珍藏着的美好品质，它们属于中国走向现代文明的内在动力。为此，鲁迅不仅重新理解了自己，理解了像长妈妈那样的普通劳动妇女，甚至理解了民族生活中鬼神世界所蕴含的特殊意义，把它们推到了现代文化意识的舞台上。无常和女吊，就是这样。鲁迅用现代意识观念重新理解了它们，使传统文化中的鬼魂在现代文化意识形态中重新复活，表达了现代文化精神的一种新的需要。在这里，鲁迅真正发现了个性发展和争取自由平等的理想，在封建社会巨石的压迫下艰难地成长。

这表明，在中国现代文化意识的发展中，中西文化的碰撞，其意义并不只是表现了表层意识和形式表象的交结，而是渗透在对深层文化意识的触及和深刻的历史反省之中。在这个过程中，中国传统文化和西方现代文化确立了这样一种默契：或者是以一种新的历史眼光，重新认识传统的民族文化精神，发现其中新的价值，把它扩展到整个社会生活之中，古为今用，洋为中用；或者从传统的民族文化出发，把西方现代文化看作一个前进的参照系，取长补短，不断把民族文化推到一个更广阔的世界。传统的民族文化就是在从外面拿进来的过程中走出去的。

当然，在中西文化意识长廊中，散步者是很多的。他们都以自己独特的眼光，在力所能及的范围内把两者联结起来，在创造了具有不同意向和风采的思想的同时，也为中国现代文化意识形态提供了丰富的个性表达方式。共同构筑了中国现代文化意识形态的整体结构。如果我们把鲁迅放到这个丰富多样的整体结构中去，在同时代不同思想的相互对比和相互映照中进行考察，也许能够得到更多的东西。

从传统文化走向现代文化，和鲁迅几乎同时在同一地平线上起步的是胡适。在中国文化艺术发生变革的"五四"时期，胡适一只手拉着西方现代文化的手臂，一只手扯着中国传统文化的衣襟，在中西方文化的交叉点上建立起了自己的思想观点。由于胡适有意识地把西方文学的发展当作衡量和考察中国文学的参照物，重新发现了在传统文学中被冷落的因素的新价值，并借助历史的力量把白话小说和戏剧，提高到了中国文学的正宗地位。在这个过程中，胡适不仅把中国传统文学内部的某些因素，带到了现代文化的境界之中，而且以自己对历史的深刻了解，沟通了中国传统文学和现代文学的历史联系，使现代文学成为传统文学发展的一种新的阶段和必然结果。

显然，胡适这种思想的力量同时来自中国传统文化和西方现代文化，来自它们之间一种奇妙的结合，体现了一种新的文化意识形态。然而，同鲁迅相比，胡适的思想中，西方文化与中国文化之间实际存在的巨大差异并不明显。这也许隐含着一种主观上的偏离和任意性。这主要表现在胡适所运用的思想方法，在很大程度上代替了对中国社会具体内容的考察。实际上，胡适在运用西方文化中的思想方法，来解决中国实际问题时，有意无意地是在试验和证实方法。因此胡适曾表示过对中国历史文化的极大关注，提出过"整理国故"问题，但是在根本思想方法上，有着把中国文化归结于西方文化发展轨道的趋向。在他用西方的思想方法来整理中国历史文化的过程中，过于锋利的思想方法利刃不可避免地割舍了中国传统文化独特的棱角，只是成为一种脱离实际但合乎"标准"的思想展览品。胡适对中国问题的研究大都表现出了这种弱点。他的思想方法过于强大的支配力量，使得中国具体生活只是充当了材料的角色，也妨碍了他深入触及中国传统文化的深层内容，尤其是作为国民文化心态存在的那部分。

其实，在中西文化交融中，一切思想方法都面临着中国具体生活实践的检验。这是由于从西方文化中借来的思想方法，并不是从中国历史生活中总结和提炼出来的，而是在西方自然科学和社会科学研究基础上提出的，所以和中国的生活实践有一种天然的距离感，尤其是对思想文化方面的事实，并非能够用来一套了之。由此，接受西方新的思想方法，用来研究中国的实际问题，首先要尊重研究对象，把方法融合到对象生活中去，在研究过程中不断"修正"方法，调整方法与实践之间的关系。在这个问题上，显然，鲁迅和胡适都面临着同样的考验，他们的理想和思想方法都必须在中国具体实践中不断进行自我调整。这种调整意味着思想方法和具体对象的互相理解和渗透，同时也意味着一种相互割舍。从某种程度上来说，在中国具体实践面前，胡适比起鲁迅来说，更完满地保存了自我理想和思想方法的完整性和一贯性，但是同时和实践拉开了距离，缺乏推动现实社会的历史力量。在中国现代文化意识形态中，并非只是两种文化的某种对比和渗透，中国具体的社会实践始终显示出一种真正的潜在的力量。

我以为，这种思想方法与具体对象之间的距离，也是中西文化差异性的一种表现。理解和感觉这种差异，当然与接受某一种文化的深度有关，但是对现实的评价也是一个重要的因素。例如鲁迅对西方现代物质文明一直保持某种怀疑态度，这与他所耳闻目睹的一些事实有直接的关系。我们可以从鲁迅记忆犹新的很多生活中证实这一点。在日本留学期间，鲁迅就看到很多沉耽于物质享受中的中国学生，他们陷入物质享受的深渊中，对国家前途毫不关心，成了一批浅薄无用的人，所以在《朝花夕拾》中，鲁迅对盘着大辫子到处游乐的中国留学生很反感，甚至不能忍受那种跳舞声对他的刺激。直至三十年代，鲁迅虽身居闹市上海，但对现代物质生活方式仍保持着某种距离。这种距离甚至影响到他对文学的评价，他极不满意那些富有浪漫气息的"革命加恋爱"的作品，对于一些经常出入咖啡馆和跳舞厅的文学青年也看不上眼。

这种情况显然加深了鲁迅和中国传统文化的密切关系，同时使他对于西方文化中的各种因素，在思想上保持某种程度的怀疑态度，始终维持着某种自我选择的独立意识。因此，鲁迅虽然受过许多西方文化思想因素的影响，但始终不是某种思想、某个思想家的信徒。很多西方思想家，是鲁迅非常赞赏的，如尼采、卢梭、托尔斯泰，但他总是保持着一种平等对话的姿态。这种姿态使鲁迅在各种思想潮流面前保留着主动权，鲁迅有可能根据时间的推移和实践的检验，吸收西方文化中的精华，认识其对中国生活实际不适合的局限性，不断完善自己的思想。

不可否认，在不同地域和历史环境中生长的两种文化——中国文化和西方文化，必然存在许多差异，而这种差异由于中国现代社会状况和世界现代文明进程的距离又变得更为复杂化。这种差异性有时表现在相反的方向上，即从保留中华民族传统的生活理想和审美心理出发，感觉到西方文化思想中的某些偏激的因素；或者表现在相同方向上，即在世界生活走向现代文明进程中，中国传统民族文化有很多难以适应的因素。这种因素维持着一种看待世界的老眼光，看不到人类文明发展的一般进程和必然趋势，对现代中国社会发展产生某种迟滞作用。在中国现代文化意识形态发展中，对待中西文化差异性的理解，也包含着一种对中国历史和现实生活实践的理解，它常常取决于对于中华民族自身命运的关切和认知程度。

在中西文化交流中，中国现实这个基点，使中国人获得了独立的选择自由。鲁迅的思想就是牢固地建立在中国现实这个基点上的，因此，鲁迅不仅能够理解中国社会走向现代文明必然的历史要求，而且对于西方资本主义现代文明的弊害有所认识。他能够对在现代社会中物质对于人的挤压、侵害以及由此造成的人的价值的危机，有着敏锐的感觉。这种感觉我们在《孤独者》中就能够充分体验到。由此鲁迅有可能超越西方社会形态的模式，面对当时人类命运共同面临的课题。

这其实是中国现代文化意识形态成为世界现代文化发展一部分的重要标志。在中国，很多文化人之所以在中国传统文化和西方文化之间徘徊，而不是单纯地站在哪一边，原因之一就是他们不仅考虑中国的前途，同时在思考着整个人类的前途。在这里，从鲁迅思想某一个定点延伸开去，很容易触及林语堂——一个始终喜欢穿中国式长衫的学者的思想，并能够发现一种新奇的交合。林语堂运用英语写作几乎和中文一样自如，可见受西方文化影响程度很深，因为语言毕竟是一种与感情思维方式直接密切相关的东西。这也许在某种程度上决定了林语堂思想中某种独特的敏感范围。他能够深刻感受到资本主义工业文明对人性的无情冲击和由此造成的异化现象，因而在思想上表现出明显地向中国传统文化回归的倾向。例如他仿佛站在中国社会现实之外推崇生活的艺术，谈品茶赏菊的闲情逸致，说吃饭睡觉的养生之道等等。如果忽略了林语堂思想所依据的西方文明进程背景，仅仅从中国当时思想需要出发，就很容易产生一种直觉判断的偏差，把这些看作是提倡中国旧文化之举，而看不到林语堂直接受到西方现实文化生活的挤压，是立足于中国传统文化思想岩石上，迎击西方现代工业文明对人类精神文明的挑战，并企图以此来弥补西方文化中的薄弱环节。但是，这一点同时把林语堂推到了与中国当时现实相反的方向。他对中国传统文化的理解与很多中国人产生了偏离，因为人们更深刻感受到的是中国现实社会在现代文明进程中的落后状态，和由此形成的中华民族受苦受难的屈辱地位。由此林语堂同鲁迅相比，舍弃了对中华民族现实命运生死攸关问题的思考，带着中国传统文化的气息，走到了西方社会文化生活之中。在那个世界里，林语堂得到和证实了自己的一部分，也失去了自己的一部分，这部分——我指的正是推动中国社会变革的精神力量。

这并非意味着否定林语堂思想在中国现代文化意识形态中的特殊意义，我只想为我们整体地认识鲁迅和中国现代文化意识发展提供一个参照。今天我们起码应该认识到，在一种多元化的文化意识形态面前，仅仅从某一个方面来判断某一种思想的存在价值，是不明智的。而且，由于褊狭的、单一的思想方法，过去我们已经习惯地在两种或数种思想同时存在的情况下，用好坏标准，把一种和另一种或数种思想直接对立起来，肯定一方必定要否认另一方或者其他几方面。现在看来，这是对思想意识缺乏理解的方法，造成了很多人为的思想或者生活的悲剧。其实，互相弥补，同时并存，百花齐放，百家争鸣，是现代文化意识形态存在的基本原则。往往有这种情况，一种思想在某个圈层上是缺乏意义的，但在另一个圈层上是合理的，而不同圈层上的意义又常常会互相遮蔽，中国现代文化意识形态中复杂的折叠现象，常常会给人们出这种难题。当然，这并不是说在中国现代文化意识形态中，无法确立一个合乎历史发展的价值标准。我一向认为，思想判断的价值标准，应该是一个历史的范畴，同时也是一个实践的范畴。在居住着占世界人口四分之一居民的国土上，任何一种思想的社会价值，都是在广大人民为争取更完善的生存境界的斗争过程中实现的，表现在启示、帮助和引导他们摆脱贫困、落后和专制统治的精神作用。

<h2 style="text-align:center">四</h2>

　　毫无疑问，从一种选择走向多种选择，是中国民族文化历史的进步，但是，中国古老生活状态和西方现代文明过于猛烈的撞击，使中国文化的深层意识结构产生了某些紊乱现象，因此中国现代文化意识形态的发展，经历着一种痛苦的自我超越过程，鲁迅的思想同样经历了这个过程，并向人们显示其独特的品质。

　　显然，中西文化的交流，给中国现代文化意识的发展，提供了多种选择的可能性，而这种可能性同时造就了选择的进步。这是一种社会实践多样化的选择。所谓中西文化的交融过程，就是在这种实践选择中碰撞，在碰撞中进行实践选择的。应该说，中国现代文化意识形态发展方向就是多种选择的结果，它在中国传统文化和西方现代文化两种强大意识力量挤压下，构成了现代意识流向的一个独特的豁口，在两股力量合力的作用下，走向了接近苏俄文化模式的方向。这也成为中西文化相互作用的一个平衡点。我认为，这个平衡点是在中国现代文化意识震荡的间歇中被稳定下来的，在思想文化开放的境界中，这个平衡点会不断移动。

　　这种选择在某种程度上也许能够体现对中国现代文化意识发展的估量。由于中国社会生活长期处于封闭状态，传统文化习惯和礼教制度是根深蒂固的一种存在，它不仅一般地表现在社会的日常生活中，而且浸透到了人们的心灵深处，成为一种自己也无法察觉的潜在的心理内容。因此，在中国社会生活与西方文化发生横向联系时，不仅在中西文化之间显出巨大差异，而且规定了这种选择成为一种不能完全自由的选择。这里，需要特别提出的是，在中西文化交流中，中国社会生活和现代文明突兀而猛烈的碰撞，引起了中国文化深层结构的一些紊乱现象。这种紊乱意识主要表现在，对于社会生活缺乏理性的把握，以反常的心理提倡复古和"国粹"，包括极端的民族主义倾向；在思想上有意无意地"逢场作戏"，形成接受西方文化过程中的盲目追随、错觉以及自恃清高等等类型。这种紊乱在日常文化生活中，也有大量的事实存在，例如无论从正面还是反面，对于人的隐私和黑幕事实的过于敏感和关心，对于个性自由和物质享受在私欲方面的恶性崇拜和片面追求等等，至今我们还能在社会生活中经常见到。这种紊乱现象在中国现代文化意识的发展进程中，演出了种种变态、变形、变色的精神悲剧、喜剧和滑稽剧。

这种情形的出现不是偶然的。中国民族文化发展到现代文化意识阶段，是通过与现代世界文化潮流的衔接过程实现的。相对来说，在迎接现代文明到来之时，在中国文化结构内部，并没有做好充分的准备，保护自己的要求超过了它接纳新因素的能力。因此在这个过程中，大多数人不能够在社会发展中预先确定自己的地位，意识到历史文化发展的必然趋势，做出主动迎接的姿态；他们已经习惯于一种选择，一旦进入开放的境界，面对着多种选择，就感到无所适从，而传统思维方式又使他们感到自以为是，从而无法在社会与自我之间，过去和现在、现在与未来之间，确定某种合乎历史发展实际的一致性来。

鲁迅显然深刻感触到了在历史进程中的这种情景，他不仅从很多封建社会的遗老遗少对新文化恶毒攻击中感知到这一点，而且从大量的日常生活中，从国民心理状态中意识到这一点。在鲁迅的作品中，特别在杂文中，对这种意识紊乱的事实有大量的揭露。在这方面，鲁迅显示了作为一个医治精神病症专家的敏锐观察能力。实际上，鲁迅自己常常处于这种紊乱现象的包围之中，他自身的理性精神经受着严峻的考验。这种考验我们能够在《狂人日记》中那种由疯人视角构成的世界里充分体验到，同时也能够从《孔乙己》《阿Q正传》《孤独者》等小说中有所感知。显然，鲁迅对此类种种精神悲剧体验越深，就愈发感觉到自己距离他们非常之近，面临着同样的精神深渊。而且，鲁迅还恰恰想要把他们解救出来。

这是一种深刻的精神危机，其中包含着鲁迅思想中现实与理想、意志与表象、感情与理智的深刻矛盾。鲁迅常常处在一种痛苦的选择之中，他所要破坏的那个世界，恰恰是他赖以生存的、充分体验到的世界；他所热爱的人，恰恰是纠缠在那种精神紊乱之中，而不能充分地亲近他们；他所希望到来的那个光明世界，恰恰是不能容纳自己的地方。也许从《故乡》中我们最能体验到这一点，现实给予他的，正是他感情上永远无法接受的事实；而他的理智却迫使他接受这个事实。从鲁迅与闰土之间的隔膜中，表现出鲁迅的内心冲突，这种冲突同时意味着一种搏斗。鲁迅要不断地和社会生活中的魑魅魍魉搏斗，有时会感觉到这些魑魅魍魉常常藏在自己的灵魂中，就要不断地进行自我搏斗。事实上，鲁迅自己就曾多次说过，自己身上也有一种鬼气，需要不断清除。

这种搏斗意味着一种痛苦的自我超越过程。鲁迅始终是把自己放在历史发展运动之中的，他对任何文化思想的选择，都同时伴随着对自我的不断重新选择和不断调整，来适应时代生活发展的要求。这样，鲁迅不仅要向社会发射出自己强大的力量，而且社会生活的应答也不断选择着他，并确定着鲁迅思想的社会价值，这两者之间的互相牵连和互相补足，形成鲁迅思想随时代向前发展的轨道。因此，鲁迅把自我价值的实现，完全建立在社会实践发展需要的基础之上，甚至在某种程度上，把具体的社会效应看作判断自我力量的标志。显然，这种社会实践发展需要，并不是仅仅建立在鲁迅个人生活和感情意志的基础之上，它自身也是不断淘汰而又不断创新的。个人与生活实践发展之间，总是存在着各种各样的矛盾冲突，而鲁迅总是牺牲、抛弃和冷落自我的一部分，超越自我生存的生活范围，把自己的光和热贡献于时代。

从这里，我们或许能够体会鲁迅在《野草》中所表现的内在痛苦，他总是站在"我"与"忘我"之间，希望最终摆脱自我纠缠，进入一个新的境界。正是这种痛苦的自我超越，把鲁迅思想紧紧地与整个民族的命运联结在一起，把自己思想价值的实现，与现实生活的变革实践紧紧联结在一起。在中国现代文化意识五花八门的思潮中，鲁迅实际上显示了一种顽强的独立意志，它作为鲁迅生命中不可缺少的一部分，支配着鲁迅对各种思想文化的价值判断，用鲁迅自己的话来说，第一要义就是能够"保存我们"，他还说："无论那一国的文学，都必须知道古代的文化和天才，和近代的时代精神有怎样的联系，而从这处所，来培养真生命的。"事实上，这段话正可以帮助我们理解鲁迅思想的真正生命。

我认为，在云缠雾绕的意识氛围中，显露出社会实践坚硬的岩石，对于理解鲁迅乃至整个中国现代文化意识形态的发展变化至关重要。处于开放境界中的现代文化发展，多种文化意识因素是财富，但是它们也会构筑成各式的迷宫、陷畔、死角，它们各自都以尽可能迷人的色彩诱惑着思想者，让人走进去，剥夺和削弱人的独立意志，诱使人成为它的奴仆，永远不再从那个王国走出来。当然，那个王国也许会给人提供一种完美的境界，但是人们一般总是被某种虚幻的思想表象所迷惑，沉迷在对于社会发展抽象的、脱离实际的形式判断之中。而鲁迅的思想自始至终却表现出了这样的特点，他从来未曾去创造一种完美的思想体系，更不愿意走进别人制造的那种抽象的思想王国中去，甚至据为己有，而是把各种自己所感兴趣的思想带到了中国生活实践中去，在利用它们改造生活的同时，也在改造它们自身。鲁迅是一个投身实践的思想家，他的思想及其力量正是在实践中磨砺出来的。这个实践，就是中华民族的现实状态和世界现代文明未来发展的交合过程。这种实践的品格，能够使鲁迅不断超越各种文化思想的局限性，寻找一条解救社会同时也是解救自我的道路。

如果用这个观点来观察和分析中西文化的交融问题，那么我们会把问题引导到一个更纵深的范围。在现代社会中，文化的真正价值的实现，是在超越文化自身意义中获得的，接受、选择和判断各种文化思想，并不是为了建立和保存某种文化，而是为了使人类自身的生存更完美。在中国现代文化思想发展中，尤其是这样。鲁迅所说的"保存自己"，就包含着这种深刻意义。在中西文化折叠并存的氛围中，鲁迅关注的并不是抽象地判断哪种文化的优劣，或者是为了倾向某一种文化，保持某一种文化，而首先注意的是人的生存发展问题，是如何让自己的民族身心得到健康发展，让当代人活得好一点、后代人活得更好——由此，对于世界一切文化遗产，有用则拿，无用则弃，这是鲁迅思想一个坚固的出发点，也是中国现代文化意识发展过程中最宝贵的经验结晶之一。

由此可以设想，如果离开对人的具体生存状态的考察来议论文化问题，我们获得的只能是一个空洞的世界。人类活动本身并不是为了创造和保持某种文化，文化的价值，也不能仅仅以自己存在时间的长短来判定。相反，任何文化都是人类在各种具体历史条件下走向完善的创造物，而并不是人们有意构想、设计或者保持的某种思想模式。文化，永远是一条长河，过去、现在和将来溶解在一起，而人类不断追求、行使着分解和聚合作用，它会把迷人的意志表象轻轻拂去，挖掘出深藏着的人性内容；它会使人们把长久盘踞在头脑中的东西很快遗忘，同时又会把许多人们早已遗忘的东西重新唤起。文化是在不断消失着，同时又在不断地生长着，与人类生命息息相依。在中国现代社会中，正是中国人民对于现代物质文明与精神文明更高境界的追求，构成了中西文化相互交融与相互理解的中介，人们借用现代文明的光亮发现了中国历史文化中的珍宝，同时用这些珍宝充实了现代文明的宝库。在这个过程中，中国的民族传统文化和西方文化，达到了一种内在的默契。

显然，鲁迅变革现实的思想力量，也正是从这两方面吸取的。在中国社会中，西方文化思想对他的触及，促使他更深刻地理解和感受中国传统的民族文化，而后者又使他实际地去把握西方文化思想的特征。所以，尽管鲁迅提倡"不读中国书"，但是自己从来没有间断过对中国历史文化的研究和探索，并在这种研究和探索中显示了自己独特的历史精神。鲁迅对于历史文化的探索，没有停留在诸子百家等文化典籍上，而常常进入不曾列入正史、正传的资料中，发现了许多人们已经遗忘的东西。而且，鲁迅不仅仅从生活表层结构中去理解历史，而且从民间文化，包括大量的鬼怪故事和民间戏剧之中，直接感受和体验到某种最深厚的民族文化精神，为自己理解和接受西方文化思想，建筑了坚实的历史文化台基。我们已经表达了这样的思想，在中国现代文化意识发展中，向传统的民族文化的回归和向世界现代文化的扩展，是一种双向同构的意识运动，其中包含着中国民族文化的更新，同时包含着民族文化心理深刻的自省过程。在横向的文化联结中，需要完成一种纵向的过去和现在的历史联结。中国文化要在更广阔世界中证明和发展自己，就必须在更深的历史意识中发现自己，丰富自己。鲁迅的思想过程就是一个生动的说明。其实，在中西文化碰撞中，很多文化人寻求完整的思想，都不约而同地向历史文化深处走去，但是有的真走进去了，有的却没有；有的走得很浅，有的走得很深，以至走进去就没有再走出来。而鲁迅却走进去了，也走出来了，他和无常、女吊一起经历了起死回生的境界。我以为，在一种开放的、多层次的社会文化中，只有深刻研究和理解中国传统的民族文化，才能真正认识和理解一切外来文化思想的真实意义；而只有认真理解和吸收一切外来文化思想，才能使中国文化不断发展和更新，这是鲁迅思想的独特品质，也是中国现代文化意识发展所积累的最宝贵的经验之一。

综上所述，我们从中西文化交融的角度出发，分析了鲁迅乃至中国现代文化意识形态中一些独特的现象。当然，这也许只是一个引子。我们看到，时代生活的发展曾经为鲁迅思想提供了一个新的活动场所，鲁迅的很多品质都不仅仅是属于他个人的，而且是属于那个思想时代的；显然，那个时代并不十分完美，它还存在着许多局限性，鲁迅的思想也不可能完全消除这些局限性。尽管如此，鲁迅确实为我们提供了许多超越那个时代的思想财富，而这些财富在很大程度上依赖鲁迅自己的智慧和创造力的发挥。

1986 年 5 月

之十六

论鲁迅小说的艺术创新

鲁迅的小说，虽然数量并不多，但在中国乃至整个世界小说史上却占有极其光辉的地位，这不仅因为他的作品都有异常深刻的思想内容，而且也因为他在艺术上进行了独特的创新。

我认为，要对鲁迅小说的艺术创新有真正的理解，必须进行一种建立在整体生活之上的历史的和美学的系统研究。斯坦尼斯拉夫斯基曾经说过："一个作品越伟大，你站在它面前就越会踌躇不决，就像步行者站在高耸入云的勃朗峰山麓前面一样。"当我们站在一个伟大艺术家面前时，也会有这样的感觉。但是，要获得真正的艺术理解，我们却不能以一种侏儒的眼光去看待一个巨人的创作，这样所获得的永远只会是一些表面的和个别的肤浅印象。艺术的美德首先是平等，如果不能站在一个合乎艺术发展的新的美学基点上来研究鲁迅小说的艺术创新，或者说不能和鲁迅进行同一层次上的对话，那就永远实现不了一种真正内在的、平等的艺术交流，因而也无法从整体上系统地理解鲁迅小说的艺术创新。

一

对于鲁迅的小说创作来说，理解其中个人独创性的内容，始终是和理解一个新的艺术时代的观念紧紧联系在一起的。还在鲁迅出生之前，马克思就曾面对避雷针发问，希腊神话中的丘比特如今在哪里？大机器生产聚集起足够的力量冲击着一切旧的生活结构，在世界范围内创造着各种各样的新事物、新观念，它们越过重洋，不分国境，到处闯荡，互相撞击，迸发出各种各样的光华，呼唤着一个新的时代。这一切都加快了现代生活的节奏和进程。人们凭借征服和利用自然的胜利，开拓着人生更大范围的自由。人们的视野开阔了，旧的时空界限被打破了，越来越多的人，不管他生活在世界的哪一个角落，都有可能接受最广泛的社会生活信息，并且在这种信息的接受与交换中，愈来愈成为一个世界的人。生活也许就在这种自然进程中，改变着人们的思维的内容和方式，使得旧有的艺术花环枯萎凋零，同时铸造着新的艺术的产生。摄影、录像、录音等现代技术的广泛运用，在不知不觉之中彻底结束了用间接的艺术手段，例如绘画、雕塑，单纯描摹自然的艺术时代，传统艺术的一切界说需要重新接受生活的鉴别或挑战。电影最初的蒙太奇手法的运用，证实了艺术能够在不同的时空之间，根据某种整体的艺术构思，确定一种稳定的美学关系。艺术的知觉形式不再满足于在限定对象的范围内观照生活，而返回到自身的无限丰富的形式。鲁迅小说的艺术创新无疑是同这个广阔的生活和艺术背景连在一起的。鲁迅的小说以不同于传统的旧小说的风貌出现，给人以耳目一新的感觉，它是新时代艺术浪头之上腾跃而起的一朵神奇的浪花。

鲁迅是一个新人。鲁迅小说的艺术创新不仅一般地体现为一种艺术的选择，更为重要的是体现为一种人生的选择。它集中了鲁迅全部人格和理想的力量。一旦鲁迅将小说创作理解为一种与自己的生活理想的实现最紧密地联系在一起的艺术样式时，就意味着把自己在历史和现实关系中所承受的全部负荷和追求，都转换成了艺术追求。鲁迅的小说创作带着强烈的现实性的品格，对他来说，这本身是一种变革现实的独特的人生形式。于是，在鲁迅的小说创作中，高尚的民族感情和战斗的人道主义精神交织着现实生活的深刻内容，成为鲁迅突破旧的小说艺术规范的强大的力量源泉。

毫无疑问，鲁迅用他的艺术实践显示了这样一种完美的人格：人生追求和艺术追求的统一，忠实于人生和忠实于艺术合为一体。鲁迅最直接地表明了自己小说艺术目的，明白地说自己并不是为了做小说家才写小说的，而是为了变革人生。同时，他从来不把人生的目同艺术的使命分割开来。他曾经嘲笑过把两者割裂开来的人，说他们把革命和艺术当两条船，一会儿站在革命的船上，一会儿跳到艺术的船上。无论在鲁迅的艺术观念中，还是在艺术实践中，革命和艺术始终是一条船。在茫茫的生活海洋中，这条船负载着鲁迅全部人生的负荷，和对社会生活全部的深刻理解，驶向人生理想的彼岸。这种完美的艺术人格不仅决定了鲁迅小说艺术的美学方向和最终的艺术选择，而且成了作为一个伟大的思想家、革命家和文学家光辉塑像的坚固宽厚的底座。

我们看到，在这个坚实宽厚的底座上，鲁迅深邃的艺术目光投向了整个生活，而不是像一般旧小说家那样仅仅固定在某些具体的自我完满的故事。鲁迅的每一篇小说都承担着人生沉重的负荷。在这方面，他不得不把小说从旧小说传统的艺术模式中解放出来，使它走向了更广阔的现实世界，从而把自己小说的命运同他对整个社会的认识和理解，以及他为新社会到来的奋斗，紧紧连接在一起。正是这样，鲁迅没有把自己小说创作的美学方向确立在表现一个完美的故事上，而是专注于表达自己的全部生活理想。《狂人日记》就表现出了同旧小说不同的美学风貌。这篇小说历史内容的深刻性就在于反映了作者对社会的一种整体认识，相对于一个狂人的胡思乱想的具体情景来说，它具有一种抽象的含义。显然，就一个狂人的生活来说，不仅存在着反映生活的天然的局限性，而且有着由于和整个生活失去正常必然的联系而表现出来的一定的荒诞性，它同鲁迅所表现的深刻的思想内涵有着漫长的距离。我们如果仅仅把鲁迅看作是一个故事的陈述者，就不可能深切地理解小说的深刻含义，甚至会一味纠缠到关于狂人到底是一个狂人，还是一个清醒的革命者，抑或一个被迫害致病的革命者之类的无聊的争论之中。

显然，鲁迅小说创作一开始就表现出了和旧的小说艺术规范的格格不入。

中国旧小说的发展经历了漫长的历史道路。长期艺术内容的沉淀，逐渐形成了它固有的有头有尾的封闭性结构模式。正如鲁迅所说，到了近代，"内容多半是，惟才子能怜这些风尘沦落的佳人，惟佳人能识坎坷不遇的才子，受尽千辛万苦之后，终于成了佳偶，或者都成了神仙"（《上海文艺之一瞥》）。实际上，这种充分程式化的故事系统，已经形成了固定的小说结构模式。这种固定的小说结构模式不仅是某种观念的产物，而且本身就是一种观念的标志。它形成后，就反作用于艺术生活，形成巨大的凝滞力量。尽管社会生活方式一再冲击着这种陈旧的思想观念，将各种旧的现实内容击得粉碎，但作为一种小说艺术的结构模式，却依然在风雨飘摇中存在。它在艺术和生活之间筑起一道隔离层，阻断了生活与艺术的内在交流。显然，这种传统小说模式对鲁迅来说已失去了活生生的艺术意义。鲁迅在小说创作中实现了向新的美学境界的突破。在这种新的审美结构中，具体的生活故事常常只是作者整个精神世界的某种触媒，或者说是开启整个生活宝藏的一把神奇的钥匙。它仅仅开启了一个小窗，就显示出大海一样深沉的内涵。在鲁迅的《故乡》中，最平淡的家庭琐事，触动了主人公整个心灵的波动。就拿小说所写的具体故事来说，如果借用鲁迅自己的比喻，只能被看作是一片荒野中的一条小路，而通过这条小路却可以到达美学理想的境界。

鲁迅对于完满的故事似乎不感兴趣。在他的小说中，故事情节往往是明显淡化的，人物的行动也不一定有始有终，对于人物外在面貌和环境的描写远不如传统小说那样精雕细刻。例如把《故乡》说成是一篇散文并不为过；《头发的故事》通篇是由对话构成的，连这场对话的时间、地点也没有什么交代。即使《阿Q正传》，也说不上有什么复杂的故事情节。其实在这些寻常的具体描写中，隐藏着鲁迅不寻常的美学追求。这种故事情节的"淡化"，正在拆除着古老的单一的生活故事的篱笆，使小说表现生活的视野扩大到整个生活中去。在这个过程中，鲁迅小说中的故事系统摆脱了过去那种单一故事的封闭性小说模式，显现了向整体性生活开放的美学特征。

鲁迅从不曾孤立地描叙一个具体的生活现象，而是把这种具体生活现象放在一种以整体生活为参照系的运动之中加以表现的。在《阿Q正传》中，鲁迅描写了辛亥革命给未庄带来的变化就是这样。鲁迅没有完全沉浸在未庄的具体生活中，如果仅仅从纵向的生活历史的角度来判断生活，那辛亥革命无疑给未庄生活带来了很多变化。而鲁迅是在纵横交错的生活交叉点上来表现未庄生活的。这种横的方面包括二十世纪世界生活发生的巨大变化。作为中国社会生活的一个缩影，未庄的生活是一个广阔的时代生活背景下表现出来的。我们不能不把这种描写和鲁迅救国救民、改造人生的历史紧迫感联系起来考虑。这种紧迫感来源于对世界生活整个面貌的认识，来源于对中国与先进国家差异性的理解，由此构成了他和中国古老陈旧生活遗迹的格格不入。正是在这种时代生活的高速旋转中，浮动在具体生活表面的落叶缤纷被滤去了。鲁迅透过辛亥革命轰轰烈烈的景象，敏锐地感觉到其内在的相对停滞。未庄这只社会风浪中的小船，处于搁浅状态。在一个广阔的时代生活的空间里，历史生活的时间被凝固了，个别生活的运动在整体生活的参照下，表现出历史的真实面貌。在《风波》中，鲁迅同样形象地告诉人们，辛亥革命在人们生活中仅仅是"革"去了一条辫子。

在艺术欣赏中，要真正进入鲁迅的小说，读者需要调动自己的全部生活经验，并且以参与整个生活的姿态去创造性地理解小说的内容。例如《狂人日记》就是如此。确切的典型环境实际上是不存在的，这种典型环境只有和具体读者的经验世界结合起来的时候，才是存在的。因此这篇小说的典型环境在作品之外，任何一个读者和他所意识到的时代的生活，才是构成这种典型环境的基本因素。如果我们不把作品和当时的时代背景确切地联系起来，就无法辨认这个艺术世界中真正的建筑物。从这个意义上来讲，鲁迅的小说是面对现代读者的。他们几乎对于被动地接受某种艺术内容的模式表现出了厌烦；同时鲁迅也在造就新的现代文学的读者：他们不仅是被动的艺术接受者，同时是艺术的创造者。其实，每一个认真读过鲁迅小说的人，每一个真正进入鲁迅小说世界的人，都在鲁迅小说美学力量的引导下进行着自己的创造。

应该说，这意味着在艺术领域内，作品和欣赏者之间审美关系发生的一次变革。每一时代都在创造着新的艺术作品，每一时代的艺术作品又都在造就着新的欣赏者，这种审美关系的更新体现了艺术的进步。如果说人们在一般传统的现实主义小说，例如托尔斯泰的小说那里，能够从巨大的故事结构中得到一种认识生活的晶体，那么，在鲁迅的小说里，我们的思想会产生一种扩张，通过具体的生活画面走向整个社会和人生。鲁迅的每一篇小说，其思想，都可以看作是一个深刻的现代中国的寓言。这个寓言发自一个饱经风霜的斗士之口，而这个斗士的全部人格和智慧都是中国几千年文明精华的结晶。

鲁迅之所以冲破旧的小说模式，是和他对社会的整体认识联系在一起的。作为一种艺术创新的必然趋势，只有当旧的模式已经无法容纳艺术家所要表达的思想感情，成为这种思想感情的桎梏时，才具有现实的美学意义。显然，鲁迅在小说创作中表现出的新的美学方向，同样渗透着他对社会现实的整体认识。这一新的美学方向来源于他对生活的深刻丰富的内在体验。假如我们仅仅从艺术的机缘方面，而不是从他的小说与生活的血缘关系中去理解这种美学方向的选择，就不可能真正感受到一种发自艺术血肉躯体中的全部力量和生命活力。

当然，我们不能把鲁迅看作一个一般的寓言家，把他的小说看作一般的寓言式小说。鲁迅所描写的不是一个合乎观念的具体故事，而是活生生的现实人物和生活，他自己就是这现实的最直接的主体。作为一个现实的艺术家，他的小说所表现的思想内涵，首先是他在现实生活中深切感受到的。我认为，鲁迅小说的艺术创新首先就是基于他对现实的独特而又深刻的感受，他的全部美学上的努力都在于使这种感受艺术地表现出来。

虽然在鲁迅的小说里很少看到对旧中国打打杀杀的劲头，但鲁迅的小说对现代中国的剖析和揭露，是异常深刻的。这种深刻性并不单纯地表现在对黑暗现实愤恨的程度上，而在于鲁迅对旧中国整体的历史的透辟看法。他的小说谴责的锋芒所向，是旧中国社会的整体结构。鲁迅实际上是同整个社会对抗的。因此，他在自己的小说中，并没有把社会的黑暗归罪于某个具体人物，而是归罪于整个社会。他把一切罪恶的根源转化为一种普遍的，人们无法摆脱的沉重的压抑感。这种压抑感不是来自某个具体人物或具体事件，而是由一块压在人们心灵上的社会黑暗的巨石造成的。不抵翻这块巨石，这种压抑感是不能解脱的。

《狂人日记》所揭示的整个旧中国吃人的历史就是如此。狂人所产生的巨大恐惧的针对性，无疑带着普遍的现实意义。在作品中，我们实际上无法把吃人的罪过确定地归属于任何一个具体的人物，无论是大哥、医生，或者是街上的小孩和妇人。可是狂人的感受却要人们相信，这些人都不是清白无辜的人，起码具有吃人的嫌疑。因为在鲁迅看来，整个旧中国就是一个吃人的厨房。正因为如此，狂人才会对自己是否吃过人产生巨大的恐惧感。这种恐惧的感情正是一个现实的人意识到了个人的悲剧，同时又无法摆脱这种悲剧的独特感受。狂人最后发出的"救救孩子"的呼声，是一个睡在黑屋子里首先醒来的人，在绝望中求生的呼唤。鲁迅一生正担负着顶起黑暗闸门的使命。

我们同样能够从鲁迅其他小说中感受到这种沉重的、莫可名状的压抑感。《祝福》中导致祥林嫂之死的罪魁祸首属谁的问题，曾经引起了学者们纷繁的解说。但无论把祥林嫂的死归罪于谁，都无法回避小说所描写的基本事实：鲁四老爷（他实际上和祥林嫂没有过多的直接接触）、柳妈（她流露了对祥林嫂真挚的同情）、四婶（不能不说她对祥林嫂还算是宽宏的），从现实行为的条件来看，都没有把祥林嫂最后置于死地的意愿和自觉行动，但这并不能说他们是清白的人，对于祥林嫂的死没有一点责任，确切地说，生活在祥林嫂周围的人，几乎都在不同程度上参与了迫使祥林嫂走向死亡的罪恶。甚至作品中的"我"，远道而来的一位客人，也隐藏着一种深深的内疚和恐惧，这是由于他感到自己同样成为"吃"掉祥林嫂的参与者之一，因为祥林嫂在精神最后崩溃的时候，向他发出过最后的灵魂的呼救，曾问过他，人死后究竟有没有灵魂，却没有得到使她宽慰的回答。

由此可见，鲁迅对黑暗社会的认识，从个别对象中解脱出来，上升为一种对全社会整体性的理解。对于现实生活的黑暗，鲁迅几乎是从一种超然的角度给予批判和揭露的，没有把这整体性的社会罪恶归结于某一个具体的对象。鲁迅的小说很少直接描写现实的残暴，却构成了一幅幅封建礼教窒息人性的血淋淋的图画。《孤独者》中的魏连殳，就是一个被社会窒息了青春和生命的人物形象。他并不是一个安于成命的怯弱的人，他曾经有过拼搏的勇气，并且一度拼搏过，但是整个社会以一种莫可名状的力量压抑着他。在这种压力之下，他拼搏，但找不到拼搏的对象。黑暗势力就像无数条看不见、摸不着的绳索，在无形中捆着他，他解不开、挣不脱。在他祖母的葬礼中，魏连殳像一匹受伤的狼发出的长嚎，在惨伤里夹杂着对人生绝望的愤怒和悲哀。

鲁迅小说对于黑暗现实的整体性的批判，无疑比一般传统小说，包括十九世纪很多批判现实主义小说要深刻得多。在大多数批判现实主义小说里，对于社会的深刻批判总是通过某一特定具体对象身上表现出来的。一个使人感兴趣的事实是，在传统小说那里，受社会迫害的人，往往还能幸运地找到造成自己不幸的具体的仇人，因而能够进行具体的复仇行动，虽然这种复仇对于动摇整个黑暗社会的作用微乎其微。例如英国作家艾米莉·勃朗特的《呼啸山庄》，受尽折磨的希斯克利夫在数年之后对自己的仇人实施了全面的、更加残忍的报复；大仲马的《基度山伯爵》也是如此，伯爵艰苦、机智的复仇行为，把人们恶有恶报、善有善报的思想转化成了具体的艺术现实。因此，在这些小说中，都无法避免这样一种局限性：一旦具体人物的希望如愿以偿，例如受压迫和迫害的人最终得到幸福，坏人最终得到惩罚等等，悲剧就消失了。过分地指责这种描写本身不真实，是不妥当的。因为社会生活中确实存在着这种现象。而这些作家表现生活的方式还不能完全从具体故事模式中解脱出来。这种具体故事的真实性赋予这些小说的相对真实的意义，同时也决定了它们的局限性。我们看到，在具体的生活描写和整体社会的关系之间，甚至连伟大的托尔斯泰也在其间徘徊。在《复活》中，道德的自我反省使聂赫留朵夫承担了玛丝洛娃堕落的全部罪责，但作品中对现实的批判，对黑暗的无情揭露，都无时不在为聂赫留朵夫自身罪恶辩护和开脱。在人们眼中，他成了一个有罪的，但能够予以原谅和同情的对象。而这并没有减少《复活》对现实的批判力量，反而加强了这种力量。在《复活》中，托尔斯泰表现出的惊人的现实主义力量，在于他并没有把玛丝洛娃生活的转机，寄托在聂赫留朵夫个人的"良心"发现上，尽管这种良心确实是真诚可信的。

我们这里不仅是注意到艺术描写的具体规范问题，还注意到隐藏在背后的艺术家对生活主观认识的独特方向。对现实生活更加自觉地从整体方面去把握，或许只有在现代开放社会中才能实现。鲁迅笔下的魏连殳正是这种现代生活的产儿。只有鲁迅才真正理解了他的悲剧，因而才能在某种程度上原谅他，并寄予自己深切的同情。

像魏连殳对社会黑暗的这种愤怒和悲哀的感受，我们也许能够在现代小说中找到一些类似的情形。例如在卡夫卡、海勒、萨特的笔下，可以发现在现代社会中被一种无形的社会力量扭成畸形的灵魂。在卡夫卡的《城堡》中，人处于对现实无可奈何的悲剧地位，整个社会生活是可怕的、神秘的，对人行使着莫名其妙的支配力量，玩弄着人的生存意志。这种对整体社会的批判，超脱了一般具体生活的范畴，而这些作品正好表现了在现代资本主义社会中现代人的一种整体的、真实的生活感受。这种感受产生于对整体社会的认识和观察的基础之上，是在广泛的信息交流的现代生活体验中形成的。由于个人感受中积聚了越来越多、越来越广泛的生活信息，逐渐形成了对整个社会关系的关注，所以小说不再仅仅表现为一种具体生活的印象，而成为一种带哲学意味的隐喻。

把鲁迅同西方现代主义的一些小说家进行类比，显然只是从艺术发展的观念而言的。我们并不想否认鲁迅作为一个世界的文学家，同二十世纪文学发展在思想和艺术方式方面的血肉联系，但是并不意味着把鲁迅小说美学风格等同于一些西方现代小说家。鲁迅的小说是包容着独特的深广的民族精神和生活意蕴。作为一个半封建、半殖民地社会的知识分子，在他受压抑的心灵感受中，不仅仅有个性发展的挣扎与呼救，而且熔铸着振兴祖国和民族的内容；鲁迅本人所体验的，不仅仅是个性在社会生活中遭受的一般的磨难，还有寻求一条真正的救国救民道路的全部探索的辛酸与苦难，他所承受的是一个具有伟大悠久历史文明和高贵自尊心的民族，在世界生活中被歧视、被侮辱的这种极不公平又极不相称现实地位的全部重负。正由于如此，鲁迅的小说创作和当时一些资本主义社会的小说家在美学方向上发生了巨大的差异。这就是当很多西方作家破灭了对资本主义的幻想，把艺术上的创新理解为愈来愈远离生活的象牙之塔的时候，鲁迅则利用艺术创新的桥梁，大踏步地走向了生活。在艺术创作运动的起跑线上，鲁迅是个独具风格的中国的民族艺术家。鲁迅的小说创作，是以中国的民族气魄和风格走上世界文学舞台的。

二

应该说，任何艺术上的发现和创新，总是和艺术家对生活所探求的新的成果联系在一起的。如果说鲁迅小说所实现的理想境界在于能够沿着一条具体描写的小路不知不觉进入整体生活的大千世界，这条神秘的"小路"就是人物的心灵，在这里，鲁迅实现了宏观世界和微观世界的对话。

在鲁迅的小说中，最令人惊叹的是对人物心理活动的透视和表现。这种透视既是一种表现的，也是一种自省的，同时又是同人物具体生活情景结合在一起的。显而易见，鲁迅对于人物的外在描写，是极简化的。这种"简化"不是为了放弃生活，而是为了承担更密集的生活内容，使得鲁迅有可能最大限度地调动自己的艺术创造力，集中体现生活中必要的美学环节，把漫长的历史生活和广阔的时代生活聚集在一种密集的生活层次上，聚集在人物心理世界的焦点上。

很明显，鲁迅并没有像传统小说那样，把人物的心理活动完全依附于人物的行动（例如在托尔斯泰小说极其丰富的心理描写中，总是把它和此时此地的一切联系起来表现的），而是使人物心理活动获得了独立的时空持续的能力，在一定程度上摆脱了具体环境的限制。《狂人日记》通篇都是一个精神病人的感觉、印象和联想，不著时地，不著人名，根本没有确切的环境可言。不言而喻，这篇小说在很大程度上，具有作者本人自省的性质。就小说整体的意义上来说，这是一个时代的灵魂的自白，小说任何确切的具体环境背景的出现，都无法包容小说内容的真正内涵。只有理解了那个时代的人，才能体会到狂人之语的真正意蕴，并在心灵上产生共鸣。在鲁迅的小说中，最深刻、最广泛的社会生活内涵正是通过人物最隐秘、最深层的心理活动表现出来的。对待人物的心理世界，鲁迅没有停留在表现人物表层意识上，而是深入开掘内心深层的东西，表现人物潜意识中隐藏的奥秘。这些心理意识，不仅时常无法从表面行动中显现出来，而且连人物自己也不愿让它们出现，唯恐它们出现，甚至否认它们的存在。《一件小事》是一篇很短的小说，说的也是一件极小的事情。但就在这一件小事中，"我"在无意识之中窥见自己灵魂深处的见不得人的污秽，就毫不留情地解剖了自己，亮出了一个赤裸裸的灵魂。正是小说所表现的深刻的心灵自省，使作品具有洗涤人们灵魂的力量。《孤独者》也是如此。鲁迅不是从表面去理解魏连殳生活的悲哀与欢乐，而是深入到他的内心深处，因此鲁迅的艺术解剖刀，就能够从他对恶的反抗中，揭示出被窒息于内心深处的善的根苗。面对魏连殳死后冰冷的微笑，作者却别有深意地去回味魏连殳生前有过的"像一匹受伤的狼"的长嗥。

这一切都不可避免地使我们看到了鲁迅小说和传统的现实主义文学的联系。在十九世纪的小说中，鲁迅曾十分欣赏陀思妥耶夫斯基对人物灵魂的解剖，他称陀思妥耶夫斯基为"人的灵魂的伟大的审问者"，"他布置了精神上的苦刑，一个个拉了不幸的人来，拷问给我们看"。而鲁迅自己就是这样一位伟大的灵魂的审问者，是洞察人们灵魂的心理学家。鲁迅用自己"残酷到了冷静"的笔触，探视人物心灵深处无意识、潜意识的奥秘。在《伤逝》《弟兄》等作品中，我们都可以体察到鲁迅透视灵魂的深邃的目光和锐利的笔锋，他甚至毫不顾惜人物心灵发出的痛苦的惨叫和哀求，敢于撩拨人物心灵最深处的疮疤。

应该承认，对于人物心理世界更加深入的探究和精细的表现，是十九世纪现实主义文学的必然发展，也是二十世纪以来艺术进步的起点。实际上，这一标志着小说艺术更新的变革运动，从十九世纪初到二十世纪初，一直在小说艺术领域中默默进行。把艺术表现的重心逐步从描写单纯的故事情节转移到人的内心世界，是作为文学表现人生的一种艺术需求而产生的。因为人们已经普遍意识到，现代技术能够提供描摹生活外在面貌的一切手段，却不能取代人对心灵的理解。在现代生活中，人的外在世界不论表现得如何充分和确定，都难以完全显现出人内心世界的变化莫测。而且，很明显，在很多情况下，人的外在行动只能表现出现实生活允许表现出来的那部分心灵，甚至有时人的外在行动不能不和真实的心灵发生离异或者背道而驰。因此，艺术要表现活生生的整体的人，尤其是表现出人内在的真实的心灵，单纯地或者着重于表现故事情节和人物外在生活是不够的。由此，很多小说家开始对人的梦幻和混乱的自由联想加以描写。尽管这种描写包含着多种艺术因素和思想动机，但反映了小说家在新的生活条件下，针对人的外在世界和内在世界失去一般明显的必然联系所作的一种探索，因为从这里可以表现出一些人物外在行动中无法显现出来的心理真实。相对于传统小说的结构模式来说，这无疑是显示了一种新的艺术方向。而梦境和幻觉，从某种意义上来说，是小说家由于人物外在生活的围墙阻隔，不能深入人的心灵世界，而企图进入人物内心世界的一根最简易、最原始的杠杆。

显然，就这一点来说，鲁迅对于人物心理世界的透视，越过了更加难以逾越的障碍。除了《狂人日记》应该另当别论之外，鲁迅笔下的人物几乎都处于思维清醒的状态，也就是说，基本上排除了自然流露自己心理深层意识的可能性。相反，他们都在极力掩饰自己心灵深处的秘密，并且寻找各种借口为它们解脱和辩护，甚至极力否认它们的存在，以维持心理表面上的平和。《在酒楼上》的吕纬甫就是这样，极力用得过且过、随遇而安的态度，来掩盖失望和怯懦的心情，他喋喋不休谈论一些生活中的琐事，用表面的热情来驱赶内心中对生活的冷漠。《祝福》中的"我"，强调离开鲁镇的原因是城里福兴楼一元一大盘的、价廉物美的鱼翅的吸引，实际上是极力想从由祥林嫂的死亡带来的，使他感到某种恐惧和内疚的潜意识的纠缠中解脱出来。在《高老夫子》中，鲁迅并没有避开人物表面上一本正经的行动，而是巧妙地撬开了他行动和心灵之间微小的间隙，揭露出其灵魂深处的丑恶。

这里我们看到了鲁迅表现人物心理活动的高超的艺术本领。对于人物心灵深处的意识活动，鲁迅没有像一般艺术家那样依靠梦境和幻觉的杠杆。这种杠杆在一定程度上已经成为游离于人物生活之外的一种形式。在小说艺术的发展过程中，很多小说家从传统小说的故事模式中挣脱出来，进入了人物主观世界就精疲力尽了，因此常常用梦境和幻觉为自己设立起一道新的篱笆，从而封闭了艺术表现的天地。而鲁迅则不仅从传统小说的艺术模式中勇敢地跨出了，而且成功地在新的艺术境界中迈出了第二步。在小说集《彷徨》中，人物是以外在世界和内在世界统一的有机整体面貌出现的，显示出成熟的小说艺术的风采。

应该特别指出的是，鲁迅不是把人的心理活动作为一个平面来理解的，而是力求表现出人物心理的立体结构。这样，他不仅能够看到支配人物行动的表层意识，而且能够洞察内心中不同意识的冲突和转换关系。人的心理世界是一个立体的多层次的整体结构，同客观生活一样无边无垠。各个层次安放着不同的内容，在一定的条件下，处于相对稳定的统一状态。艺术要完整地表现生活，最重要的是要表现人；而要完整地表现人，就应该完整地表现人的心灵世界这个立体结构。

鲁迅十分重视揭示人物心理的深层结构。他小说中的人物心理，正像明代唐志契谈山水画时所说的："盖一层之上更有一层，层层之中，复藏一层，善藏者未始不露，善露者未始不藏，藏得妙时，便使观众不知山前山后，山左山右，有多少地步……"（《绘事微言》）常常在隐蔽和含蓄中巧露机锋，扑朔迷离中包藏深意。例如在《肥皂》中，对于人物心理的描写，简直到了出神入化的地步。小说中的四铭先生，突然给太太买了块肥皂，似乎是让太太搞卫生，其实不然。原来构成他买肥皂的最初动机，是他在街上看见一个讨饭的姑娘而产生某种不可告人的欲念。四铭的所谓搞卫生，为姑娘抱不平，提倡什么"孝女行"，不过是一种保护丑恶欲念的层层心理防线。鲁迅对于四铭的心理世界善藏善露，使之时隐时现，在相互冲突中披露了人物的心灵。有人把好的作品比作一座浮动着的冰山，水面上浮现出来的仅仅是很小一部分。我很愿意借用这个比喻来说明鲁迅小说中的人物。人物的外在世界，就像冰山浮现在水面上的一部分，相对于整个冰山来说，只是很小的一部分，而人物的内在世界，就像冰山潜伏在水面之下的部分一样，才是更为壮观的。尽管如此，我们却不能仅仅停留在鲁迅对于具体的人物心灵的发现和表现上。在鲁迅的小说艺术创新中，对于心理的发现，不仅对小说内容是新的发现和开拓，而且带来了在艺术形式和技巧方面的新的突破。

其实，人物的心灵对鲁迅来说，不仅是表现的对象，也是联结整个生活的广阔的通道。一个特定的心灵世界，不存在任何确定了的时空界限，它能够越过任何外在的物质障碍，把自己的"触角"伸向广阔的生活天地。《幸福的家庭》就是通过一个平凡家庭的生活场景同整个社会川流不息的联系，获得其丰富的社会生活内容。鲁迅依靠人物的联想、感觉和想象，使得在一个家庭中发生的一切和整个生活交换着信息。在一个小小的空间里，聚集和碰撞着来自不同空间的相互矛盾的信息，人物心灵的"触角"联系着不同空间，一会儿是社会上的乌烟瘴气，一会儿是想象中的"龙虎斗"，一会儿是现实生活中的劈柴和白菜。而它们各自所具有的生活意义正是在交错出现的对比中表现出来的，由此形成了一个流动着的有机统一的生活实体。

我们也许已经很难判断，是人物的心灵的延展赋予小说突破一般时空界限的能力，还是由于这种能力的形成恰当地表现了人物的心灵。鲁迅正是在这些新的发现中，完成艺术形式的更新。当这种发现延伸为艺术家把握具体对象的主观形式时，必然在艺术形式上带来新的变革。

把鲁迅和托尔斯泰的小说加以稍许比较，就不难看出传统的现实主义小说和鲁迅小说艺术风貌的差异。托尔斯泰在自己的小说中展示了广阔的历史生活画面，创造了无与伦比的艺术作品。但由于小说内容总是遵循着客观生活故事的特定的轨道，在叙述上"花分两朵，各表一枝"，决定了不同的时间和空间之间的明确的界定。具体生活故事的发展脉络恰如蚕茧抽丝，用连续的线条编织成精美的艺术画面。在托尔斯泰的笔下，即使《战争与和平》那种宏大的历史生活场面，也表现得有条不紊。而鲁迅的小说并不全然如此。鲁迅把反映整体生活的依托放在人的心理意识世界（包括作者自己的意识世界）上，从而能够摆脱一个纯粹的故事叙述者的地位，在小说创作中时常超越故事情节的发展，按照自己的艺术构思来支配和表现不同时空中的人物和生活，用不同的视角来透视和构图，把表现自我和表现生活熔铸到一个整体的结构之中。从鲁迅小说的结构方法来说，就显示了艺术表现生活的新的主动性。采用多层次变换的描摹方法，不拘一格，用时空的跳跃把人们带到一种开阔的立体生活中去，这在传统小说中是难以想象的。以《示众》为例，就给人以突出的空间感觉。鲁迅用不同角度的参差错落的描写，使外层围观的人群和位于中心的犯人，共同组成一个圆阵，形成一个古罗马露天剧场式的层次结构，由以犯人为圆心的不同层次上的人物神态，构成一个立体的生活画面。这个画面的感性辐射能力是非常强的，它把人的印象充分立体化了，造成一种综合的直观形象。

鲁迅很多小说的艺术结构是建立在生活横断面的基础上的。鲁迅小说给予人们的不是一个生活的平面，而是在这个平面上开始挖掘，纵向深入下去，表现出多层次的生活内容。在《在酒楼上》中，两个朋友的一次偶然的会见，构成了一次深刻的历史和人生的反省。鲁迅通过一个生活的横断面，表现了一种生活中普遍存在的循环往复的生活和思想历程，具有纵深的历史含义。鲁迅很多小说具有类似"环式结构"的特点，例如《幸福的家庭》《高老夫子》《肥皂》等等，就像一个螺旋，从上面看是一个截面，读下去，就会发觉有许多圈层，而且越来越深。

在这个艺术过程中，鲁迅其实创造了一个各种生活现象相互对比的审美空间，一切形象和总体形象是处于相对比、相补足、相扩张的运动之中。例如在《药》中，鲁迅就同时表现了两个空间里的事实，华老栓茶馆里的议论和监狱里夏瑜的斗争。但鲁迅并没有分头进行叙述，而是表现在一个时空里，一明一暗，黑白相间，在相互映照的描写中，形成两种截然不同生活画面的强烈对比。这种新的艺术构思改变了传统小说艺术画面的程式，把相持续的表现转换成了相并立的、相叠合的和相互渗入的综合系列，呈现出一种整体的、流动的、多层次的生活面貌。这里不仅体现了艺术手法的创新，而且表现出了艺术思维方式的变革。如果说，一般传统小说是把立体的生活分解成平面，是用平面思维方式来构思小说和表现生活的话，那么鲁迅的小说则是用立体思维的方式来创造小说，用立体生活画面的组合来表现生活。它给予现代读者的是整体的人物和生活场景。鲁迅小说这种立体的艺术思维方式，在传统的小说中是不曾出现过的，它体现了新的美学价值观念，赋予小说表现生活整体性、多面性的艺术能力，显示出现代小说在愈来愈趋向立体化的生活面前的新的生命活力。

显而易见，鲁迅的小说几乎都不能进行平面的理解，需要在内容上进行多层次的分析。《狂人日记》之所以全然不同于一般的传统小说，是因为这篇小说其实包含着两个在表面上几乎互不相干的层次。小说的表层结构是描写一个被迫害狂病患者的胡思乱想，而深层结构则表现了一个清醒的革命者对整个封建社会本质的认识。前者作为一个写实的感性世界，把一个精神病人的思维状态描写得惟妙惟肖，甚至不能排除作者对病理学的了解；而后者则是充满着理性氛围的世界，沉淀着作者长期对社会生活的思考结晶，甚至并不缺少抽象化的表达。鲁迅以一种立体的艺术思维的方式控制着这两个不同层次，把它们精确、和谐地凝结成一个有机的艺术整体，几乎达到了天衣无缝的程度。由此可见，鲁迅在小说创作中发现和创造了艺术生活中的新的美学关系。这种关系是多重的：有正面的，有反面的，有定形的，也有变形的，有外在的，也有内在的等等。

在鲁迅所意识到的新的美学关系中，任何一种具体的生活存在，都获得了新的艺术表现价值，它不仅完全取决于自身在客观生活中的地位，以及由这种地位所决定的各种生活关系，而且取决于它所构成的与艺术家主观世界的联系。于是它不再是一个艺术表现的具体的现象，而成为艺术家表现整体生活感受的一个中介。例如《兔和猫》，乍一看，鲁迅是在讲一个邻人养兔的事，这个故事本身没有什么太大的生活意义，甚至作者也似乎不是个热情的旁观者。但是，这并不是小说表现的真正的对象。随着作品内容逐渐展开，凸现出了另外一层含义，这就是作者对生活的一种现实感受。我们是通过一个对象的中介进入作者的心灵世界的。在鲁迅描写的这个非人类的故事中，包容着一个富有哲理的人生寓言。显然，从内容关系上来讲，这个具体故事和这种思想的深刻内涵的相互结合，没有传统小说那样紧密，猫吃了兔子和作者对黑暗的愤恨在客观含义上互不相干，并没有明显的必然联系。这两个不同层次的内容之所以能够互相联结，互相感应，是因为两者之间有着一种内在的主观情感的联系，形成一种内在的语言。这就是作者的主观感情，在具体生活的暗示下引起的共鸣。

在这种艺术构思中，具体生活的描写开始呈现出向形式方面的回归，它不仅是作为描写对象的内容，而且在通向整体生活的方向上体现为一种有意味的形式。也就是说，鲁迅在具体生活中发现了新的艺术价值，它不仅是小说艺术的直接的被承担者，而且本身也是承担者，能够承担超越具体故事之外的历史内容。鲁迅正是在重新发现了这一层秘密之后，才真正跨越了以往的具体故事模式，走向了整体表现生活的道路。

无疑，鲁迅由此获得了造就一个新的小说艺术系统的基础。在鲁迅小说的立意中，常常表现出象征的意味。象征，在思维内容的关系上，本身就是一种多层次复合体的体现。在鲁迅的小说中，象征的意味就是一种新的艺术价值观念的体现，这种观念赋予鲁迅小说以思想内容的深刻性和感性形象的生动性的高度统一。《狂人日记》就以一种荒诞的具体生活描写，构成了一个"有意味的形式"。鲁迅以自己独特的美学感悟理解了它，发现了它，并把整个社会的认识托付于它。狂人的语言既是一个形式的载体，同时又是内容的负荷。《阿Q正传》也是很有意味的。在一个普通农民的生活悲剧和整个国民劣根性之间，有着广义的象征意义。"精神胜利法"本身就表现为一种抽象化了的思想形式，并不属于严格的写实的内容。鲁迅在表现一个极其不幸的国民的悲剧，却采取了一个近似于滑稽的喜剧艺术模式。喜剧的形式和悲剧的内容在相互离异中又相互统一。作者内在感情和具体人物的命运表面分离，其实互为载体，表现了鲁迅丰富的思想和感情的内涵。

当然，象征，在鲁迅的小说中，仅仅是新的艺术价值系统的一个活跃的表现者。在鲁迅的小说中，尽管这位表现者有时并不出现在作品的前台，其具体生活的自我延展能力也是令人惊奇的。英国著名戏剧家马丁·艾思林曾把戏剧的内容分解成三层高度来理解，他认为莎士比亚的《冬天的故事》具有三重含义：它讲了一个故事，可以理解为一个描写感情和冒险的好故事；它也是一个隐喻，一个关于妒忌、自私和道德说教的寓言；它又是作者的"幻想中的满足"，即重新失去的爱情并弥补以往的过失的梦想。显然，作为现代人的艾思林对于莎士比亚戏剧的理解，无疑是有独到之处。鲁迅小说的内容结构，本身就提供了多层次的内容。我们尤其要这样理解，作为一个具有现代意识的自觉的小说家，鲁迅是有意识利用生活和思维多层次的存在和相互关系来写小说的，具有自己鲜明的美学追求。例如《鸭的喜剧》，既是表现了友人爱罗先珂一段爱护小动物的动人趣事，也是对一个身居异乡寂寞无主的朋友生活的体味，同时也包含着作者对于生活意味深长的感受。

鲁迅小说表现生活的美学结构，具有"双象性"的美学特点，形成了在艺术世界中具体的艺术画面和抽象的思想沉淀的联结，一方面它承担了消除具体的生活描写带来的局限性的任务，另一方面实现了思想认识和活生生的艺术形象的血肉联系。这种"双象性"，在鲁迅的小说中，是活跃在多样化的艺术存在中的，它的内容也是在不断变换和演化的。起初，这种"双象性"在实际内容上的分离是明显的，例如在《狂人日记》中，写实的内容和象征的意蕴表面上相距遥远。但是，这种分离逐渐地弥合在写实的氛围中了，而在内容自身中显示出它们不同的品格。例如《鸭的喜剧》《兔和猫》等作品就是这样。象征意蕴不再在超越具体故事之外游荡，而参与到了具体的小说世界中，成为具体的小说世界中的一种必然因素。而到了《故事新编》，"双象性"已经稳定为一种两种生活并存的艺术实体。

当然，在这种转换和演化过程中，并非没有艺术冲突和搏斗。这最明显地表现在鲁迅历史小说的创作中。在小说中，"油滑"从作为一种艺术构思中的否定性因素，到转变为一种肯定因素，就体现了鲁迅的小说艺术系统在新的领域中的交替和扩展。鲁迅历史小说"双象性"的独特内容在于，鲁迅是充分自觉地用古今生活的两个平面来建造自己小说的内容结构的，把丰富的生活寓意和思想内涵直接表现在古今生活的交互感应之中。实际上，当鲁迅的艺术之锤敲击在古代生活的洪钟上时，却在现实生活的回音壁上发出巨大的回声，古今生活的交响轰鸣，震荡在一个宽敞的艺术长廊里，经久不息。在《采薇》中，这种古今生活的撞击和交响就非常明显。"普天之下，莫非王土"，这古代的声音，却引申和沟通了现实生活中有关"为艺术而艺术"的一番奇谈怪论。古代和现实的这两种语言系统并非相互隔离，而是互相沟通的。因此，我们看到在鲁迅的历史小说中，古代历史生活和现实生活之间的遥远距离，并没有阻断其向生活开放的战斗锋芒，而是用现实生活的更直接的介入，弥补了这种时间的距离。这是由于鲁迅在古代生活中明显地感受到了同现代生活的联系，发现了新的艺术表现价值，使古代生活的投影，能够承担现实生活的感受，用直接的思想和情感联系，构成了古今生活画面的相叠。在这个独特的艺术世界中，鲁迅对于生活的全部理解和感受赋予古今两种生活彼此对话的可能性和特殊艺术意味，使它们能够自然交流，交相辉映，共同构成一种超越历史的有机的艺术整体。

显然，对于历史生活这种新的艺术发现，是在作者对于生活作出一番新的评价，同时突破了单纯历史真实的局限性才产生的。无论是鲁迅现实题材的小说，还是历史小说，都是通过这条道路走向生活的深处的，并且在任何一种具体生活的背后，都发现了自然之光照射不到的秘密。

三

但是，要真正探究这个艺术秘密，就不能仅仅停留在对鲁迅小说具体内容和结构特点的分析上，还要认真考察鲁迅艺术地把握生活的主观形式的独特性。在这个过程中，对整个小说艺术系统中自我作用的美学分析，具有不可忽视的意义。

鲁迅小说中的自我，是带着新的艺术观念走进小说世界中的。他自己说："……现在的文艺，就在写我们自己的社会，连我们自己也写进去；在小说里可以发见社会，也可以发见我们自己；以前的文艺，如隔岸观火，没有什么切身关系；现在的文艺，连自己也烧在这里面，自己一定深深感觉到；一到自己感觉到，一定要参加到社会去！"（《文艺与政治的歧途》）这就使得鲁迅小说无一不是表现生活和表现自我的统一体。鲁迅小说中的自我不仅是具体生活的观察者、体验者和叙述者，同时是一个活生生的主体。这个主体不是孤立存在的，而是不断同生活碰撞着、交流着、搏斗着，表现出其内在生活和外在生活的全部丰富性。

其实，对鲁迅小说思想艺术的研究，如果排除了对鲁迅个性的理解，是无法进行的。这种个性有时是直接参与小说的艺术世界的，它凝结着鲁迅整个生活中的某种特殊的心理机制，常常具有独特的意蕴。例如在《采薇》中，一个聪明而又刻薄的女子所说的"普天之下，莫非王土"，之所以对伯夷叔齐，也是对作者和读者，产生那么强烈的刺激力量，恐怕只有联系到《狂人日记》中狂人的痛苦自省才能体会到。狂人在反省历史过程中，彻底否定了自己赖以生存的社会，同时也就意味着对自我的否定。他不得不痛苦地意识到："四千年来时时吃人的地方，今天才明白，我在其中混了多年；……我未必无意之中，不吃了我妹子的几片肉，现在也轮到我自己……。"实际上，这里包含着作者心灵的自省。鲁迅曾在给一个年轻人的信中写道："我发现了自己是一个……是什么呢？我一时定不出名目来，我曾经说过：中国历来是排着吃人的筵宴，有吃的，有被吃的……但我现在发现了我自己也帮助着排筵……。"作为一个旧社会的逆子，鲁迅对旧社会的彻底否定，也必然在某种意义上包含着对自我的否定。因为他不可能把自己同社会存在的联系全部斩断。而鲁迅清醒意识到的是，他正是吮吸这个社会的奶汁长大和生存的。否定者和被否定者这种天然关系无法摆脱，这种深刻的心灵痛苦一直在吞噬、折磨着他。在《采薇》中，同样闪烁着这种深刻的反省，在某种意义上来说，包含着自我嘲讽和自我否定的意义。因此，这篇小说不仅寄寓着对现实的批判力量，同时也是作者在历史反省中的一次自我解脱。通过这种自我解脱，鲁迅显示了坚定的生活意志，即便生活在"莫非王土"的社会里，也绝不做这份祖业的孝子良民。

当然，这里绝不是说鲁迅是在肯定历史上伯夷叔齐的生活态度。这里只是把审美注意力集中到这个方向：鲁迅小说对于整个生活的认识，是作者自我在生活中深刻感受到的具体的心灵体验的成果；同时，这种成果又是通过自我和自我所意识到的生活真理——整体生活与具体生活的联结——艺术地表现出来的。正因为如此，鲁迅笔下的具体生活的环节，才能承担起整个生活的重负，成为整体生活的一个形象的参照物。

鲁迅许多第一人称的小说，大多数是不能以传统的第一人称小说的方式来理解的。就以《在酒楼上》为例，故事情节的主体和"我"的关系，远没有一般传统小说那么紧密。作品中的"我"是力图处在吕纬甫的生活圈子之外，大有一种超然事外的意味。但是我们根本无法把小说叙述的具体故事同"我"分离开来。这篇小说的深刻思想内涵，并不全然表现在对吕纬甫生活经历的描写，而是同时也表现在这种经历对"我"的影响和在"我"心灵中引起的反响。小说正是由这两个相互矛盾的空间的自我相互交流构成的。如果说这篇小说表现了鲁迅对吕纬甫那样的知识分子生活的痛惜和批判的话，那么就应该说，对于一个艺术家来说，这篇小说凝结了鲁迅本人人格的全部体验和搏斗。在当时的情况下，鲁迅同样经历了像吕纬甫一样的心灵危机。这种危机是鲁迅通过对于现实生活的身临其境的体验而感受到的，所以才表现得如此深刻。

鲁迅小说中的自我始终具有开放的性格。它不属于那种"自我表现"，即对于社会生活的前途悲观失望和无所作为，无法在客观社会实践中找到自己确定的位置，因而孤芳自赏，逃避生活。自我仅仅成了艺术形式的附属品。鲁迅小说中的自我首先是一种活生生的内容，表现出对人的理想和力量的充分肯定。鲁迅是从主体出发去认识和表现生活的。生活对自我发生巨大影响，形成了主体特有的内向和沉思的品格，同时构成了艺术创作的巨大动力。狂人表现的自我意识就是这样，当他用特有的眼光看待社会生活时，显示出了思想反映整体生活的真实感和深刻性。而这种生活又在不断加强着这种洞察力，并且反归于自我，引申出更深刻的自我反省。鲁迅小说的深刻性就表现在没有把自我和生活分割开来，使小说仅仅表现为艺术拯救自我的可能性，而是把拯救自我和拯救社会结合了起来，而且首先是为了拯救社会——这种无私的人生和艺术态度，决定了鲁迅小说艺术旺盛的生命力。

这必然意味着一切具体生活的描写对象都在双重背景下存在，这就是具体的历史生活和现实的自我生活。它们之间经常蕴藏着两种力量的冲突。当新的意识力量从旧的生活土壤中破土而出的时候，必然显示出的对旧的生活联系的痛苦的摆脱和否定，也就是新的艺术关系的形成。在鲁迅小说中，自我感情的变革是在生活关系的变革中进行的，同时也意味着艺术价值关系的更新。在《故乡》中，我们就面临着这种情形：由于蕴藏在作者内心中的历史和现实的巨大感情冲突，把乡村中一幕平淡无奇的相会，推向了历史生活矛盾冲突的广阔舞台。在作品中，"我"本来是抱着和具体的历史生活恒常联系进入生活的，这种联系使画面充满恬静的诗意，驱逐了荒凉萧条的生活气息，美丽的故乡，蓝天、明月、银制的项圈、五色的贝壳，都使人流连忘返……但是，这种诗意的花环在还没有完全舒展开来的时候，就已经被现实生活的力量冲破了，建立在与过去生活恒常联系上的自我立刻土崩瓦解，使"我"与闰土的重逢，成为中国现代小说中表现人物感情突转的最精彩的一幕。人类最美好的感情以及人类在历史生活中的悲欢离合，都聚集在由不公平、愚昧落后、苦难所建造的现实生活的巨大壁垒之前，经过长期的辗转反侧，终于表现在闰土一个软弱的称呼之中："老爷！"我们在某种意义上，也许可以把《故乡》看作是自我的一次对话。童年的鲁迅和成年的鲁迅，在隔绝了几十年后，又在新的生活屏幕上发生了争执，现实的冲击使他不得不忍痛和他的过去告别，痛感和喜感同时交织在作品的字里行间。

毫无疑问，鲁迅小说的内容并不等于自我表现，但是自我在整个小说艺术系统中承担了具体生活和整体生活的艺术联系。实际上，在鲁迅的小说中，自我在生活的具体环节和整体面貌之间，形成一个比较广阔的既具有间隔作用，同时又把两者联为一体的"缓冲地带"。这个缓冲地带成为作者的主观感情和具体生活交流、搏斗、融为一体的场所，活跃着丰富的人类感情和多种意向的生活因素，大大增强了小说的思想容量，从而使鲁迅能够从容地承担起各种不同的思想和感情的重负，以各种角度去理解和表现生活。例如在《阿 Q 正传》中，"哀其不幸，怒其不争"形成了巨大的感情与理智的冲突，时时都有导致形成小说整个内容结构单向性的危险。鲁迅却能够化险为夷，把它们表现在一个艺术整体中，体现出表现思想和感情的完美性。

这种自我也不同于传统小说中出现的自我。它带有整体的广延性和多向性，体现一种艺术思维方式的变革。显然，任何艺术都和艺术家的自我意识相关联。在传统的小说观念中，并不是没有自我，而是强调把自我稳定在一个思维层次上，保持一贯的叙述方式和叙述角度，把自我融入在具体的故事情节中，在很大程度上，这个层次就是保持一个纯客观的故事叙述者的态度。但是，鲁迅却勇敢地冲破了这种传统的单一层次的自我小圈子。自我作为鲁迅小说系统中一种活跃的因素，不再像传统小说中那样处于依附具体故事的被动地位，而开始显露出它独立的、主动的姿态。为了表达对社会生活的整体认识，鲁迅不满足于仅仅在单一故事的圈子里徘徊，仅仅以某一个具体人物的视觉来代替自己对整个生活的观察，实际上这也是不可能完全替代的；他尽量打开这个圈子，使自己获得多方位、多角度、多层次观察和表达生活的自由。在鲁迅小说中，用自然尺度理解的艺术世界失去了它的完满性，而在它的背后出现了一个用感情经验尺度理解的世界。它属于那个被意识到的，但不能被确切表达的精神产物。如果我们认真回味一下读鲁迅小说的审美经验的话，就会深刻地感觉到这一点。有时觉得鲁迅似乎在讲述某一个故事，但是又会突然感觉到并非如此，经验会把你推向另一个世界。但是，假如你想在这两个世界中寻找出一种令人信服的符合客观真实的逻辑推理关系，又会使你大失所望。象中有象，是高度的理智形式和独特的直觉方法内在感应结合的成果。

如果我们打开鲁迅的《狂人日记》，飞动着的扑朔迷离的艺术画面，提醒我们注意这样一个明显的美学事实：鲁迅小说正在改变和结束着一个小说表现生活的投影式的单纯具象的世界，取而代之的是充满感觉、印象等主观色彩的表象艺术天地。出现在小说艺术屏幕上的形象形态不再像旧小说中那样只是表现出客观真实的内向性格，而是声情并茂，用熔铸了主观感情的画面去感染读者，征服读者。它在给读者带来一个客观的生活世界的同时，更重要的是带给读者一个真实的思想感情的世界。显然，表象作为构成小说的一种审美形态，和投影式的具象形态是不同的，它不仅具有诉诸人们以感性形象的直接性，而且具有传达思想感情的性质，这在小说的美学实践中，带来了革命性的变化，它不仅扩大了小说形象的内涵，而且改变了人们欣赏小说审美过程的传统程式。

鲁迅的小说，完成了把观照对象从自然形态中解脱出来的物我交融的美学过程，这是由于鲁迅小说中的自我具有在投影式的具象世界中所没有的能动作用，使得鲁迅能够在具体描写中把外在世界和心灵世界联结起来。在鲁迅的小说中，十分注重描写人物的主观意象，以表现在具体的客观情景中的人物心灵的秘密。在《高老夫子》中，作者就是通过主人公看到的表象生活来表现心灵的，高老夫子特有的敏感、恍惚、慌乱，溶解在视觉形象之中，形成了特殊的图像，例如：

他不禁向讲台下一看，情形和原先已经很不同：半屋子都是眼睛，还有许多小巧的等边三角形，三角形中都生着两个鼻孔，这些连成一气，宛然是流动而深邃的海，闪烁地汪洋地正冲着他的眼光。但当他瞥见时，却又骤然一闪，变了半屋子蓬蓬松松的头发了。

就是在这些模糊的变幻的表象中，闪烁着反映人物心灵秘密的"眼睛"。这样的"眼睛"在鲁迅小说中是很多的，它并不仅仅局限于人的视觉意象，也延展到了人的听觉、触觉和语言感觉中了。《孤独者》中魏连殳那使人不寒而栗的长嚎，《阿Q正传》中阿Q摸尼姑脸后的感觉，《肥皂》中四铭语无伦次的说话，都突出了人物的心理状态，看上去是外在的写实的笔法，其实融合了人物的心灵意识。这种充满印象和感觉的描写，是和作者对生活现实的理解紧紧联系在一起的，成为从人物外在世界进入内在世界的途径。《白光》中的白光，就是一种表现人物心灵意识的表象，它浸透了人物的全部欲念和追求，以及在这种追求中的病态意识。这里，表象实际上提供了表现这个心灵的外在的象征物。表象显现出的神奇的美学功能就在于，它可以把人们仅仅能够感到确实存在的，但不能确切地具体表达出来的东西，转换成一种艺术存在。

由于鲁迅的自我多层次地介入小说，又由于它接纳的具体生活内容不同，以及与整个生活的联结关系不同，鲁迅小说中的感性形态是多种多样的。它们存在于具象和抽象两者之间的广阔地带，具有丰富多样的形态特征。这种表象形态熔铸了自我多层次的内容，同时又在写实的基础上互相交流。从某种角度来说，它既体现主体的思想，又是对客体发现的结果。前者作为作者的表象世界，是出乎作品之外的；后者属于人物的表象世界，是入乎作品之中的；两者的自然汇合和相叠，形成物我融为一体的艺术形态。

这种物我统一的表象形态，扩大了小说世界的容量；它作为表现生活和表现自我的统一体，提供了在具体的生活中表现整体生活的可能性。这时，任何一个具体对象，只要是作者充分理解和感觉的，都可能成为作家内在思想感情的象征，体现出无限的生活的意蕴。实际上，一旦摆脱了投影式的单纯具象艺术表现，整个艺术过程的单向性就不存在了。艺术创作过程是人的对象化的过程，也是对象的人化过程。外在的客观生活的主观化和内在的主观意识的客观化同时构成了艺术作品的双向结构。

从鲁迅小说艺术形态铸造中，我们可以看到现代艺术变革的共同趋势。当印象主义、象征主义画面出现在各种艺术中的时候，古老的投影式的艺术世界已经开始瓦解了。把客观生活现象铸造在作家的主观意识中重新定型，在一定程度上反映了艺术家对于旧的艺术形态进行的新的美学改造，使它们从一种原始的自然状态中进一步解脱出来，成为艺术家美学理想的自觉的艺术承担者。这种新的美学改造体现了人在精神王国中进一步征服和驾驭生活的本质力量。人按照美的规律创造生活，同时又是美的规律的发现者和创造者。表象作为一种不同于具象的艺术形态进入小说，其久远的艺术魅力，正是艺术家实现美学理想的必要性和艺术表达的创造性相统一的成果。

在此，我很想把鲁迅的小说看作是二十世纪初各种文学思潮聚集的一个美学窗口。作为艺术感性形态的变化，是对传统艺术发展的各种成果进行新的美学选择的产物。鲁迅并没有完全抛弃传统的艺术遗产中的优秀成分，而是使它们从原来的艺术层次中解脱出来，在新的艺术系统中显示出新的美学意义。而更令人惊奇的是，鲁迅小说艺术创新的浪花，几乎映照出二十世纪初在艺术领域内所有新的探索、新的发现和新的气象。

一个基本的美学事实是，对鲁迅的小说世界，我们很难用任何艺术方法的模式来定型，否则，我们将会陷入纷繁的冲突中。在具象到抽象的广阔的艺术形态领域中，鲁迅小说包容着丰富多样的内容，写实主义、印象主义的手法，象征和神秘主义的色彩，意识流、抽象主义的艺术氛围，都通过各种艺术形态向我们闪烁着蛊惑的眼睛，使我们目眩。而当我们从某一方面找到了鲁迅小说的艺术特征，并把它推而广之到鲁迅小说整个艺术系统的时候，很多相悖的因素又会蜂拥而出，把这种特征排斥到一个局部的，甚至是不显眼的位置上去。尽管整个系统是一种截然不同的宏观的美学面貌，我们在构成这个系统的微观的艺术分析中，却能够发现它们相一致的同构映照作用。我们由此能够从微观的艺术分析中走向对整个艺术系统宏观的美学判断。这种判断，并不是给它下某个定义，而是找到多种艺术形态中内在的艺术承继关系，和由这种有机关系构成的整个小说艺术系统的历史和美学的意义。

显然，鲁迅小说艺术系统的兼容性是很强的，他从不拒绝在借鉴任何艺术方法的基础上进行卓越的创造。如果说各种艺术方法曾形成了很多彼此相联的圆环，那么鲁迅的小说艺术系统则是在这些众多的圆环之上，重新画了一个圆，它或许和众多个别的平面的圆都有相互对应的空间的"共同域"，但是有它自己独特的系统的内涵，从而呈现出不断创新的性格。它能够不断地接受新的艺术因素，不断地创造新的方式和样式，在不同的艺术情景中，采取不同的艺术处理。

从这个角度来说，鲁迅小说艺术系统同时具有一种不稳定的性质，也许甚至还可以说，在现代小说艺术发展中，鲁迅并没有完成一个完美的小说艺术系统。尤其是他的自我表现的力量，常常存在着一种非艺术因素干预作品内容的潜在的危险。有时，当它还没有转换成一种艺术的和谐因素的时候，就在原来的艺术情景中出现了。《补天》中的"油滑"就是如此。这时候，不同层次内容的关联性就显得不太明显了。由于脱离人们常规的审美经验太远，使人们难以在一个视野广阔的艺术世界里确定作品的意向性，影响了人们对作品的完全理解和领会。但是，这种系统的不完美同时构成了系统的活跃性，它正在开拓更完善的艺术道路，反映出艺术在向新的完美阶段发展的一切艺术搏斗和艺术探索的足迹。其实，造成这种不稳定性不是偶然的。鲁迅一开始创作就面临这种美学的考验：中国社会历史的生活条件和文化条件并没有造就一个能瞻望艺术未来发展的理论的台基。中国社会读者的文化参差，中国社会结构和思想的保守性，以及中国文学同世界文学长久的时空隔膜，都造成了他时常怀疑自己的小说创作的艺术价值，而对自己艺术实践的结果缺乏充分的自信。他多次说，自己并不想进小说的殿堂，感到自己的小说和艺术距离太远，"自己知道自己实在不是作家"等等，就都反映出这一点。鲁迅生前，他的小说创作就遭到过许多非议。鲁迅曾在《俄文译本〈阿Q正传〉序及著者自叙传略》中说道："我的小说出版之后，首先收到的是一个青年批评家的谴责；后来，也有以为是病的，也有以为滑稽的，也有以为讽刺的；或者还以为冷嘲，至于使我自己也要疑心自己的心里真藏着可怕的冰块。然而我又想，看人生是因作者而不同，看作品又因读者而不同，那么，这篇在毫无'我们的传统思想'的俄国读者的眼中，会照见别样的情景的罢，这实在是使我觉得很有意味的。"由此可见，这种非议无论来自何方，都带着中国传统的思想模式的痕迹，这又促使鲁迅在小说创作中必然同传统观念相对抗。

然而，这毕竟潜伏着一种巨大的冲突。鲁迅的小说要唤起中国的民众，然而传统思想的高墙却把它们分离开来，造成了互不理解的情景，这就使得鲁迅感到真正的艺术的隔膜和艺术创新的悲剧。正是这一切社会生活与意识的综合作用和相互冲突，以及鲁迅的主体条件，使鲁迅小说艺术系统不稳定性的因素逐渐加强，最后终于造成了鲁迅小说艺术创作的中断。

不必过分指责或者惋惜这种"中断"。一个伟大的人格时时都在寻找着同他人生追求相一致的人生形式，一旦他意识到两者的差异，发现了一种更好的形式时，就会毫不犹豫地拿起新的武器。对鲁迅来说，正像他曾经放弃了学矿物去学医，然后又弃医就文一样，他中断了小说创作，完全投入杂文写作中，同样是他人生追求和艺术追求的必然发展，鲁迅没有隐瞒自己，也没有迁就自己。

由此，随着鲁迅小说创作的中断，我们对于整个鲁迅小说艺术系统的美学评价，似乎也戛然而止了。显然，作为丰富多样的形象系列已从我们眼前飞逝而过，但是，我们在充分感受到一种直观的艺术美的过程中，获得了一种理性的美学收获，作为一个独特的艺术系统的美学特征，或许已在我们的头脑中愈来愈清楚地显现出来。鲁迅小说的艺术创新像任何一种具有历史开拓意义的现象一样，是活跃在艺术发展的历史长河中的；它所造就的一个向新的艺术时代过渡的开放的艺术系统，在中国现代小说发展中，历史性地表现了世界新旧艺术因素的转换，以及它们的历史承继关系。鲁迅在小说创新中，真正体现出了"他是一个实际的、肉体的、站在坚实稳固的地球上的，呼吸着一切自然力量的人"。①

1984 年 10 月 14 日

---

① 马克思：《黑格尔辩证法和哲学一般的批判》。

之十七

闪烁在夜幕中的心灵之光

——对《野草》的心理美学分析

　　鲁迅的《野草》，是中国现代文学宝库中的珍品，它以丰富的形象内涵和独特的艺术风采，吸引了读者。如果说《野草》是一股不竭的、永葆艺术活力的生命之泉，那么，这股清流是在充满浓雾的晨曦中，沿着曲折的小道涓涓流出的。由此，《野草》所蕴藏的全部思想内涵和艺术秘密，不会轻易袒露在读者的面前，它属于不懈的心灵与艺术的探求者。

一、释"味"——"抉心自食"的心灵搏斗

　　不言而喻，《野草》的魅力不仅在于其奇特的艺术风采和由此构成的令人扑朔迷离的艺术境界，而且在于它包容着一个极其丰富而又复杂的独特的心灵世界。因此，谁都想拉开艺术技巧的幕布，找到真正能够通往作者心灵的路径。在这种探寻中，也许每个读者都有自己独特的经历。我们从《秋夜》出发，越走越暗，不断找寻，终于在一个幽暗的深处，发现了心灵的门扉，门扉上分明写着：

……，欲知本味。创痛酷裂，本味何能知？……

……痛定之后，徐徐食之。然其心已陈旧，本味又何由知？……

　　这是在《墓碣文》中所写，写在一座沙石所制的墓碑的背面。从鲁迅"本味不能知"的苦楚中，在"抉心自食"的剧痛的字里行间，渗透了鲁迅"本味自知"的真切感受。五四运动过后，鲁迅曾一度陷入寂寞彷徨的境地，开始重新审视自己，重新认识自我在历史与现实中的位置和价值，他的心灵经历了一个痛苦的自我搏斗过程。《墓碣文》正体现了这种自我审视。鲁迅以一种冷静乃至于残酷的态度，解剖了自己，揭示出个人命运的悲剧。显然，这种自我审视是惊心动魄的。墓中的死人"不以啮人，自啮其身，终以殒颠"，在一定程度上正是鲁迅现实处境的真实写照。但是，这个墓中人并不是一个空虚和灰暗的影子，他的悲剧性有其肯定自我的一面，也有其否定自我的一面。如果把这篇诗文的含义归结为"意欲认识和摆脱这种心境而不能的焦灼和痛楚，最后以'我疾走，不敢反顾'，来表示对这种思想情绪的否定"，① 显然是不全面的。应该看到，这种自我价值的审视，是鲁迅正视现实，敢于面对惨淡的人生和淋漓鲜血的结果。尽管鲁迅为此感到深切的痛苦，但终究没有逃避，而是从现实的角度审视了自己，并从中汲取了力量。

　　其实，这种自我审视从《秋夜》就开始了。在《秋夜》中，我们可以领略到这样一层含义：原有的充满自信的自我，开始遭到怀疑，自我与生活的契合关系逐渐沉没在夜色之中。作者不仅第一次感到夜空是"生平没有见到的这样的奇怪而高"，而且觉得它"非常之蓝"，似乎"大有深意"。大自然以一种外在的力量作用于作者的心灵，凸现出它不可更改的循环往复的进程；依旧开着的粉红花，直刺天空的枣树，夜游的恶鸟，乱撞的小青虫等等，尽管都是司空见惯的自然现象，但现在这一切，仿佛包容着一种作者从未感到，而且无法完全把握的意义和力量。大自然以它原

---

① 出自人民文学出版社1981年版《鲁迅全集》注释。

始的存在方式，呈现出它神秘的魅力。尽管作者一再表现出对这种宁静的反抗，但它仍然缓缓地迷漫过来，笼罩了鲁迅的整个身心。这时候，当自然悄悄地显示出它的内在力量的时候，自我开始退却了，分裂了，逐渐转变为自然排列中的一个环节。在《秋夜》平稳的抒情笔调中，正孕育和聚集着人格冲突的力量。

这种心灵搏斗导致了作者无法确定自我的归宿和位置，因而感到深刻的痛苦。在《影的告别》中，作者的自我，分裂为两种方向上的张力，相互冲突，或者被吞没在黑暗里，或者消失在光明中。虽然其中存在着从悲剧的中心挣脱出来的力量，但这两种张力都围绕着一个终点——死亡。处于这种悲剧氛围中的作者自我，所面临的外在世界（白天和夜）呈现出的一种异己力量，同自我的存在处于不协调的关系之中。作者无法在这种现实关系中找到自我肯定的条件和因素，因此感到了深刻的心理危机。从《影的告别》中可以看出，鲁迅的自我分裂是建立在对现实关系的重新认识过程中的。由于现实在鲁迅的意识中开始显示出某种异己的力量，从而形成了对过去充满自信的自我的破坏力，迫使作者重新认识自我的现实存在，在对象中寻求新的现实关系，意识到自我存在难以摆脱的悲剧意识。鲁迅勇敢地承担了这个悲剧的角色。

鲁迅的这种悲剧意识，包含着某种深刻的现实和历史生活的内涵。这不仅表现在鲁迅对社会直接的现实性态度上，而且也表现在鲁迅对个人的历史作用的认识上。鲁迅之所以对自我进行反复的盘诘，是由于经过现实生活反复的洗礼，对自己早期对个人作用的乐观看法产生了怀疑。《野草》中这种悲剧性的自我分裂，正是自我在整个社会存在的关系中"失重"条件下产生的。在鲁迅的意识中，整个社会被稳定下来了，而个人的呐喊和努力退居到一个不显眼的，甚至可悲的历史角落之中，显示出悲剧的色彩。

例如《复仇》两篇就寄寓着这种深刻的历史反思。很多读者把《复仇（其一）》仅仅理解为"看客"，而忽视了深藏着的更重要的命题，这就是在一个充满看客的社会中，手握利刃的搏斗，也许仅仅是看客的笑料和刺激物。这种可悲的角色实际上导致了某种意义上的自我否定。在同时写就的《复仇（其二）》中，鲁迅更加延展了这个悲剧，路人和看客成了"敌意，可悲悯的"兵丁、路人、祭司长和文士，而拯救众人的"神之子"却被钉上了十字架，沦为被戏弄的对象，最后被众人送上了死亡之路。这里，悲悯和被悲悯的人，都出现在他们相对的地位上，悲悯众人的人被可悲悯的人所离弃。这种悲剧地位和鲁迅《药》中夏瑜的形象，具有相通之处。

正因为如此，鲁迅在《野草》中的自我形象，不是一个单纯的自我，而是与各种历史的和现实的生活关系紧密纠结在一起的社会性的自我。我们所看到的是鲁迅在社会、历史的很多交叉点上，所做的对人生意义的感受和思考。在作品中，鲁迅常常把对生的体验隐藏在对死的描写中。《死后》就是其中的一篇。作品以"死后"的"我"来观照现实的自我价值，实际上是透过"死"的各种面具来窥探生的奥秘的一次测试。在这次测试中呈现出两种相对的意向，作者在证实自我，同时又在否定自我。一方面，作者对自我所做的现实评价，正好证实了作者对个人与社会关系的理智的认识，个人的作用在整个社会变革的天平上是微不足道的，不仅很快被人们遗忘，而且很可能成为众人闲话的材料，这是很悲惨的。而另一方面，这种认识的证实恰恰又是对自我的否定，是作者深为悲伤的。这两种"自我"在对抗中并存，不断变换着位置，而且都在极力寻找着自己的归宿。显然，承认并且承担这种人生悲剧，与意欲摆脱这种悲剧之间，存在着尖锐的冲突。在《野草》中，很多诗文都表现出了这种冲突，例如《过客》《失掉的好地狱》《颓败线的颤动》《立论》等等。在十分艰难的条件下，鲁迅为了支撑自己的理想，同黑暗相对抗，他内心不得不忍受自己所意识到的自我悲剧的袭击，顽强地同这种否定性的自我做斗争，使自己长期聚集的内在精神力量得到最大程度的发挥。

《野草》中表现的"自食其心"的悲剧性的内在冲突，是在外在强大的黑暗势力压迫下产生的，在人生的舞台上，首先体现为作者同黑暗现实的搏斗。然而当我们走向这个舞台的纵深，就会看到隐藏在幕后更深刻的人生搏斗，就会领悟出前台的主人公身后的巨大的时代的暗影。鲁迅之所以难以摆脱自我的悲剧冲突，不但是他重新认识社会的结果，同时也是严格解剖自己，重新认识自己的结果。在他愈来愈感到自己同旧社会势不两立的对抗时，就愈深刻体会到自己与这个社会存在着千丝万缕的亲缘关系，具有不可摆脱的现实的与历史的内在联结，因而就愈感到深刻的痛苦。由此也形成了鲁迅在《野草》中表现相叠的双重人格的内在原因。在小说《狂人日记》中，鲁迅曾通过狂人之口说出这样的话来："四千年来时时吃人的地方，今天才明白，我也在其中混了多年；大哥正管着家务，妹妹恰恰死了，他未必不和在饭菜里，暗暗给我们吃。我未必无意之中，不吃了我妹子的几片肉，现在也轮到我自己，……"继而发出痛苦的呻吟："有了四千年吃人履历的我，当初虽然不知道，现在明白，难见真的人。"这种深刻的反省，意味着对现实自我的历史性的否定。因为鲁迅明白，光明的新时代是"容不得吃人的人"的，所以在《影的告别》中必然导致"光明又会使我消失"的悲剧结论。在鲁迅历史小说《铸剑》中，人们也许忘不了这样一个戏剧性场面：黑色人和眉间尺的头与王的头经过激烈搏斗，同归于尽，最后竟分不清头之所属，最后只好将三个头和王的身体一起放在金棺里落葬。

可见，这种历史与现实的重负，形成了鲁迅无法摆脱的悲剧心理。鲁迅背负着沉重的心灵负载来同旧社会搏斗，这个重载是整个旧社会的阴影，注定要由他承担。在鲁迅心灵深处，不仅具有责任感，而且隐藏着一种深深的历史的负疚感。在《野草》中，这种负疚感形成沉重的压力，使鲁迅无法挣脱。最明显的也许是《风筝》了，鲁迅从童年生活的反省中，意识到一种无法弥补的过失，构成心理上"精神虐杀"的犯罪感。在作品中，鲁迅进行的是无法判决的自我审判，旧社会叛逆者的自我在对旧社会的自我进行严厉的审判。对此，许杰先生曾有精当的分析，"这是觉醒后的自我内心的负疚，是一种精神的负重——这种精神上的内疚和思想负担的逐渐加重，是无法可以放松，无法可以弥补的。"① 其实，这种精神的负疚感在《野草》中，并不仅仅是来自作者童年遥远的回声，而已沉浸在鲁迅的心灵中，成为其自我意识中不可分离的部分。它时时伴随着作者，使他自悲，逼他自强，使他痛苦，催他自新。

这里我想谈谈《狗的驳诘》，不仅在于这篇诗文的含义十分耐人寻味，而且是在于对它的理解上存在着普遍的误解。如果说《风筝》中的负疚感是由历史反省唤醒的，那么在《狗的驳诘》中则是这种负疚感在现实中的心灵观照。但是，对于《狗的驳诘》，很多研究者都认为，这篇诗文主要是"深刻分析剖析了帝国主义、封建军阀所豢养的文人学士的丑恶灵魂，从而揭示了这伙丑类比狗还势利的本质"。（石尚文、邓忠著《〈野草〉浅析》）虽然这种分析的出发点不难理解，却没有真正把握作品的内涵。如果如上文所分析的那样，作者为什么自喻为自己所憎恶的（这种憎恶之情在《求乞者》一文中也很明显）"在隘巷中行走，衣履破碎，象乞食者"的形象呢？而且又为什么面对狗的驳诘"一径逃走"呢？这个自喻的含义和心灵变化的轨迹，都是基于人们悲剧的生存方式之上的。"求乞者"作为一种生存方式，作者能够否定它，却不能完全摆脱它。冠之于"象"，本身就含有一种对"乞食者"的抗拒心理。正由于如此，"我"才能如此地叱责狗的行径："呔！住口！你这势利的狗！"但是，作者尽管可以证明不是狗的同类，却不能把自己排除在"人"的范围之外，因此必须承担人生的重负。所以，当历数自己"不如人"时，深深刺痛了作者的自尊心，同时也唤起了深藏于内心的负罪感。于是，"我"原有的充满自信的自我被摧毁了，不得不逃之夭夭。正是由于这种沉重的历史负罪感使作品中自我形象常常带着自嘲、自卑的特征，在现实关系中并不那么充满自信。这即使在一些表现理想和战斗的诗文中，例如《好的故事》《这样的战士》等，也不可避免地显露出虚无的云雾。

可以见得，《野草》是鲁迅现实感受的写照，记录了他在黑暗重压下

---

① 许杰：《〈野草〉诠释》，百花文艺出版社，1981 年。

内心的冲突，而这一切又都在光明与黑暗、希望与虚无、理想与现实、天堂与地狱、新生与死亡的尖锐对立中展现出来，形成自我搏斗的一系列的裂变过程。在这个过程中，鲁迅作为一个现实的人，为摆脱黑暗社会的包围和追随，经历了艰苦的探索和追求，饱尝了精神上的苦难。《野草》熔铸了鲁迅全部热情和追求、痛苦与悲哀，深藏着他不惜"抉心自食"，与黑暗抗战的"本味"。鲁迅与《野草》有特殊的不可替代的感情联系，这也是鲁迅珍爱自己《野草》的原因。

二、释"心"——从自我分裂走向自我更新

《野草》所反映的作者的心灵过程，不仅是鲁迅精神世界自我分裂的过程，同时伴随着自我的重新发现和熔铸的过程，这种逆向的运动在《野草》的全部内容结构中，是辩证统一的过程。它们相依为命，紧密交织在一起，以至于任何一种分离，都会多少损害它的整体的艺术面貌与美学风采。鲁迅对自我的重新认识和评价，熔铸了对现实和历史的乐观的推动力量，从分裂走向了自我的重新聚合。

应该说，这种生机在《秋夜》已开始萌动了。在那个自我生死搏斗开始的前夜，作者把自我意识分裂成无数的碎块，赋予各个自然物体，给它们以感情，以色彩，以生命，以梦幻，同时意味着作者在自然中寻觅自我的本原，部分地证实了自我的存在。正由于如此，我们能够在一种周而复始的神秘力量所支配的氛围中，感到潜在的人的主宰力量，从作者失去自我的痛苦中，又分明感到作者自我的存在。这给整个作品带来了充满希望的诗意，在夜幕将要降临的时候，就透露出了未来光明的信息。

但是，这种光明的信息，并不浮游在作品的表面，而是体现在整部作品的各种矛盾冲突过程中，它是作者心灵碰撞中绚丽的火花，是不断生长的力量。就整个内容结构来说，《野草》是以思想发展连续剧的形式，形成的一个持续发展的形象体系，是一个完整的艺术整体。如果局限于个别

篇章的分析，试图找出明确对应关系，很容易流于表面化和简单化。《野草》荡漾着沉重的悲剧气氛，同时也活跃着作者同这种悲剧搏斗的力量。在作品中，无论黑暗的阴影多么深厚，悲剧的气氛多么凝重，都没有淹没人的本质力量，都没有压倒作者不屈的自我形象，他总是在顽强地表现自己。在《影的告别》中，作者不甘心彷徨于明暗之间，顽强地在黑暗和虚无中探索着实在的生活内容。在《死火》中，尽管"火"身居寒气逼人的冰谷，处于暂时凝固状态，但冲出冰谷，重新燃烧的欲望是难以泯灭的。尽管鲁迅在现实生活中，每每面临悲剧的考验，但他从来没有退却过，像《过客》中描写的一样，甘愿走向没人走过的坟地，让自己消失在通向未来的野地里。

在现实中找不到出路，失落了自我存在的充分自信而表现出苦闷和失望，在十九世纪末二十世纪初的世界文学中并不少见。波德莱尔、福克纳等都曾在黑暗的压抑下发出过绝望的呼吁。他们对于社会的深刻认识和对于生活的格外敏锐的感受，使他们更沉重地承担了社会和时代的悲剧。经过一番痛苦的较量，他们中很多人被这沉重的暗影，拖到了悲观绝望的深渊。鲁迅几乎同样面临这样的考验。历史使他停留在这绝望的深渊的边缘，就看他是否有足够的力量跨越它。

然而，鲁迅终于胜利地跨越了，他从濒临死亡的境界中挣脱而出，走向了更广阔的现实世界，并在这个世界中重新找到自我的位置和价值。正如他在《一觉》中所说的："魂灵被风沙打击得粗暴，因为这是人的魂灵，……我愿意在无形无色的鲜血淋漓的粗暴上接吻。……我总记得我活在人间。"

鲁迅能够实现这种历史的跨越，不是偶然的。也许从开始鲁迅就显示了自我追求很高的起点。和一些陷入个人命运悲欢离合的人不同，鲁迅对自我价值的审视，不仅仅是从个人得失的尺度来衡量的，而是置于整个社会的天平上。这种价值应是现实存在和历史作用的综合，是与现实斗争的实践息息相关的。在作品中，鲁迅表现出这样的惊恐：在这没有星，没有月光，以至没有笑的渺茫和爱的翔舞的世界，哪里有我的存在呢？鲁迅的着眼点首先不是自身的青春的失去，而是"身外"青春的失落，这是蕴藏于社会生活之中的活力，它是作者身内"青春"常在的基础。这个起点，决定了鲁迅的自我追求不可能永久地停留在自我封闭的小圈子里，从而陷入无路可走的境地。相反，鲁迅能够站在整个社会的高度认识自我，他在一个广阔的现实和历史领域中进行自我探求。这个自我已成为时代和社会生活发展的组成部分，具有活生生的现实内容。实际上，鲁迅的自我更新正是在现实中得到印证的。在现实的血痕中，鲁迅看到了觉醒的青年，因而重新发现了自我永恒的青春与希望之所在，并在现实斗争的行列中找到了自我的确定位置。于是，我们在《野草》中看到了这样的自我分裂和聚合的奇观：由于地壳深处炽热岩浆的冲突和喷发，原来完整的大陆分裂了，产生了巨大的板块运动，而在这定向的板块飘移中，又重新形成了新的大陆——我们最好用新兴的地球学说来做出注解。

因此，尽管《野草》中表现出一定的个人主义色彩，但这种个人主义不同于那种狭隘的利己主义，而是表现为对个人的社会历史价值的追求。鲁迅以接受那个社会的任何恩惠为耻，而持续地追求未来的承认。在《失掉的好地狱》中，这种追求转换成对旧社会的全面否定，同时又是对自我历史追求持久过程的肯定。古今一律、周而复始的地狱在真的猛士的正视下，开始瓦解了。这种历史追求的高度，赋予《野草》认识现实与认识自我的辩证的眼光；它在自我死亡的道路上显示出现实的旧社会同时在毁灭；在个人所承担的悲剧中感觉到历史进步的节奏。因此，鲁迅在现实中的"失去"自我，能够在历史发展观念中得到心理上的补偿，他对自我所表现出的一切嘲讽、惩罚、遗弃和否定，都包含着对自己所痛恨的旧社会的批判和决裂。这种自我肯定和自我否定的辩证关系，在《野草》中像由两条平行的轨道，负载着鲁迅思想的列车，在追求真理的盘山道上隆隆而过。

于是，《野草》标志着鲁迅真正的自我解脱的过程。作者从痛苦的自我搏斗中，从沉重的悲剧感中解脱了。但是这种解脱不是简单的否定，而是超越。鲁迅没回避自我悲剧，而是为自我悲剧找到了合乎历史发展的理由，因而从在同旧社会一起灭亡的悲剧中，看到了自我的社会价值，从现实中开辟了自我肯定的新道路。在《墓碣文》中，他就坦然向人们宣告："待我成尘时，你将见我的微笑!"《死后》证实的是一个死亡的悲剧，主人公却超越了自我的悲戚，感到了笑的快意。在《题辞》中，则直接地表现为新生的凯歌："我对于这死亡有大欢喜，因为我借此知道它曾经存活"，"我将大笑，我将歌唱"。

此时我们来读《腊叶》，会感到一种从未有过的充实。这又是一个秋夜，足以使我们回忆起《秋夜》的意境，然而意味和情绪大不相同。《秋夜》中所潜伏的困惑、骚乱、不安的因素，《腊叶》中已经消失了，大自然已不像那时那样充满疑问，而回复到自然平静的原始状态。在《秋夜》中开始消失的物我的明确界限，在《腊叶》中又重新突现和稳定下来了。作品中那"明眸似的向人凝视"的病叶，是作者用来自喻的，但这只象征着昨天，而与今天的我泾渭分明地隔开着，显示出鲁迅从"病叶"的状态中解脱出来。当然，这是一次和过去的充满感情的道别，在这小小腊叶上复写着作者心灵搏斗的历史，不会同它旧时颜色的消退一起失去。此时，鲁迅似乎已掌握了物我关系的主动性，能够从"病叶"的自怜中走出来，驾驭自己生活的航船。在《野草》中，也许《腊叶》是作者最后对自我的眷恋，它使我们感触到《秋夜》开始的灵魂搏斗的过程，回味鲁迅从自我分裂走向自我更新的一切隐言衷情。从《秋夜》到《腊叶》中的秋夜，是自然的循环往复，然而在鲁迅心灵历史上却经历了一次质的飞跃，重新找到了一度失去的生存的依据。在《野草》最后一篇《一觉》中，鲁迅对人生做了如此意味深长的比喻："……草木在旱干的沙漠中间，拼命伸长他的根，吸取深地中的水泉，来造成碧绿的林莽，自然是为了自己的'生'的，然而使疲劳枯渴的旅人，一见就怡然觉得遇到了暂时息肩之所，这是如何的可以感激，而且可以悲哀的事!?"

因此，《野草》是鲁迅心灵从消沉到升华的结晶，体现了鲁迅在历史发展中双重自我的搏斗，它们在对抗中互相转换、互相砥砺和互相渗透，而鲁迅的全部人格，只有在它们的相叠中才全部显现出来。这种内在的运动，不仅产生了抵抗社会黑暗的巨大能量，而且为鲁迅的自我更新提供了生命的源流。

三、释"梦"——揭开《野草》诗意朦胧的面纱

《野草》可以说是一个夜色和梦幻的世界，它充满着虚幻、神秘的色彩，显示出奇诡、怪诞的氛围。在《野草》的夜色中，梦境占据了最显著的位置，在组成《野草》的全部篇章中，有一半直接描写到梦境，而其余的，除了少数几篇之外，也都夹杂了梦幻的意象，由此构成了一个再造的人生世界。这种夜色和梦幻的描写给《野草》披上了一层诗意的面纱，增强了作品的艺术魅力，同时也常使读者感受到变幻的艺术风采，迷失在色彩斑斓的艺术迷宫里。因此，很多《野草》的研究家总是希望把《野草》拿到光明的境界之中，凭借各种各样理智的火炬，来驱散弥漫在作品中的浓郁的夜色，揭开这些梦境的秘密。

然而，《野草》是生长在夜色中的，梦的精灵只有在这夜色中飞翔。一旦把《野草》拿到光明之中，真正的《野草》也就随之消失了，就像曝光后的相片的底片，作者留下的心灵的印迹就会荡然无存。鲁迅曾在《夜颂》一文中说道："人的言行，在白天和在深夜，在日下和在灯前，常常显得两样。夜是造化所织的幽玄的天衣，普覆一切人，使他们温暖，安心，不知不觉地自己渐渐脱光人造的面具和衣裳，赤条条地裹在这无边际的黑絮似的大块里。"对于《野草》来说，如果说夜色是进入这个神秘的艺术世界的先导的话，那么梦境则是作者赤裸裸的灵魂翔舞的场所。要真正地理解《野草》，就应该径直走进暗夜之中，领略这个梦境世界的真实面目。

鲁迅在现实中并不反对做梦，他这样认为："梦是总可以做的，好在没有什么关系，而写出来也有趣。"（《准风月谈·文床秋梦》）但是他对梦并不是一概的欢迎，而是有选择的，他在著名的《娜拉走后怎样》一文

就告诫人们，"万不可做将来的梦"，"只要目前的梦"。尤其对于那些空洞的理想家们的梦，鲁迅一向是深恶痛绝的，他曾经愤愤而言："……虽然梦大家有饭吃者有人，梦无阶级社会者有人，梦大同世界者有人，而很少有人梦见建设这样社会以前的阶级斗争，白色恐怖，轰炸，虐杀，鼻子里灌辣椒水，电刑……倘不梦见这些，好社会是不会来的，无论怎样写得光明，终究是一个梦，空头的梦，说了出来，也无非教人都进这空头的梦境里面去。"（《听说梦》）鲁迅对梦的这些看法，表现了一贯的严肃冷静的现实主义精神，虽然不能看作解释《野草》中梦境的准则，它却从基本方向上指明了潜入这些梦境的路径。在《野草》中，透过朦胧的诗意的面纱，我们仍能感到鲁迅创作的现实性的锋芒，透过飘逸的梦幻的装饰，窥见坚硬的现实斗争的岩石。

《野草》现实的战斗精神，集中表现在鲁迅对社会和自我的无情揭露和解剖，显示出了自我内在的全部矛盾和冲突，并且毫无隐瞒地打开了自我心灵禁区的大门，道出内心深处的负疚和悔恨。这种严格的自剖和自审，表现出了力透纸背的力量。《求乞者》《墓碣文》《复仇》《死后》等，都具有这种震撼灵魂的艺术力量，产生了悲剧的崇高、净化的效果。在《野草》中，即便是描写理想境界的篇章，也透露出顽强的严肃的现实态度，例如，《好的故事》，很多人仅把它看作对理想境界乐观的畅想，忽略了作者对理想所怀抱的现实内容。固然，在作品中呈现出很多飞动的美的剪影，但是这些剪影不仅残破、不完整和具有一闪即逝的特征，甚至受到现实的干扰和嘲弄，作品结尾出现的昏暗的灯光和作者的若有所失，意味深长地暗示了这一点。在这个梦境中并没有展示出一个理想的主观情态和完满的自我，而是真实暴露出作者对未来理想之缺乏自信，这种飘忽的理想境界同时也是作者对现实的自我价值产生怀疑的写照。

按照现代心理学的观点来说，梦并不完全是混杂的意识形象的偶然堆积，它同人的现实心理状态和内容有某种必然的联系。应该说，在艺术创作中，艺术家对于自己描写对象形态的选择，经过严格的美学的衡量。艺术家所确定的美学对象同这个对象存在的形态，是在一定的美学理想支配下，具有某种息息相通的内在的默契关系。艺术家要表白自己，从开始就设法弥补自我与对象存在的不吻合的部分，寻找和选择同自我心灵接近的存在形态，从描写对象的自然存在中发现观照自己的一致性。在《野草》中，鲁迅如此醉心于梦境描写也并非偶然，鲁迅不仅以敏感的艺术本能感到了心灵与梦幻形态之间的某种内在的相似关系（这种关系为他提供了实现自己美学理想的必要条件），而且充分利用这种条件，进入了更广阔的艺术天地。对于读者来说，也许更重要的在于，通过浮现于作品表面的梦幻的形态，可以进而看到深藏于作品底层的作者的心理活动。

梦幻形象作为一种心理现象，带着某种不自觉、不确定的特征。在梦的眼睛里，世界脱离了现实存在的有序组合和排列，呈现出一系列混乱的、无法探究的变形的图像，并不表现为人对客观世界的自觉的有信心的把握和认识。梦境一旦经过艺术家的陶冶和加工，转换成艺术家对生活感受和心灵状态的表达，自然会给作品蒙上一层朦胧和神秘的色彩。《野草》中的梦境，依然保持着梦的自然形态外壳，表现出其形象的内涵与外延的不确定性的特点。例如《好的故事》中的梦境描写，充满不确定的飞动的意象。美的事物往往没有确定的存在位置，而是处在不断的飘移、解散、摇动和幻灭的状态中，它们仿佛是存在着的，但又经不起现实的目光的凝视，一闪即逝。这种形象的不确定性的特征同作者当时的心理状态具有内在的统一性。正因为作者所意识到，但尚未完全把握的理想世界，还充满着神秘和未知的成分，所以作者不可能清晰地描摹和陈述这个世界。同时作者又绝不愿放弃这个世界，于是以一种同样充满神秘和未知的飘忽的形象运动，呈现于读者的面前。《野草》中并不存在着某种故弄玄虚的朦胧和模糊，鲁迅从来不在确定的概念和事物上含糊其词，纵云造雾，使读者进入迷途。《野草》中的梦境，与其说是酷似心理学上的表现形状的再现，毋宁说是作者心灵状态的直接复写。鲁迅当时正处在激烈的内心搏斗之中，他所意识到的一切还处于朦胧的、不确定的状态中，他却毫无遮蔽地交出了自己整个心灵，把一切毫不隐瞒地赤裸裸地呈现出来。在这不确定的梦境世界里，真实地显现出了确定的鲁迅"这一个"的心灵世界。

　　在《野草》中，对事物的朦胧呈现，同时也是对自我的不确定的复写。但是这种不确定的复写，并没有完全淹没作者确定的人格力量，它总是顽强地在证实自己。在《野草》的梦境中，自我总是以同一种形式重复地出现，唤起人们对它的注意。这种重现在很多情况下，仿佛脱离了作品陈述的环境，甚至同这种环境互相矛盾，似乎只能用梦境的原始形态来解释。例如在《影的告别》中，多次出现彷徨于明暗之间的形象，这种自我形象的重复出现，表现了鲁迅对黑暗进行绝望抵抗的勇气。在《这样的战士》中（我愿意把它看作一个梦境的描写），多次出现"他举起了投枪"，尽管他只能面对无物之物，尽管他在无物之阵中老衰、寿终，但终究还是一个战士。可以说，作品所提供的都是相反方向上的力量，并没有显示出"他举起了投枪"的必然性和现实依据，但是，这里却深刻地显示出了鲁迅对社会和旧我的顽强抵抗，他虽然一时还没有看到自我同现实社会变革的内在关系，因而感到孤独和虚无，但依然甘愿在同这"无物之物"的搏斗中捐躯。鲁迅借助梦境的自然形态，突出地表现出内心的自我塑造。

　　在再造梦境的过程中，鲁迅利用梦幻的色彩，已轻轻抹去了自我与非我、主观与客观、真实与虚妄之间的明确界限，使它们交织混合在一起，重新进行交流和组合。在《死火》中，那"高大的冰山，上接冰天，天上冻云弥漫，片片如鱼鳞模样。山麓有冰树林，枝叶都如松杉，一切冰冷，一切青白"的境界，既是客观现实虚幻的主观化，也是作者主观意识诗意的客观化。物化的自我和人化的自然熔制在一个过程中。在作品中，大自然仿佛以随意性的形态装饰自己，脱离了联结它们的原有的内在排列秩序，成为各种从原始自然状态中分裂而出的游离分子。当它们重新搭配在一起时，显示出非现实的虚幻的特点。同时，在这些非现实的意象中，又透露出现实的自我意识的力量。这一切构成了作者搏斗着的心理过程，使人们在非现实的梦境中感到现实存在的矛盾和冲突。一位画家曾经说："一个梦的奇迹，具有内在的无限度的超决定性，它的神秘的荒唐好像把最枯燥的日常事物通了电流，它将渗透那些密室和地道。"鲁迅笔下的梦境，对于现实生活来说，确实具有"内在的无限度的超决定性"，它承担了丰富的形象内涵，对生活具有高度的抽象化表现的艺术力量，只要我们潜入这些梦境，并且相信这些梦境，就会发现那些隐藏在意象结构中的作者心灵的"密室"和"地道"。

显然，在梦境的意象结构同作者的心灵结构之间，存在着某种内在的暗示和象征的关系。但是，这种象征和暗示是由心灵贯注的整个意象系列所完成的，并不表现为各个分裂的梦幻意象与现实生活现象之间的明确的对应关系。如果那样去做，反而会损伤它们的象征力量。在《野草》的梦境描写中，象征关系也许是打开作者心灵之门的密码，但不是心灵本身。一个梦境，常常自身就是对人生探索的一个隐喻，它所包容的内涵远远超过某种特定的具体生活的范围。人们如果纠缠在具体事物的象征关系之中，就不可能理解作品更广泛的艺术意义。例如《狗的驳诘》，单单去寻找具体对象的象征关系是很困难的，因为这就意味着给这梦境中的各个意象，都赋予确定的实在的关系，这是不符合真实的梦境的。其实，在作品中，这种确定的具体的形象内涵是不存在的。"乞食者"的形象，既含着自喻的意义，同时又含着一种反语的意味。而其中的狗语、人言，并没有明确的界定，而是互相渗透的。狗的辩解，虽然可恶，细细读来，却有人言之味。它隐含着作者对整个社会人生的某种认识，字里行间，透露出作者对世俗的某种激愤之情。因此，这狗语和人言的内涵和外延，并不是完全对立的，而是存在着一个延展的"共同域"的，由此隐喻鲁迅与整个社会在对抗中并存的关系。

因此，《野草》中的梦境具有丰富的现实内容，但并不等于对某一具体事物的复写。它是在现实基础上作者灵魂的升华，是痛定思痛的产物，必然同现实有一定的距离。鲁迅曾对艺术是苦闷的象征的看法很感兴趣。其实，对鲁迅来说，艺术更是他战胜自我、从苦闷中摆脱出来的人生形式。《野草》的创作，从某种意义上来说，就是显示鲁迅努力摆脱或减轻内心苦痛的搏斗。他要求用艺术把自己全部的"创痛酷烈"泄发出来，同时又避免重复这种苦痛，因此他必须同这种苦痛搏斗保持一定的距离。而梦的形象结构恰好提供了这种天然的心理距离，因为梦从其心理结构来说，它决定于人的神经系统一部分休止，一部分仍在持续活动，属于人无意识心理活动的范围。在《野草》中，梦境的这种飘逸的意境，介于现实与非现实之间的朦胧的气氛，避免了实写的尖锐锋芒，使现实的痛苦在非现实的情景中得以解脱，把意识中的惨痛溶解于无意识的世界中去。当鲁迅接受烧毁一切地狱的大火的洗礼时，艺术扑灭了其灼人的烈焰，把它化作一股青烟，在夜空中升腾，飘散，使作者的心灵，能够克服和超脱着现实的痛苦，升华到一个新的境界。可以说，夜色和梦境固然给《野草》带来了昏暗的色彩，但同时也构成了一曲神秘飘忽的音乐旋律，掩盖了现实中因"自啮其身"，"终以殒颠"的惨痛而发出的呻吟和惨叫。就像舒伯特为歌德《魔王》谱曲一样，把一出痛苦的悲剧，弥漫在充满神秘幻想色彩的夜幕之中。舒曼谈到舒伯特时说道："他一定是用安静的月光来迎接死神的来临的。"而鲁迅则是在诗意的朦胧夜色中，承担着整个社会悲剧的降临。

《野草》中的梦境，是作者心灵搏斗的展示，它是一个持续活动的序列，蕴含着超越一般具体事物的内涵。对鲁迅来说，描写梦境，是一种艺术和美的需求，也是一种内在心灵状态的需求。正因为梦境的形态同作者的心灵在艺术的基础上，具有互相感召，互相映照的关联，所以在《野草》的形象系列中，梦的精灵充当了作者最重要的心灵使者。

四、释"言"——拉开心灵与艺术的帷幕

高尔基说："文学的第一个要素是语言。"文学创作中一切精美的花环，最终依靠语言来编织。在《野草》中，一切丰实深厚的思想内容，令人扑朔迷离的梦幻境界，都是通过语言表现出来的。语言之于心灵，存在着辩证统一的美学关系，它既起到一种间隔作用，又起到沟通作用。鲁迅曾经说过："做梦，是自由的，说梦，就不自由。做梦，是做真梦的，说梦，就难免说谎。"这除了其他条件之外，语言也是一个重要的因素。由

于语言技巧的贫乏,自由地做了真梦,却不一定能够自由而真实地写出来。同样,要真正进入艺术的梦幻世界,首先必须拉开间隔于艺术家心灵与作品之间的天然的帷幕,对于《野草》来说,这就是语言。

《野草》的语言是奇特而又充满诗意的。它同作品所表现的形象有着相契的内在关系,使得作品所包容的独特的艺术境界得以完满的实现。在《野草》中,梦幻和充满矛盾冲突的意象,同样是由充满梦幻和矛盾冲突的语言结构所构成的,两者完美相叠的程度令人惊叹。在《野草》的语言结构中,最明显的是经常出现二难推理的内容结构,确切地表现了心理上的矛盾。例如在《影的告别》中的"我不过是一个影,要别你而沉没在黑暗里了,然而黑暗又会吞并我,然而光明又会使我消失"。从一种无可选择的语义中,表达了"我""终于彷徨于明暗之间"的情景。这里,鲁迅巧妙地运用了两个"然而",使句中两种相反的意向——到光明中去或者留在黑暗里——处于微妙的平衡之中。假如去掉前面的"然而",语义的重心就会后移,可以理解为"既然光明同样会使我消失,我就没有到光明中去的必要";假如没有后一句的"然而",语义的重心又会前移,肯定我不愿"彷徨在明暗之间"的意向。这样就会把作品中反映的激烈的内心搏斗,转换为平和的选择。《野草》中这种特殊的二难推理的句式结构,带着作者独特的心理色彩,准确无误地表达出了作者的心灵状态,具有很高的艺术性。再看《死火》中"我"与死火的对话:

"你的醒来,使我欢喜。我正在想着走出冰谷的方法;我愿意携带你去,使你永不冰结,永得燃烧。"

"唉唉!那么,我将烧完!"

"你的烧完,使我惋惜。我便将你留下,仍在这里罢。"

"唉唉!那么,我将冻灭了!"

"那么,怎么办呢?"

这里同样形成了二难推理的内容结构,或者冻灭在冰谷里,或者烧完在冰谷外，都不能避免消亡的结局，其中却包含着两个彼此不能相容的相斥判断，体现了两种相反方向的力量的冲突和搏斗，是作者心灵状态的表现。

应该指出，真正的艺术不是语言的游戏，而真正的艺术家不会把自己尚未明确认识的东西，巧扮成明确的东西交给读者，也不会把一目了然的东西，用语言给它蒙上一层神秘不解的色彩。有些人认为，鲁迅的《野草》之所以难懂，是由于很多东西没有明说，进行了语言上曲折表达，似乎语言成了制造曲折和隐晦的工具。其实这是一种误解，情形恰恰相反。正因为鲁迅当时思想中有许多矛盾，处于不确定的转换中，对有些事物的认识本身就处于朦胧状态，才造成了语言上的模糊性。在《野草》的语义结构中，常常呈现出内容上的悖理形态，从作者肯定的陈述中，延展出的却是否定的意义，而在否定的语义中，往往隐藏着肯定的语义趋向。例如在《立论》中，作者陈述了三种现象，但是从现实生活的逻辑中引申出的是相悖的结论："说谎的得好报，说必然的遭打。"（《狗的驳诘》）实际上就是一个完整的悖理结构。作者所肯定的是"人"的生存，厌弃的是狗的生存，然而从对人的总体认识中，又引申出了相反的结论。由此形成语句的不确定的内涵和外延。

因此，对于《野草》的语言，如果仅仅停留在句子表面，而不注意其中蕴藏的转换关系，是难以理解其真实含义的。如在《风筝》一文中有"全然忘却，毫无怨恨，又有什么宽恕之可言呢？无怨的怨，说谎罢了"。其中"说谎罢了"就是从"无怨的怨"否定的内涵中引申出的结论。"无怨的怨"，表面是表示肯定的陈述句，却内含着否定的意向，由于"无怨"的前提，导致了"怨"的非真实的存在。在《野草》的语义结构中，呈现出矛盾交错的句式是很多的，请看《希望》的结尾：

我只得由我来肉薄这空虚中的暗夜了，纵使寻不到身外的青春，也总得自己来一掷我身中的迟暮。但暗夜又在那里呢？现在没有星，没有月光以至笑的渺茫和爱的翔舞；青年们很平安，而我的面前又竟至于并且没有真的暗夜。

　　绝望之为虚妄，正与希望相同！

　　就第一句来说，是对自己希望的否定，"寻不到身外的青春"。但是这个希望是在暗夜中存在的，所以这种失去希望的绝望也是在暗夜中生成的。因此"一掷我身中的迟暮"只是在证明这种绝望的存在罢了。而后边的"并且没有真的暗夜"，成为对希望否定的否定，导致了对希望的肯定。既然没有暗夜，那么依附于暗夜的希望何在呢？又何从存在着对这种希望的绝望呢？正因为如此，这种绝望就成为没有根据的虚妄，而希望是实在的。

　　《希望》的语言是紧凑的，往往在一段话中，包容着肯定与否定不同的语义群，充满着矛盾的冲突，并且表现出很快的转换节奏。例如：

　　这以前，我的心也曾充满过血腥的歌声：血和铁，火焰和毒，恢复和报仇。而忽而这些都空虚了，但有时故意地填以没奈何的自欺的希望。希望，希望，用这希望的盾，抗拒那空虚中的暗夜的袭来，虽然盾后面也依然是空虚中的暗夜。然而就是如此，陆续地耗尽了我的青春。

　　在这段话中，出现了多次转折关系，它们各自代表着不同的意向出现，体现了肯定和否定希望存在的两种力量的交替和冲突。同时，在肯定的语义结构中，含有否定的因素，反之亦然。作者在语言外壳下隐藏的心理冲突，是异常激烈的。稍有不慎，这种冲突就会冲开语言的链条，脱离不同语义群之间特定的稳定关系。而在这里，语言组成了一个有机整体，不同的语义结构处于相互对立又相互依存的关系之中。就整个《野草》来说，语义不同的语词、词组和句子的并列组成，交错出现，是一个很显著的语言修辞特点。这些不同的语义群，显示出互相矛盾和否定的意味，共同构成一个有机的语言结构，表达多向和多义的思想内容。如在《失掉的好地狱》中对地狱的描写，把"火焰的怒吼"，"钢叉的震颤"同"醉心的大乐"相搭配，把"美丽，慈悲"和"魔鬼"相联结，就很有特色。在《颓败线的颤动》中，这种不同语义群的组合完满地表达出了主人公的全部心灵："她赤身露体地，石像似的站在荒野的中央，于一刹那间照见过往的一切：饥饿，苦痛，惊异，羞辱，欢欣，于是发抖；害苦，委屈，带累，于是痉挛；杀，于是平静。……又于一刹那间将一切并合：眷念与决绝，爱抚与复仇，养育与歼除，祝福与咒诅。……"

分析《野草》的语言，不仅要看到它和心灵的统一关系，也要顾及它所受到的特定的形象和环境的制约。《野草》中运用了许多表示虚拟、不确定的副词、连词，例如，好像、许、似乎、仿佛等等，不仅反映了作者心灵中某些模糊朦胧的状态，而且同《野草》中特定的梦幻的情境相吻合。在《好的故事》中，这种虚拟的语气给读者创造了一个美的，又充满神秘的梦幻世界："许多美的人和美的事，错综起来一天云锦，而且万颗奔星似的飞动着，同时又展开去，以至于无穷。"鲁迅历来对虚词的使用是极讲究的，在特定的语言环境中，虚词不仅起到一般的粘连作用，而且常常体现为不可替代的美学意义，具有特殊的意味。可谓做到了虚词不"虚"。这里，《野草》中经常出现的特定的省略句，可以一同拿来做比较分析。例如在《死后》中描述主人公死后听人们对他议论的情景，就很有意思：

然而还是听；然而毕竟得不到结论，归纳起来不过是这样——

"死了？"

"嗡。——这……"

"哼！……"

"啧。……唉……"

很难说清楚这些议论的确切含义。因为这是在梦境中发生的事，这样含糊其词的印象是完全可能的。作者巧妙地利用梦幻的面纱，借助这些语言组成的独词句，表达了自己心理上某种未能明确表达的朦胧的认识。

　　实际上，《野草》的语言常常具有丰富的"潜台词"。这种潜台词常常又是藏在语言结构内部的。由于《野草》很多篇章是反映作者梦意识的心理活动，所以在表达这种意识的语言表面，呈现出跳跃、突转的结构特点。有时候在语言的事理和逻辑上呈现出矛盾冲突的两种极端，而在心理结构上看，又表现为一致性。如果看不到这种"潜台词"，常会引申出片面的结论。例如《求乞者》一文，在语言的第一个回环中，是表示主人公对"求乞"的深恶痛绝；但到第二个回环中，这种憎恶之情又反馈到了自我的身上。请看：

　　我顺着倒败的泥墙走路，断砖叠在墙缺口，墙里面没有什么。微风起来，送秋寒穿透我的夹衣；四面都是灰土。
　　我想着我将用什么方法求乞：发声，用怎样声调？装哑，用怎样手势？……

　　这时，主人公不仅穿着作者所强调的求乞者的服饰——夹衣，在外表上像求乞者，而且在第二句中就存在着一个隐含判断——我是一个求乞者。正因为这样，假如人人都憎恶乞食者的话，"我将得不到布施，得不到布施心；我将得到自居于布施之上者的烦腻，疑心，憎恶。"因此作者对求乞者的否定，导致了对自我的否定。当然，作者并没有到此为止，在语言结构的构成中，仍包容着两种不同意向的相斥。在第三个回环中，作者写道："我将用无所为和沉默求乞！……我至少将得到虚无。"表面看来第一句是对求乞的肯定，而内部却有否定的意向。正如"无怨的怨"的结构方式一样，"无所为和沉默"实际上排除了求乞的真正存在。真正的"潜台词"在于：我不求乞。因此鲁迅说："我至少将得到虚无。"这时其"虚无"获得了一种实在的生活内容。

　　这种语义结构含有辩证的含义，在表面的语义联结上表现出矛盾冲突、休止、跳跃、中断的特点，而在其语义内部又具有相互之间牢固的联系，有着潜在的因果关系。只有掌握了这种潜在的因果关系，才能明了

《野草》中所内含的深刻的思想内容，才能从梦幻的语言中体会出"于浩歌狂热之际中寒；于天上看见深渊。于一切眼中看见无所有；于无所希望中得救"的心灵历程。

　　语言是传达思想和心灵的。而且一个人的语言常常本身就是心灵的外显形式，所以人们常说，文如其人。《野草》独特的语言，是鲁迅特殊心境的传达，显现出作者的人格品质，他不粉饰自己，不隐瞒自己，不宽恕自己，也不抛弃自己，把心灵所经历的一切都陈列于艺术之中，写出了人间真的声音和真的心灵。作为一个艺术大师，这一切又都是在特定的艺术形象和境界内完成的。

1984 年 12 月

之十八

鲁迅和《朝花夕拾》

在鲁迅的创作中,《朝花夕拾》是一本具有独特风貌的散文集。在这部作品中,笼罩和凝结在《野草》中的地狱般的氛围和现实的血痕,在童年生活的回忆中,开始渐渐地淡化了,涌出了像"碧绿的菜畦,光滑的石井栏,高大的皂荚树,紫红的桑椹"那样令人神往的美的画面。虽然在作品中并非都是诗情画意,也并没有表现出像在《呐喊》中的那种亢奋的激情,但确实在字里行间流动着一种新的充实的活力。

这种充实的活力来自孕育鲁迅的故国的土地,是同鲁迅发生密切关系的民族生活的结晶和升华。

1931年初,日本文学青年增田涉来到上海,希望了解中国和中国文学,鲁迅把一本《朝花夕拾》送给他,对他说:"须了解中国的情况,先看看这本书。"

那么,《朝花夕拾》在多大程度上体现了鲁迅心目中的中国的民族生活,又在什么意义上表现了中国的民族生活呢?据我所知,至今少有这方面的专门探索与研究。

一、两个生活时代的双重叠影

鲁迅把《朝花夕拾》称为"从记忆中抄出来"的文字，然而"从记忆中抄出来"的却不仅仅是记忆。《朝花夕拾》是一个完整的艺术世界。这个世界并非仅仅由活在鲁迅记忆中的过去的生活世界构成，而是熔铸了两个生活世界的结果：一个是属于记忆世界，其中有些是属于鲁迅单纯、充满天真稚气的眼睛和心灵的；有些是属于走向生活、走向成熟的思想感受的——对鲁迅来说，前者多少可以归为历史生活的范围，而另一个则是属于成年鲁迅的，这时，他经过了辛亥革命、袁世凯称帝、张勋复辟，见到各种各样的慈善家、学者、文人和各种各样的道德、国粹、东方文明等等，他自己也呐喊过，彷徨过，希望过，失望过，饱经风霜，对生活有了新的认识和看法。这是两个不同的世界，虽然它们完满地融合起来，化为一体，产生了新的艺术世界，但它们有别于单纯记忆中的生活世界。

然而，在阅读《朝花夕拾》时，我们却常常自然而然地忽略了这种差异。在作品中活动着的那富有个性的鲁迅的自我形象吸引了我们，感染了我们，以至于使我们不仅把它作为艺术形象来推崇，且作为鲁迅童年的历史来对待。在我们叙述鲁迅的童年生活，不断地捕取作品中的段落来进行说明的时候，没有人提出这样的怀疑：《朝花夕拾》，到底在多大程度上体现了鲁迅真实的童年呢？

在《朝花夕拾》中，鲁迅童年的自我形象是鲜明的，从小就表现出了叛逆的性格。他厌恶家中一切烦琐的礼节规矩，时时想逃避它，却喜爱小动物和长妈妈口中的民间故事；他甚至不喜欢读书，对于诵读"上九潜龙勿用"很反感，而醉心于去看五猖会，和下等人一起看扮演的活无常等等。活跃在作品中的正是这样一个好动、好奇，富有反抗性的鲁迅，他的性格是迷人的，在浓厚的封建式的生活中，他身上却透露出了不可遏制的生命活力。

　　我并不怀疑这些记忆的真实性，尤其是其中感情的真实性。但这并非鲁迅童年的全部。就其生活内容来说，鲁迅从小就受到父亲迷信思想的影响，入塾读书，基本上接受的是封建文化教育，读的是《鉴略》之类的古书，最先得到的图画本子，"是一位长辈的赠品：《二十四孝图》"。即使在他读完了《论语》《孟子》，他父亲仍然命令他去绍兴城内最严厉的私塾"三味书屋"读书，持续着从早到晚背书、上书，写字、对课的枯燥生活。这样的生活使童年的鲁迅感到极大压抑是不言而喻的。

　　但是，鲁迅并没有摆脱这种生活，这首先应该归因于鲁迅当时还没有力量；而另一方面则因为他还没有形成鲜明的不能忍受的反抗意识。

　　其实，童年的鲁迅并非一个一味贪玩，不爱做功课的孩子，而是勤奋好学，在一定程度上甚至是一个循规蹈矩的孩子。许多鲁迅同窗的回忆都证明了这一点。他不但学习是出类拔萃的，而且常常表现出别人所不及的才能，多次受到先生的夸奖。除了天资条件之外，鲁迅对自己的严格要求，勤奋学习，显然也是重要的因素。我们不能把这种学习完全看作鲁迅被动的行动，完全排斥他的主动精神。在三味书屋的课桌上，至今还保留着鲁迅童年所刻下的一个"早"字，就是鲁迅自我敦促的写照。

　　这种和鲁迅童心中好动好奇、不受束缚截然不同的意识，最直接地表现在鲁迅对于文言的掌握能力上。若干年后，在反击古文复辟者的时候，他童年所付出的代价终于得到了一些补偿，他略为感到慰藉地说："菲薄古书者，惟读过古书者最有力，这是的确的。因为他洞知弊病，能'以子之矛攻子之盾'，正如要说明吸鸦片的弊害，大概惟吸过鸦片者最深知，最为痛切。"因此，他有理由把鼓吹古文的"学衡派"淋漓尽致地嘲笑一通："可惜的是于旧学并无门径，并主张也还不配。……'衡'了一顿，仅仅'衡'出了自己的铢两来，于新文化无伤，于国粹也差得远。……我所佩服诸公的只有一点，是这种东西也居然会有发表的勇气。"

　　因此，即使童年的鲁迅，他的性格也是多方面的。在他的心灵中，确实具有对于封建教育进行反抗的个性存在，同时也存在着对这种个性发展的自我约束力。也许在表面上，童年的鲁迅更酷似一个知文识礼的人，在家人和邻人的眼光中，是有希望的，是受到普遍赞扬的孩子。而在形成鲁迅童年刻苦学习精神的过程中，也不能排斥古老的传统教育对他的影响。在他感到童心受到约束，萌生出叛逆情绪的同时，一种对于家族、后来上升到国族文化所承担的责任感，仍然在支配着他的行动。

　　然而，在《朝花夕拾》中，这种混浊的生活气氛被滤清了。童年生活清澈透明，没有杂质，浮现出童年固有的情趣。鲁迅不仅对于他刻苦学习，多次受到老师赞扬的情况表示淡忘，而且只字不提家族对他寄予的希望。这并非说作品中没有表现出封建教育的存在，而是说这种存在从主人公主体生活中分离出去了。在这种分离中，童年鲁迅的心灵出污泥而不染，犹如出水芙蓉样光洁。于是，在作品中凸现出的鲁迅是一个常常溜到后园中去折腊梅，寻蝉蜕，捉苍蝇，喂蚂蚁的鲁迅，是一个对背古书很反感，在学堂里背着私塾先生一个劲描绣像的鲁迅，一个爱看五猖会、喜欢扮小鬼的鲁迅；而另一个鲁迅，那个上课对答如流，对课特别出色的鲁迅，那个自觉性很强，在自己书桌上刻了一个"早"字的鲁迅，那个很早就担负起家族责任的鲁迅不见了，消失了，沉没在茫茫的遗忘海洋里。

　　显然，《朝花夕拾》表现了鲁迅自己独特的记忆模式。这个模式的存在本身就是经过选择的结果，强烈的个性已经排除了对于原来生活的机械模拟。在这个模式中，对于封建文化教育的不满，向往健康成长的广阔天地，始终是它主导的方向。童年的生活场景沿着这个方向徐徐而过。一方面是童年对于动物的喜爱，长妈妈生动活泼的民间故事，百草园趣味横生的游戏世界，五猖会和民间戏剧给予他的惊异和欢喜等等，这些画面充满了爱，意味着生，以肯定的方式表现了这个模式的方向；而另一个方面，二十四孝图的丑恶，私塾枯燥无味的古文，衍太太的恶意中伤等等，这种生活缺乏生气，使人窒息，以否定的方式反衬着这个主导方向。随着年龄的增长，鲁迅生活愈来愈社会化，这个模式所涉及的生活内容也就更加广泛深入了。但是这种个性的选择是一贯的。

　　那么，是什么力量使鲁迅对童年生活做出这种选择的呢？大概谁都不会否认，《朝花夕拾》中熔铸了现实斗争的内容。如果谁想在《朝花夕拾》

的往事中寻找绝对平静的港湾，是会失望的。在作品中，我们欣赏的不是万里无云的一片晴空，而往往是透过乌云的一缕阳光，照在迷蒙的水面上的彩虹，是现实的大风卷起的历史的浪花，以及把它摔在岩石上形成的晶亮的记忆的水珠。在《朝花夕拾》中，记忆在现实斗争的冲击波中失去它的宁静，在斗争的漩涡中跳跃、翻滚和波动。

首篇《狗·猫·鼠》就活跃在记忆和现实生活碰撞的交会点上。表面上看来，作品记叙作者童年生活中一件有关"仇猫"的事，而且这件事多少有点滑稽，他童年的"仇猫"是由一个虚假的依据而产生的——怀疑猫吃了自己心爱的隐鼠。但是，童年的"仇猫"是作者在现实斗争中仇猫的一个引子，鲁迅借此表示对所谓正人君子的厌恶和仇恨。显然，记忆中的仇猫，不是以个体的意义表现出来的，而是在与鲁迅整个心理世界相互关联中实现的。由于这种关联，我们不能不把"仇猫"看作鲁迅经验世界中某种敏感的标志，这种标志体现出鲁迅对于某种现实生活现象的特殊感应能力。正是通过这种关联，在心理上造成了鲁迅童年和猫结怨与在现实斗争中"仇猫"的强烈的反差效果。鲁迅作品中关于童年时"仇猫"的事，其实就像一个反光镜，虽然它本身是无光的，但在现实生活之光照耀下，放射出了强烈的光来，使一切媚态的大猫小猫丑态毕露。

事实上，对任何一个作家来说，历史生活是一片汪洋大海，而记忆往往只能保存它的某些浪花波影。在创作中，这些似乎是偶然涌上笔端的浮光掠影，其实在它们后面潜藏着先前已准备好了的必然的现实生活依据。而在鲁迅的作品中，这种现实感更加突出。在《朝花夕拾》中，现实斗争世界和记忆世界有时难以找到明确的界线，有时甚至互为客主，旧事重提和借题发挥是一对特殊的孪生兄弟，形影不离。

鲁迅的旧事重提，并不是为了逃避现实生活，在记忆的古国里找一个避风港。当鲁迅把自己创作的根须伸向童年生活时，是为了从中汲取养料，把他的作品的枝叶伸向更广阔的天空，抵御现实的暴风雨的袭击。对鲁迅来说，回顾历史，不仅意味着对历史生活的重新发现，而且也是对现实生活的一次重新认识：往往是现实生活中出现的一个暗示，一次触动，一种意念，重新唤醒了他内心中对过去生活的记忆，使它们在心灵中重新复活。

其实，这还仅仅是显露在作品表面的现实斗争的波影，促使鲁迅回顾往事的还有更深刻的现实生活原因。

《朝花夕拾》所收的十篇回忆散文，基本上是在 1926 年写成的。这是令人饶有兴味的现象。在鲁迅的生活中，1926 年是不平凡的。在这之前，鲁迅经历了五四文学革命后的低潮时期，思想一度陷入悲观彷徨的境地，他曾自喻为"胸腹俱破，中无心肝"。在他内心经历了最痛苦的时期之后，他重新认识生活和自己，开始从绝望中走出来，把希望寄托在中国的"民魂"之上。这时期，他一方面继续同复古派进行唇刀舌剑的笔战，另一方面同进步学生站在一起，同反动当局和帮闲文人进行面对面的斗争。这时，他目睹了反动政府最残酷的暴行，经过了"民国以来最黑暗的一天"，同时也看到了人民真正的"惊心动魄"的伟大，发现了中国女子"压抑至数千年，而终于没有消亡的明证"。可以说，这种现实社会黑暗与光明的激烈搏斗，在鲁迅的意识世界中引起了久长的回响。这时，现实生活迸发出的每一束火花，都使他再一次观照自己的过去。

这种对自己过去的观照，首先是在现实中感到"无话可说"的情况下产生的。现实黑暗所构成的冰冷的墙壁，似乎暂时阻断了走向未来的道路，于是生活形成了一股希望的反作用力，使人们对过去重新发生兴趣。对于鲁迅来说，这似乎是一种停顿的反思，同时也是斗争精神的恢复。由于鲁迅丝毫不想完全回避现实斗争，同时又不想完全沉耽在沉默之中，他开始用现实的桨来划动记忆的船，以大地微微的暖气，来对抗高空滚滚的寒流。在《朝花夕拾》中，这种冷暖空气的对流是对现实的反抗，也是对生活的一种新的和解。

这种和解同时也是同自己历史的和解。也许鲁迅也很难意识到，尽管他多次下决心同自己的过去告别，努力割断自己和周围生活的联系，并以此为快，但是实际上他始终是和自己的过去相连，并且深深地爱恋着过去的生活。我们看到，他在《朝花夕拾》中表现出对生活的全部柔情蜜意。

当然，这些都是在一个新的层次上进行的。这种新的惊喜和欢欣远远超过了一个儿童所能理解的范围，而是加入了一个饱经风霜者理解生活的特殊意蕴。

问题在于，一种真正的内心记忆的存在，并非一个单纯的心理学过程，也是一个持久的社会化过程。记忆是在生活的熔炉中进行提炼的。在这个过程中，现实生活的各种因素，都在不知不觉之中参加了这种提炼。它们用各种方式提示或影响人们澄清和滤净记忆中的生活，使这种记忆逐渐从它原始的、个别的状态中走出来，同人们现实活动中的意识世界结为一体，成为这个世界的一部分，并同这个世界一起运动。

当鲁迅重新回到他所熟悉的记忆古国中去的时候，在某种意义上，他已经是一个新人了。所谓新，就是说他所能理解的生活的方式和意义都不同于过去了，而是从现实断面上进行记忆。因此，他必然用一种别样的眼光来看待这古国中的一切，重新估价和重新认识，赋予它们以新的含义。作者这种起死回生的能力也许更表现在对于他以往最熟悉的事物的重新发现上。

事实也是如此。在《朝花夕拾》中，涌上鲁迅记忆前台的人物，几乎都是鲁迅生活中最熟悉的人，无论是长妈妈，还是范爱农，都是活在鲁迅记忆中的，尽管他们的生平事迹很平凡，没有什么值得惊奇的创举。也许正因为如此，在这以前，他们从来没有独立脱出一般生活的平面，进入鲁迅的创作之中。如果我们似曾看到他们的身影的话，也不过是以人的最平常甚至最值得怜悯的一面出现，而不是一个完整的人的形象。例如《阿Q正传》中的吴妈身上，并非没有一点长妈妈的影子，但她是一个不健全的过场人物。而在《朝花夕拾》中，长妈妈不仅是鲁迅久已熟知的人物，而且也是一个最新发现的人物。这种发现是他过去一直没有过的对生活的新的发现，它们像一簇簇火花，划破了过去生活沉黑的夜幕，透露出了新的生活信息的微明。

二、打开藏着珍珠的小盒子

在《朝花夕拾》中，鲁迅为一个普通女工长妈妈编织了一个充满诗意的花环。如上所述，构成这个花环的并没有什么值得夸耀的生活细节，甚至没有突出的特点，长妈妈的生活是最普通不过的。如果用纯粹理智的尺度来衡量的话，也许长妈妈并非值得如此怀念，因此人们会对鲁迅如此深厚的爱意感到不可理解。在长妈妈身上，同样凝结着中国几千年封建思想压抑和毒害的结果。她无知，落后而且迷信，按照旧的传统做人行事已经成为她的习惯，而且丝毫不感觉到自己作为奴隶的不幸，——起码在鲁迅的回忆中并没有透露出这一点。

但是，鲁迅没有回避它们，也没有把它们生硬地罗列出来，而是一同编入了诗意的花环之中。因为在这个花环的中心，闪烁着一颗最明亮的珍珠：长妈妈对于童年的鲁迅最难得的理解和帮助、给他买回心爱的宝书《山海经》的珍贵记忆。它在鲁迅心灵中引起的那种久长的感激之情浸透在作品里，把一切都带入了诗化的境地。

在《朝花夕拾》中表现出来的大多数生活中，之所以充满现实生活所没有的魅力，不在于所记忆的人和事本身，而首先在于鲁迅对于自己某些珍贵感情的重新体验。这种重新唤起的感情使画面和形象充满活力。

这种记忆中珍藏的感情，曾经被苏联的斯坦尼斯拉夫斯基称为记忆中最宝贵的东西，是记忆中的小珍珠。他说过，在记忆的档案库里，你可以设想有许多房屋，房屋里有很多房间，房间里有无数的柜子和箱子，其中有很多大大小小的盒子，在这些盒子中间有一个最小的盒子，里面装着一颗珍珠。房屋、房间、柜子和箱子是很容易找到的，大大小小的盒子就比较难找；可是在这些东西当中去找到那些像流星一样一闪即逝的情绪记忆的"小珍珠"，那就更难了。

鲁迅在记忆的古国里，首先寻找的就是这样的"小珍珠"。在《朝花夕拾》中，重要的不是人和事的回顾，而是爱和憎的记录。这些感情虽然是属于过去了的岁月，却紧紧地联结着现实的鲁迅，紧紧地联结着历史，联结着最普通的生活。它们是永远属于活着的鲁迅的。如果我们现在提出怀疑"为什么鲁迅选择了生动活泼的童年"时，那么我们会说，不是鲁迅，而是被复活的感情决定了这种选择。

在童年，这种珍贵的感情属于天真纯洁的心灵世界。在《狗·猫·鼠》中我们已看到过这种诗意的童年天国了。那是由夏夜和婆娑的大桂树组成的场景，祖母摇着芭蕉扇坐在桌旁，给鲁迅猜谜，讲故事。这是一个充满好奇心和求知欲的天真活泼的世界。正因为这样，不仅长妈妈给他买回《山海经》给他留下了不可磨灭的印象，就是古书上那个题着"文星高照"四个字的恶鬼般的魁星像，也使他眼睛中闪出苏醒和欢喜的光辉来。对此，鲁迅保持了那么深切持久的记忆，是因为它们确实加入了他童年的心灵世界，同童年发生的最深刻的感情波动联结在一起。

同样，在这个感情世界的另一端是对摧残儿童身心的一切礼教的憎恶。这是出于一个天真未泯的儿童对于封建教育的本能的反抗。在《二十四孝图》中，鲁迅记录了所谓"老莱娱亲"之类在他童心世界引起的极大的反感。"我没有再看第二回，一到这一页便急速地翻过去了"，鲁迅写道。也许直到中年，他才发现了这种反感的普遍意义，他在作品的另一处写道："正如将'肉麻当作有趣'一般，以不情为伦纪，诬蔑了古人，教坏了后人。老莱子即是例，道学先生以为他白璧无瑕时，他却已在孩子的心中死掉了。"

这种强烈的情绪记忆有时竟然能够完全控制着记忆前台，把那些富有生趣的生活细节推到幕后。在《五猖会》中，鲁迅保留了在去看五猖会之前，父亲强迫他背诵《鉴略》的详细记忆：

"去拿你的书来。"他慢慢地说。

我忐忑着，拿了书来了。他使我同坐在堂中央的桌子前，教我一句一句地读下去。我担着心，一句一句地读下去。两句一行，大约读了二三十行罢，他说："给我读熟。背不出，就不准去看会。"

他说完，便站起来，走进房里去了。

我似乎从头上浇了一盆冷水。但是，有什么法子呢？自然是读着，读着，强记着，——而且要背出来。

也许鲁迅自己也感到惊异，对于那次看五猖会的事情，竟然"别的完全忘却，不留一点痕迹了，只有背诵《鉴略》这一段，却还分明如昨日事"。其实，正因为这里曾经掀起鲁迅最深刻的情绪波动，才如此鲜明地留在记忆中。读着这段回忆，我们几乎能够触到一个受到压抑的心灵以及在他幼小的身体内聚积着的全部生活的委屈、愤怒和无奈。

《朝花夕拾》的艺术魅力首先就是由这些记忆中的"小珍珠"构成，它们在历史生活的链条上环环相扣，闪闪发光，它们反映鲁迅心灵的历程，同时也为读者探寻这种历程，立起了座座引路的灯标。显然，这些鲜明的情绪记忆，带着鲁迅强烈的个性色彩。随着鲁迅年龄的增长，他自我意识世界的日益巩固，就愈显露出他的坚韧而又固执的性格的锋芒。在《范爱农》一文中，鲁迅曾记起这样一件事，他在看见留日学生箱子里有双绣花鞋时，顿时就表现出自己的不满和轻蔑，这给范爱农造成了很深的影响。其实，他在幼年就已表现出自己独立不羁、疾恶如仇的人格，在他七岁的时候，就开始具有自己独特的意志。否则他不会在父亲强制他诵书时，感到那样深切的耻辱。至于他从小对中医医术所固有的成见，更显明地表现出这一点。这说明在鲁迅的个性中，占据突出地位的是一个独立的意志世界，具有强烈的自尊心和道德感。同时又是一个严于自责不易宽容自己的人。在《父亲的病》中，他曾为电光一闪的想法而感到深深的犯罪感。如果研究鲁迅心理个性的发展，《朝花夕拾》提供了最直接，也最生动的材料。

当这种独特的个性同生活发生碰撞时，就闪烁出了独特的思想光泽。在鲁迅思想形成的过程中，他的个性潜在地起着作用。由于这种个性的影响，鲁迅对于社会禁锢人的状态非常敏感，尤其对思想意识上的束缚深恶痛绝，使他格外重视精神上的解放和对传统的封建意识的反抗。也许就在这独特的个性中，就已经潜藏着鲁迅最终弃医就文的动因。

在《朝花夕拾》中，感情的升华常常显露出个性的锋芒，表现在对生活的看法中。鲁迅显示出了分辨新旧思想界线的特有的敏锐。他曾经感慨于当时的有些所谓"新学"，虽然教外语和一些自然科学方面的课程，但中文课仍然是圣贤之书，读的是"君子曰，颍考叔可谓纯孝而已矣"之类古文，他对此甚不满意。相反，一些新思想的信息给他带来了极大的满足，在《琐记》中他记叙了自己"一有闲空，就照例地吃烤饼，花生米，辣椒，看《天演论》"的情景。可见，在鲁迅的思想中，一开始就存在着对于单纯用西方物质文明来救中国的怀疑。这种怀疑越来越深，终于在一个关键的时刻，改变了他生活的方向。

同时，我们应该看到，鲁迅在作品中所表现的思想感情，虽然属于个别的，但是同时也是社会的。在鲁迅的心灵中，这些个别的情绪体验的痕迹，已经融入了一种丰富的、多样的，而且经过扩展和深化的思想世界。而这种个别感情的再次出现，是在同一类感情综合存在的广泛基础上产生的。因此，当鲁迅重温这些珍贵的感情时，它们在心灵上引起的回响，无论如何比童年更为意味深长。如果说，在童年时期，长妈妈的举动——给他买回《山海经》，只是由于好奇心的满足而引起深深的感激之情的话，那么，当他经过长期探索、重新体验这种感情时，心中涌起的感激就不仅仅于此了。他感谢长妈妈作为一个普通的女工，给他保存了最宝贵的赠品是活跃在生活深处的生活希望。正是从这个意义上来说，这颗"珍珠"也许只有这时才真正地被发现。虽然在这之前，这记忆的小盒子一直被珍藏着，但鲁迅并没有完全地打开过它。

斯坦尼斯拉夫斯基在体验创作过程中的自我修养时谈到，一个艺术家获得真正的记忆中的"小珍珠"是难得的，只有偶然的机会才能使你再碰到它。但是，对于鲁迅在《朝花夕拾》中的这种体验，我们却无法仅仅归结于某种偶然的机会。即使存在着这种创作思维中的偶然机会，那么在这种偶然的后面隐藏着某种必然的原因。因为，在新的条件下，这种古老的记忆焕发出的新的价值，是鲁迅经过长期的探索才获得的。

　　鲁迅一进入社会，就表现出了对于改变中国人精神面貌的极大热情。出于对中国社会现状的特别深刻的感受，他把自己的一生，交付于唤醒民众的启蒙事业。由于他所承受的历史重负，使他对旧社会的认识格外深刻，否定格外彻底。他曾经把中国的历史归结为"想做奴隶而不得的时代"和"暂时做稳了奴隶的时代"，在中国社会中生活着"吃人的人"和"被吃的人"，而"群众，——尤其是中国的，——永远是戏剧的看客"。在他感到激愤之时，甚至感到在中国社会中，不是暴君，就是比暴君更残暴的臣民。因此，在鲁迅早期的创作中，首先表现出的是对社会、对人生和传统文化的批判态度。在鲁迅小说中，就可以看到在阴惨惨的，使人窒息的空气笼罩下面挣扎着精神被扭曲了的人物。

　　但是，鲁迅并没有完全悲观绝望，他把希望寄托在下一代的孩子们身上，相信青年必胜于老年，将来必胜过现在。因此，当他在《狂人日记》中疾呼"救救孩子"的时候，虽然仍然被围困在一个吃人的社会中，却充满着主观上自信的力量。

　　可是，谁来担负起"救救孩子"的责任呢？鲁迅对此并没有建立起充实的自信心。可惜得很，尽管鲁迅相信将来必定属于孩子们，但是对那些做父亲的人一直抱着怀疑的态度，而他们恰恰是决定孩子将来的人。为此，1919 年 10 月，自己还没有做父亲的鲁迅，就写了一篇题为《我们现在怎样做父亲》的文章。在他看来，父亲是有着切实的"救救孩子"的责任的，但当时的很多父亲并不懂得怎样做好这个父亲，所以"救救孩子"首先得教育父亲。那时，他更没有想到妇女们能够承担这"救救孩子"的重任，并非鲁迅看不起妇女，而是在他看来，从某种现实的意义上来说，那些做母亲的，或者将要做母亲的，例如"出走后的娜拉"之类，也许比孩子更需要解救。其实，在鲁迅的早期作品中，几乎没有出现一个能够承担"救救孩子"重任的父亲或者母亲。

　　就在这不知不觉之中，鲁迅在过去和未来之间失却了历史联系，在他思想中产生了历史性的失落感和孤独感。"五四"过后，当他长期处于彷徨和徘徊之时，尤其明显地表现出这一点。因此，鲁迅在同各种各样反动文人进行坚决战斗的同时，心灵时时感到一阵阵空虚。他顽强地坚持着自己的理想，同时又感到理想的破灭。在《野草》中就深深融进并表现了这种痛苦。在《好的故事》中，那美妙的理想的画图是带着梦幻色彩的，竟经不起现实目光的凝视。这反映了鲁迅对于自己理想始终如一的忠诚和苦苦探求。

这种美的理想只有在《朝花夕拾》中才转换成了真实的图画。虽然它们存在于过去生活之中，但却是未来生活的种子。那种童心世界不可泯灭的好奇心，百草园妙趣横生的自由天地，五猖会中下层人民所表现出的生活热情，富有人情的无常的翔舞，不仅给他童年带来了欢欣，而且使他在现实中又看到了蕴藏在生活本身的美和它的生命活力。它们以一种自在的具体的形式显露出来，唤起了鲁迅理想与生活恒常的联系。

为此，鲁迅的笔曾经在长妈妈身上停留了很久。

那时鲁迅还是一个孩子，虽然鲁迅并没有把自己列入"救救孩子"的对象，但他确实处于一种需要别人解救的境地，封建式的教育根本谈不上给儿童创造健康成长的良好条件。鲁迅在《二十四孝图》中不胜感慨地说："我们那时有什么可看呢，只要略有图画的本子，就要被塾师，就是当时的'引导青年的前辈'禁止，呵斥，甚而至于打手心。我的小同学因为专读'人之初性本善'读得要枯燥而死了，只好偷偷地翻开第一叶，看那题着'文星高照'四个字的恶鬼一般的魁星像，来满足他幼稚的爱美的天性。昨天看这个，今天也看这个，然而他们的眼睛里还闪出苏醒和欢喜的光辉来。"这种情景也曾在鲁迅幼小的心灵上留下了深深的创痛。所以只要一个稍有历史意识的人，就不难从作品的字里行间，分辨出一个需要理解和爱的儿童发自内心的呼喊：救救我们。

然而，就在这时，正当一棵幼苗在沙漠里渴望雨水之时，一个普通的女工长妈妈，却能理解这种内在的呼唤，给他买回了《山海经》。在生活中，真正地承担起"救救孩子"重任的，竟然是长妈妈这样的人。历史展示出这个迷信、无知的普通劳动妇女的另一面。

"别人不肯做，或不能做的事，她却能够做成功。她确实有伟大的神力。"鲁迅在童稚的语言中透露出了中年的思考，也许过了好长时期鲁迅才意识到了这一点。这珍贵的记忆曾在鲁迅眼前多次闪过，然而就在这时，经过漫长岁月的提炼，它才闪现出驱退黑暗的光辉。

当然，我们没有必要把这种情况一定归结于鲁迅思想的根本转变，但起码可以感觉到鲁迅思想发生转折的一个预兆。从这里我们可以看到，在鲁迅提出"救救孩子"这个显得有些空泛的口号后面，逐渐现出一群显示着活力的人物：长妈妈、闰土、范爱农等，而且还有藤野先生那样宽厚的背影。

三、在理解和被理解之间探索

真理和希望存在于最平凡的生活中，却永远不会光顾那些在这种生活中昏昏欲睡的人。对生活认识的反馈过程必然是一次长久的探索过程。

鲁迅为了寻找民族的希望，很小就离开了家乡去寻求真理。随着鲁迅愈来愈走上"精神界战士"的高台，他同养育他的民族生活的距离也愈远了，他也就愈加深刻地感觉到了新人和旧人之间的矛盾。很少有人讨论过鲁迅同他前辈乃至同辈人之间的"代沟"问题，其实这个问题在鲁迅的生活中占据着很重要的位置。

当然，鲁迅没有忘掉自己的过去，而且时常进行反顾。但是在这以前，这种反顾常常使鲁迅感到一种现实的惆怅，他不能阻止那种童年的欢乐离他越来越远。

1922 年 10 月，在五四运动高潮过后，鲁迅写了《社戏》。在作品中，鲁迅回忆了他童年和乡村小伙伴一同去看社戏和吃罗汉豆的事，充满着诗意和情趣。然而这段诗意的回忆却掩饰不住现实惆怅的情绪，鲁迅在最后写道："真的，一直到现在，我实在再没有吃到那夜似的好豆，也不再看到那夜似的好戏了。"这种萦绕在作者心头的眷恋，仿佛是一种只能在梦幻中得到满足的喃喃细语，而那种从记忆中所能获取的现实的意趣，却已是过去的幻影了。鲁迅无法跨越过去与现在这记忆两端的情绪间隔。

这种情绪在比《社戏》写得更早的《故乡》中，表现得更加明显。在《故乡》中，鲁迅表现了对故乡和故乡的人民的深厚感情，而且充满着一种别离的苦楚。他努力用童年已被幻化的生活，来排遣他对故乡和故乡的人们已经产生的某种冷漠隔绝的感觉，但终究无法回避现实存在的鸿沟。他关于童年同闰土交友时的诗情画意的回忆，并没有把他从现实的窘态中解救出来，他原先极力想维持的，实际上多少带着些勉强的感情，在现实生活的冲击下很快土崩瓦解。童年的好友闰土，在他面前表现出来的毕恭毕敬的神情，不由使他打了一个寒噤，同时也把他从另一个幻化的世界拉了回来。也许只有到了这时，他才真正感到他们之间在思想感情上存在着多大的差距，在他们这一代之间消除这种隔绝几乎已经是不可能的了。他想寻找一条路重新回到他故乡的人民生活中去，首先是思想感情生活中去，但是在他面前没有路，只好寄希望于下一代。

鲁迅是怀着一些惆怅，同时又带有一些内疚的情绪告别自己的故土生活的。在《故乡》以及在后来的《社戏》中都流露出了对于家乡和家乡人民的某种内疚和歉意的表示。他爱自己的家乡和人民，但又不能不和它们分离，他不能迫使自己同他们站在同一个地平线上，同时也不能宽恕他们身上的一切落后的东西。对维系自己历史的道德、感情，同现实责任感之间的冲突，几乎交织在他早期的全部小说中。

这种隔绝使鲁迅处于毫无退路的境地。他义无反顾地攻击旧社会生活的一切方面。有时他也会感到一种空泛和孤独，但当他呐喊进击的时候，他无暇对这种分离做一番认真的分析。即使有时有所感触，也只能在感情的外围徘徊。鲁迅1921年在《智识即罪恶》文中提及："那时我在乡下，很为猪羊不平，心里想，虽然苦，倘也如牛马样，可以有一件别的用，那就免得专以卖肉见长了。然而猪羊满脸呆气，终生糊涂，实在除了保持现状之外，没有别的法。所以，诚然，智识是要紧的。"这种看法着实有点过于自信，因为即使牛马能够有别的用途，但也并非能够逃脱被吃的命运。

鲁迅是清醒的，意识到自己并不能够改变现状，而且常常处于"被吃"的危险之中。反动政府的迫害，正人君子的流言等等，都有置人于死地的力量。他不仅自身经历了彷徨孤独，而且目睹了很多并非"终生糊涂"的仁人志士，被强大的社会所吞没、所碾碎。正是这种深刻的生活体验使鲁迅开始真正理解千千万万在日常生活中生存的人的心灵。

《朝花夕拾》就浸透着这种对人的理解，这种理解使鲁迅真正在感情上走向了人民。他开始意识到，作为一个人，他和千千万万的人站在同一地平线上。他同劳动人民在思想感情上的"代沟"开始在地平线上慢慢消失。

当然，在《朝花夕拾》中，鲁迅并没有把自己同上代人、同代人之间的思想差异一笔抹去。他没有这样做，而是细致地写下了这些差异。例如长妈妈，无论如何不能和鲁迅在思想上一致，父亲并不能理解童年鲁迅的感情，甚至鲁迅所敬爱的藤野先生，也并不能说是和他的心灵息息相通。藤野先生并不能够完全理解鲁迅，正因为如此，鲁迅不得不编造一个谎话来掩饰弃医就文的打算。但是，鲁迅对这一切都采取了一种历史的宽容态度，这是一种在理解整个生活基础上的宽容。正因为如此，虽然他并不赞成范爱农自杀的行为，但在作品中竟没有流露出一点责备的意思。

鲁迅的这种宽容来源于对人的全面历史的重新理解。他开始用一种更充实的生活观念来对待自己所熟悉的人物，因此不仅能够看到在现实生活中他们某些不健全的地方，同时也看到了蕴藏在他们身心之中的美好的愿望，表面上的一切烟云，都无法掩饰其内在的光辉。人，作为一个历史发展的整体，以其真实的内容肯定了生活。在《朝花夕拾》中，几乎所有人物身上，都凝结着历史的否定和肯定等多种因素，而不是单一的人。从这一点出发，我们就不难理解鲁迅对他笔下人物所表现的那种深厚感情，尽管按一般思想标准，这些人物并非都是先进的。例如他对自己私塾先生的描写，就充分表现了这一点。在1926年初，鲁迅曾经赞扬过中国的"民魂"，把中国的进步寄予这种民魂的发扬光大，在鲁迅对故乡朴素平凡的劳动人民的描写中，我们可以看到这种民魂的光辉。

可以看出，在鲁迅主观世界中，自信心正在逐渐地恢复。一种充分稳固的历史意识，应该是从过去走向未来的一个连续不断的进程。如果说我们在《故乡》中看到的是这个进程某个环节的突兀断裂，那么在《朝花夕拾》中，我们看到了它的重新联结。这种联结的一个明显标志，并不在于鲁迅重新勾起了对过去个别生活场景的怀念，而是鲁迅把自己融入了一种群体意识之中。他的情感同广大劳动人民的心灵，在日常生活中，在共同的艺术感受中，产生了真正的共鸣。

引导鲁迅进入这个群体意识世界中去的是无常。无常在鲁迅笔下，是一个艺术化的勾魂使者。在鲁迅的童年时代，无常是在民间戏剧中出现的。正是这种象征着死亡的鬼魂的翔舞，地狱之门在鲁迅面前豁然洞开，使鲁迅能和劳动人民一道窥看世界另一个神秘莫测的领地——死亡。它在鲁迅的心灵中唤起强烈的好奇心和对未知事物本能的探求和渴望认知的欲望，因而在鲁迅记忆中留下了深刻印象。

随着时间飞逝，无常引起的那种惊喜和恐惧已成为遥远的生活回声，但鲁迅却一直在现实生活的地狱门口徘徊，在这种徘徊中，无常的形象也一直伴随着他。他时常把旧中国比作一个死亡的世界，人肉的厨房，而自己无法摆脱地狱的纠缠。他曾在《碰壁之后》一文中说：“华夏大概并非地狱，然而‘境由心造’，我眼前总充塞着重叠的黑云，其中有故鬼，新鬼，游魂，牛首阿旁，畜生，化生，大叫唤、小叫唤，使我不堪闻见。我装作无所闻见模样，以图欺骗自己，总算已从地狱中出离。”但是现实终究使他不能“装作无所闻见模样”。还在“三·一八”惨案发生之前，鲁迅就又一次预感到死亡的恐怖。在1926年2月写就的《无花的蔷薇》文中，鲁迅突然提到了无常：“记得幼小时候看过一出戏，名目忘却了，一家正在结婚，而勾魂的无常鬼已到，夹在婚仪中间，一同拜堂，一同进房，一同坐床……实在大煞风景，我希望我还不至于这样。”但希望毕竟是希望，不久，在反动政府屠杀进步学生的血痕中，鲁迅真正感到非人间的黑暗：“我只觉得所住的并非人间”，“则岂但执政府前，便是全中国，也无一处不是死地了。"（《"死地"》）在《记念刘和珍君》一文中，鲁迅写下了这样沉痛的文字："我将深味这非人间的浓黑的悲凉；以我的最大哀痛显示于非人间，使它们快意于我的痛苦……"

现实的血迹，使得生和死的距离缩短了，鲁迅感到了生的艰难，也感到了死的悲凉："时间永是流逝，街市依旧太平，有限的几个生命，在中国是不算什么的，至多，不过供无恶意的闲人以饭后的谈资，或者给有恶意的闲人作'流言'的种子。至于此外的深的意义，我总觉得很寥寥，因为这实在不过是徒手的请愿。"正是在这种情况下，他记忆中的无常出现了："在许多人期待着恶人的没落的凝望中，他出来了，服饰比画上还简单，不拿铁索，也不带算盘，就是雪白的一条莽汉，粉面朱唇，眉黑如漆，蹙着，不知道是在笑还是在哭。"（《无常》）

也许只有生活中饱经患难，内心中体验过死的悲凉和生的悲痛的人，才能真正领略死神的微笑的温柔，正如莎士比亚笔下的哈姆雷特在极端痛苦中所说的一样："噢，死亡，无法躲过的难关？可怕的无穷尽？一听到你的名字，所有的心就沮丧、震惊。但没有你，谁能忍受这生命，谁能祝福骗人的矫情，谁能奉承一个无耻情妇的淫荡，谁能对那些掉头不顾的忘恩负义的朋友们表露他颓唐灵魂的被困？在这极端的苦难中，死亡会显得多么温柔，……"在鲁迅的笔下，无常作为死亡的足音，是踏着充满活力的舞步出场的，他没有给人们带来过于恐惧的感觉，而是充满着人情味，给人们带来的是亲近感和滑稽感。这种感觉并不是鲁迅单独的感受，而是同他周围的下层劳动人民一起感受到的。

但是，无常是一个中国的鬼魂，他并不同于莎士比亚笔下的那种个体的鬼魂。在《哈姆雷特》中，哈姆雷特生父的鬼魂是在令人恐怖的夜的寂静中出现的，使人毛骨悚然，感到惊恐。这种独特的艺术效果曾引起莱辛的赞赏，但他因此却讥笑其他形式下出现鬼魂，尤其认为"让鬼魂出现在广大人民群众眼前是不适当的"。而无常却正是出现在人民群众的大庭广众面前的，他其实不仅和剧中人物构成艺术关系，而且和台下的观众进行艺术对话，直接同观众进行感情交流。可惜，莱辛没有机会看到中国民间艺术中的鬼魂世界，没有领略过在大庭广众中的无常的翔舞。否则，他会取消这种主观界定的。

使鲁迅感兴趣的更重要的方面在于，无常作为一个鬼魂，是属于劳动人民感情世界的。中国是一个等级森严的国家，即使在阴间，也存在着两种不同的鬼魂世界。一种是属于统治阶级的，一种是属于民间的，民众的。在中国，大规模祭祀鬼神的活动早就出现了，也许最早并非有那么明显的等级划分，但当人群日益划分为不同的集团的时候，鬼神世界也出现了分离。当统治阶级愈来愈注重鬼神的保佑，使鬼神世界获得在观念上的至高无上地位时，这个世界对人们来说，就愈成为可敬而不可亲的冷冰冰的偶像世界了。鬼神成为某种道德观念的化身，而排斥了一切人的感情的因素。

而在人民生活中，却一直存在着另外一个鬼魂世界。这个鬼魂世界不是活动在宗教祭祀仪式之中，而是活动在人民富于想象的民间传说、民间故事和戏曲中的。在这个鬼魂世界中，充满着人的感情，可亲可敬。例如在我国古代南方的"巫文化"中，就存在着下层劳动人民创造的鬼魂的歌舞（或戏剧）艺术。在民间的歌舞中，鬼魂不是冷冰冰的偶像，而是活生生的人的感情的化身，同统治阶级所顶礼膜拜的鬼神截然不同。因为那些鬼神，正如姜亮夫先生指出的，像湘君湘夫人河伯山鬼所歌唱的，是不能用民神杂糅男女来作祷告之词的。而"九歌为歌咏诸神故事，以乐神鼓舞其民众，而非祭神之用"。伟大诗人屈原就是受到这个艺术中的鬼神世界的感动，在民间艺术基础上创造了自己的艺术作品。这里，我们最好记下马克思在 1842 年上半年从卢莫尔《意大利研究》里摘录的一段话："我们如果不带宗教或美学迷信来探讨希腊艺术中的英雄和神……无疑便在自然界一般生命当中找不出什么没有发展过或不能再发展的东西。因为在这些塑造的形象当中，凡是属于艺术范畴的东西，都是那些对于壮丽的体型赋予人类优秀姿态的描绘。"

无常其实就是这个属于劳动人民的鬼魂世界中的一个形象，虽然他是这个世界的一个后起之秀，但是他同劳动人民有着在感情上天然的血缘关系，使鲁迅感到亲近。作为一个正式的鬼魂，无常和阿 Q 一样是不见经传的。他是中国老百姓——那些被正人君子认为只知道"老婆儿女"的下等人——的创造物，在无常身上，凝结着中国独特的民族生活的意蕴。

四、属于自己的还是属于自己

无常是属于"下等人"世界的。毫无疑问，这个世界就是由阿 Q、闰土、长妈妈这样的人物构成的。假如对无常的欣赏不是仅仅停止在艺术直感上，假如我们需要把一种美感的外在形式同生活的内在本质联系起来，我们就不能不追溯到作者对生活的理性认识，从产生这种美的外在形式的生活中寻找根据。在一定的程度上来说，无常并不是以某种具体的、个别的思想感情为表征，而是作为一种群体意识的象征出现在艺术中的。正是从这个意义上，鲁迅从童年的记忆中发现的是一个真正的童话，这个童话，正如马克思曾经说过的，是特定的人民本质的表达，是人民的思想、恐惧和希望的具体表现。

但是，当们深入到一种群体意识之中的时候，无常所包容的综合的生活往往使我们感到扑朔迷离。无常作为一个压抑数千年的民族的精神创造物，烙刻着各方面民族精神的痕迹。除去它固有的原始色彩外，在一定程度上还带着东方的宿命论色彩。无常一方面体现的是中华民族对苦难忍耐和不妥协的反抗意识，而在另一方面则表现为对命运的依赖、安贫乐道的生活态度。无常的性格是二者的统一。这是因为这两种似乎是截然不同的观念意识，在生活中的存在是浑然一体的，不能划出明确的界线。

这种生活固有的复杂状态，往往使有些评论家感到为难。例如如何评价托尔斯泰笔下的普拉东·卡拉达耶夫的形象，就存在着这种情形。在《战争与和平》中，主人公彼尔在精神极度悲观的时候，认识了普拉东，普拉东对于生活灾难所采取的安之若素的态度，使彼尔大为惊奇。无论普拉东是否是一个东方的宿命论者，或者在多大程度上带着宿命论思想色彩，彼尔从他身上获取了生活的力量，理解了"人类生命的全部力量，以及他所具有的把他的注意力由一件事转到另一件事的储备力"。为此，很多评论家感到惊奇和怀疑，彼尔从一个宿命论者那里能够获取什么，这种获取是否具有真实的生活意义。虽然托尔斯泰艺术的力量迫使评论家千方百计证实这种意义，但一直难以弥合艺术和观念之间实际存在的鸿沟。这是因为，在托尔斯泰那里，生活和生活的意识是一个活生生的整体，而评论家，每时每刻都在自觉不自觉地把生活分割成用不同观念标志的各个部分。

实际上，彼尔从普拉东那里得出自己的生活结论，是自然的，这是他从生活整体中所做的富有个性的提取。生活不是由单一的质构成的，而是具有各种因素的有机整体。在思想交流中，整体的多样性并不妨碍个人从中提取个别的因素。同时，这种个性的选择并不影响整体多样性的存在。在艺术生活中，尤其如此。

在《朝花夕拾》中，活跃在民间文化中的无常，是鲜明的人民性的产物。在长期的生活的沉淀和过滤中，无常身上所具有的原始的对生活悲观适从，对死亡特有的恐惧被淡化了，在艺术中升华为一种对命运的戏谑和不屈的态度，还有人生从死亡的悲剧中超脱的喜悦感。鲁迅心灵最敏锐的感受就在这一点。在《无常》中可以看到，鲁迅并没有停留在无常外在的直观形式上，而在深究无常的翔舞在下等人心灵中引起共鸣的原因。这些生活在社会最底层的人们，承受着生活最大的不幸，他们之所以和无常亲近，是由于处于现实的地狱之中，虽生犹死。马克思曾经说过："在埃斯库罗斯的《锁链锁住的普罗米修斯》里已经悲剧式地受到一次致命伤的希腊之神，还要在琉善的《对话》中喜剧式地重死一次，历史为什么是这样的呢？这是为了人类能够愉快地和自己的过去告别……"鲁迅在无常的翔舞中所感到的是，在现实的地狱中承受着悲剧生活的下等人，在自己所创造的艺术活动中，重新体验了喜剧式的死亡，使他们能够顽强地生存下去，走向未来。

高尔基曾有一句名言："民间创作是与悲观主义完全绝缘的。"因为

"集体似乎出于本能而意识到了自己的不朽，而且深信他们能战胜一切和他们敌对的力量"。鲁迅从民间艺术中同样辨认出了这种群体意识的力量。无常从表面上看，似乎对于死无可奈何，漫不经心，但内在隐藏着生活过程的必然性，表现了一种最后的公正裁判。一旦意识到这一点，鲁迅不禁也随着无常的翔舞颇为自信地写道："人是大抵自以为衔些冤抑的；活的'正人君子'们只能骗鸟，若问愚民，他就可以不假思索地回答你：'公正的裁判是在阴间！'"

正是在这种熔铸着群体意识的民间艺术活动中，鲁迅感到了对于悲剧自我的超脱，一个"孤独者"所有的悲哀都融进了一个广大的生活世界之中。在无常的翔舞中，没有由于个体的毁灭而带来的灵魂的呻吟，没有对于命运的乞求和屈服，也没有独自在悲哀中的疑虑和徘徊。鲁迅曾经领受过个人在社会生活中的巨大的悲剧感，而这种悲剧感在同人民群众一起欣赏由死亡构成的喜剧时，消失得无影无踪。这是鲁迅感到的最大的喜悦，他用肯定和惊喜的口吻写道："我至今还确凿记得，在故乡时候，和'下等人'一同，常常这样高兴地正视过这鬼而人，理而情，可怖而可爱的无常；而且欣赏他脸上的哭或笑，口头的硬语与谐谈……"

这不能不说鲁迅在劳动人民之中寻找着自己感情的"根"，他已经从"精神界战士"的高台上逐级而下，来到了阿Q、长妈妈这样的人中间。而且，他已经成为这些人思想感情上的辩护人了。若干年后，他写下了这样的文字："……我们有并不失掉自信力的中国人在。要说中国人，必须不被搽在表面的自欺欺人的脂粉所诳骗，却看看他的筋骨和脊梁。自信的有无，状元宰相的文章是不足为据的，要自己去看地底下。"

因此，在《朝花夕拾》中，鲁迅对于所有个体的柔情，例如对于长妈妈、范爱农、藤野先生等，都在于他同这个世界有着感情上的血缘关系。这种关系不仅体现在个别方面，也表现在群体方面——我们从无常形象中发现了这一点。在鲁迅的笔下，生活中这种个别的联系体现了他对群体意识的理解，而这种群体生活意识又浸透在每一个具体生活的回忆之中。鲁迅没有把乞求死亡作为自己对现实的避难所。如果说，在哈姆雷特那里，鬼魂的出现，揭开了一个地狱的秘密，一度摧毁哈姆雷特的自信心；那么，在鲁迅的回忆中无常的翔舞，则显示出生命的活力，在一个更广阔的生活基础上重新恢复了生活的自信心。在这个过程中，显示出了鲁迅人格力量同艺术创造的完美统一。

无疑，在《朝花夕拾》中投射了鲁迅全部人格的光辉，在艺术中溶化了他对生活深邃的探索和思考。他把自己的理想表现在中国的民族生活的具象中，显示出他与人民生活血肉相连的赤子之心。在这个独特的艺术化过程中，鲁迅同时显示出了作为一个艺术家的优秀品质，和莎士比亚一样，他是一个真正的自然的诗人。

在鲁迅的全部作品中，几乎没有像《朝花夕拾》那样充满着对自然和生活广阔宽厚的爱的。我们说这种爱是广阔宽厚的，是因为这是一种最无私、最纯洁的品格，鲁迅对一切现象都没有用某种褊狭的个人眼光加以限制，把它们排斥于艺术之外。

鲁迅并非没有看到自然和生活中的缺点。但是鲁迅拥抱的是整体生活。这生活充满着各种各样的矛盾和冲突，个别的缺点并不能导致鲁迅对整体生活的爱减弱。实际上，当鲁迅把遥远的生活带给人们的时候，并没有意给它们披上理想的外衣，把它们从自然的整体生活中分离出来，供奉在一座人造的艺术温室中让人观赏。很多艺术家都曾这样做过，为了给自己所喜爱的生活以美好的装饰，于是就把人们引导到一种诗情画意的境界，加以一些非自然所有的奇珍异品的点缀。但鲁迅没有这样做。在《朝花夕拾》中，鲁迅显示出他尊重自然的艺术品质。这种尊重完全出于真诚的无私的爱。在作品中，我们几乎难以找出一点超脱生活和自然的痕迹，即使是鲁迅描写他十分珍爱的人与物的时候。新与旧，善与恶，美与丑，无论在人或者事物中，都是纠合交融在一起的，并且以它们自然的品质表现了作者真实的感情。鲁迅对于长妈妈、藤野先生的爱，都是建立在对他们整体人格的深刻理解之上的。这里，正如没有虚假的真实一样，丝毫没有虚幻的感情的流露。

这种尊重自然的艺术态度没有妨碍鲁迅表达出自己独特的爱憎感情，

是因为鲁迅把自己的感情完全和自然合为一体了。艺术是思想感情的形象显现，但是在艺术创作中，把握感情和自然的平衡，做到尊重感情和尊重自然一致并不容易。我们常常看到这种情景，有的人为了尊重自己感情的表达，割舍了自然的完整性，仅仅通过对于自然的某一局部的突出渲染，来造成自己感情表现的效果，自然自觉不自觉地成了艺术的牺牲品。相反，也有一部分人，为了尊重自然，不得不限制自己的感情，用牺牲自己感情的方式，委曲求全于自然描写的完整性。这两种情形都不能产生优秀的艺术作品。在鲁迅的《朝花夕拾》中，我们看不到这种片面性。因为鲁迅把全部身心投入自然的时候，已经把全部感情交付给了自然。与其说鲁迅所描写的人和事是表现某种感情的方式，毋宁说这种方式就是感情存在本身。在鲁迅充满感情的叙述中，人们感到某种强烈的感情力量，并非由于艺术创作的结果，而是由于事物本身所具有的魅力。

这种融合使丰富多彩的艺术因素汇为一体，组成一个富有生气的整体。在《朝花夕拾》中，聚集了多种生活的意象，有过去的，也有现实的；有生的，也有死的；有个体的，也有社会的；有喜剧，也有悲剧。它们以不同规则的图画排列在一起，互相冲突，又互相依赖，假如没有一个强有力的艺术的规范，稍一疏忽，就有可能造成混乱，但是在它们之中贯穿着作者统一的感情内在活动，使它们在一个独特的感情模式中相依为命。尤其在鲁迅稍后写就的几篇作品中，作者内在深沉的感情活动，完全表现在各种复杂而又鲜明的形象的有节奏的运动之中，在艺术效果方面产生了一种全新的平衡作用。在作品中，每一种自然现象都包含着一种特定的情绪色彩，组成一个流动着的感情的旋律，但它从来不曾在同一个音符上停留过久，呈现在人们面前的是一种动态的自然画面。我们很少发现鲁迅对于某一种记忆过于缠绵的感情，在它周围长久地流连忘返。他总是喜欢跳跃，从历史跳到现实，从枯燥跳到诙谐。

正因为如此，鲁迅在《朝花夕拾》中丝毫没有留下一点技巧的痕迹，或者说艺术所产生的魅力掩盖了技巧的痕迹，达到一种无技巧的境界。鲁迅似乎从生活中信手拈来，不加任何雕琢，却能出神入化。他似乎想到哪就写到哪，无固定格局，却能形成不落窠臼的完整结构。如果说在艺术创作中，技巧是沟通艺术家思想感情和自然生活的桥梁，那么，当一个作家的感情和自然亲密无间的时候，技巧就会隐藏在作品的深处。也许我们在《朝花夕拾》语言结构方面更能看到这一点，鲁迅采取了最普通的方式与人对话，绝少渲染，也没有夸耀，它们只是紧紧同自己的感情联结在一起。在一定的程度上来说，在《朝花夕拾》中，语言不仅在表明自然，同时本身也是某种感情的符号。这些独特的语言之所以被选中，首先是因为它们为感情的宣泄和表述，开辟了最畅通无阻的道路。

1984 年 5 月

之十九

浅笑下深远的悲哀

——沈从文小说创作漫谈之一

一个作家，即使在他的作品受到欢迎的时候，也常常有不被真正理解的苦衷。四十多年前，当时颇引人注目的小说家沈从文就说过这样的话：

我作品能够在市场上流行，实际上近于买椟还珠，你们能欣赏我故事的清新，照例那作品背后蕴藏的热情却忽略了，你们能欣赏我文字的朴实，照例那作品背后隐伏的悲痛却忽略了。原因很简单，你们是城市中人。

（《习作选集代序》）

沈从文把自己的作品不被理解，归结于城市人的罪过，当然未必是正确的。但是，对一个对人生怀着极大关注、对生活怀有期待的作家来说，看到人们仅仅是对自己作品所描写的表面生活津津乐道，不去理解作品背后隐藏的作家的心灵和情感，甚至对此视而不见，无疑是难以忍受的痛苦，这种痛苦也许比自己的作品受到公开的排斥和冷遇更为沉重。

但是，对沈从文来说，或许生活注定他要承受这种痛苦，过分地指责读者并不那么恰当。在当时充满着血与火的时代里，沈从文并没有描绘出一幅幅黑暗现实的交织着血与泪的生活画面，没有无情地显示旧社会愤怒的惨淡的人生，相反，他固执地说："你们多知道要作品有'思想'，有'血'，有'泪'；且要求一个作品具体表现这些东西到故事发展上，人物语言上，甚至于一本书的封面上，目录上。你们要的事多容易办！可是我不给你们这个。"因此，他的笔从生活表面的血与泪、愤怒与叫喊中滑过去了，停到了他所熟悉的偏乡僻地的生活上，停到了少数民族风土人情上，停到了湘西淳朴的自然风光上。在他的小说中，难以见得像叶紫那样沉痛的生活，像蒋光赤那样激烈的情调，像茅盾、叶圣陶那样悲壮的场面，而总是表现出一种对生活的脉脉温情，显示出来自生活本身的淡淡的微笑。这种微笑即便并不意味着对生活的满足，即便有时表现得那么勉强，但是和同时代更多的愤怒的面孔并列起来看的时候，似乎显得很不谐调自然。对于被时代的愤怒感情所攫住的人来说，这种笑是难以接受的。

然而，这并不能代表历史对沈从文作品的公正评价。随着历史的变迁，当人们过去的感情已逐渐冷却凝固的时候，过去时代的悲哀已成为一种遥远的历史的回音，再来看沈从文的小说，就会产生异样的感受。这时，我们用对历史生活的全部感受和理解来体验它们，仔细地咀嚼它们，就会感到，在沈从文小说中发出的淡淡微笑，在历史的心灵的回音壁上，引起的却是源远流长的悲哀。这种悲哀和生活水乳交融，是一种表面没有血和泪的挣扎，没有哭和喊的愤怒。

还是从作品谈起吧。笑，在沈从文的小说中，恐怕要数《月下小景》中一对情人的笑最迷人吧。明皎的月光，幽静的夜，弥漫着鲜花的芬芳，一对情人依偎在一起，沉浸在无限的幸福境界之中。他们笑着。这种笑是由衷的，一点也不勉强，这是一种被爱情陶醉的笑，甜蜜的笑。这种笑在沈从文很多小说中出现过，例如《媚金、豹子与那羊》《神巫之爱》《龙朱》等，只不过不像《月下小景》中笑得那么甜美罢了。但是，我们并不能在这远离都市的山寨生活得到更多的东西了，我们得紧紧地抓住这甜蜜的笑，因为它是短暂的，一闪即逝的。传统的野蛮的封建习气和礼教禁锢着一切人生美好的东西，它不仅要扼杀这种笑，而且要戕害发出微笑的人。一对情人就是为了留下这人生中对生活甜蜜的一瞥，不惜以牺牲自己的生命为代价。他们愉快地走向死亡，因为他们感到自己已经生活过了。生，不过是痛苦的延续，而死，到底换取了一刹那间的笑，是值得的。这一刹那间的幸福的生和永恒的死，在时间的天平上是多么不平衡呵，而作者把这瞬间的微笑化入永恒的艺术之中的时候，付出了多少对生活孜孜不倦地追求的热情呵。

是的，沈从文是个多愁善感，对生活有着美好憧憬的作家，在当时旧的社会生活走向崩溃和堕落的时代，他把希望寄托在下层普通人民淳朴的人性之中。他越感到悲哀，就越感到人民之中那种美好人情的可贵，并用它来抗拒来自现实生活的悲哀。在他的小说创作中，不断地浮现出他童年生活的画面，例如《往事》《玫瑰与九妹》《夜渔》《腊八粥》《白日》等作品，从他美好回忆中汲取生活的甘露和情趣。但是，一个作家是无法摆脱整个时代的痛苦和悲哀的，当他提起笔的时候，涌上笔端更多的是一幅幅实在的生活画面，这里面有农人，有士兵，有妓女，有学生和小职员，他们美好的心灵和他们悲惨的生活是并存的。于是，我们看到了《山道上》一群长途跋涉的士兵，背景是满目荒凉的山区生活景象；听到了《从城里来的人》中老妇人的哭诉：军队怎样侮辱了全村的妇女，又抢走了她心爱的牛；甚至可以说触到了《三个男人和一个女人》中那个号手摔断的腿，上面凝结着生活的酸辛。在这样痛苦悲哀的生活背景下，是不允许人们发出无忧无虑的微笑的，纵然是笑，也是惨然的。

《边城》是一个明显的例子。在这部小说里，作者毫无保留地灌注了自己对人生的热情和追求，他说，"这部作品原来近于一个小房子的设计，用料少，占地少，希望它既经济而又不缺乏空气和阳光。我要表现的本是一种'人生的形式'"，"一种优美、健康、自然，而又不悖乎人性的人生形式"。在作者清新的笔调下，也确实给我们展示了一些人生优美健康的东西。但是这种优美更多地来自人物心灵品质，而不是来自生活本身，人性的光亮正由于在黑暗的笼罩下显得格外显明。翠翠，一个老船工的孙女，她那天真动情的微笑出现在我们面前的时候，饱经风霜的老船工却依稀感到了最终悲剧的产生。他笑了，为了翠翠的长大成人和漾溢出的青春健康的美而笑，但带着凄楚忧伤地笑了，作品中这样写道：

> 想到这里时，他笑了，为了害怕而勉强笑了。其实他有点忧愁，因为他忽然觉得翠翠一切全像那个母亲，而且隐隐约约便感觉到这母女二人的共同命运。一堆过去的事情蜂拥而来，不能再睡下去了，一个人便跑出门外，到那临溪高崖上去，望天上的星辰，听河边纺织娘和一切虫类如雨的声音，许久许久还不睡觉。

这种悲剧来临的预感是正确的，因为老船工毕竟比翠翠对生活的理解要深刻得多。翠翠的母亲同翠翠原是一样的，但被旧社会无情地吞没了，翠翠会不会遭到同母亲一样的命运呢？因此，在这里老船工已经比我们更早地听到了翠翠在他死后孤寂、凄凉的哭声。

老船工终于在雷雨将息的时候死去了。他的一生本来就是一首没有伴奏的凄楚动人的歌，没有什么享受，也没有什么奢望，按照一个普通中国人的常规，对一切人事充满着善良的同情，劳作着，一直到闭上双眼，他想看到翠翠有一个妥善的生活，但没能看到，留下的却是一种深远的悲哀。

这种悲哀，在沈从文的作品中，不仅来自人物的悲剧命运，更多地表现在美好的东西被压抑、被毁灭的过程中。使作者感到痛心的是，他一方面看到了蕴藏于人民之中善良、美好的热情和品质，另一方面又不得不看到社会黑暗对它们的压迫和摧残以至毁灭。至今很少人注意到，沈从文对童年天真烂漫生活的津津乐道，如，对乡村美丽恬静的渔人生活情景的流连忘返，例如《夜渔》；对农家真诚热情的人情风俗的迷恋陶醉，例如《雪》，其中隐藏着对黑暗现实的愤恨，它们最初本来就是在悲哀中孕育，在悲哀中发出的，是在对丑的拒斥的同时对美的眷恋和回顾。人在童年的时候，也许先学会对美好的东西的理解和记忆，而对生活中的悲哀常常只能投以疑惑的目光，所以即便是一个童年并不怎么幸福的人，回忆总是美好的：长久的痛苦被忘却了，而短暂的几次幸福时刻却难以忘怀。对沈从文来说，他十五岁离开家乡，到处奔波，看到了社会各种人生悲苦的生活，感到了世间人情世故的冷酷无情，童年生活的记忆就愈加珍贵了。在他赞美生活中美好品性时，潜在的支配他创作的冲动却是对社会丑恶现实反抗和抗拒心理。

这最明显地表现在一篇并不引人注目的小说《巧秀和冬生》中作者一段感情沉痛的话。巧秀的母亲因为和一个打虎匠相好而被残酷地沉入深潭的事，这在作者心中引起深远的回响，作者写道："一切东西都不怎么坚守，只有一样东西能真实地存在，即从那个对生命充满了热爱，却被社会带走了爱的二十三岁小寡妇一双明亮、温柔、饶恕一切的眼睛中看出去，所看到的那一片温柔沉静的黄昏暮色，以及在暮色倏忽中，两个船桨搅碎水中的云影星光。"这种真实的存在无疑是用真实的现实悲剧换取的。作品本身就是一首凄楚动人的人生的悲伤曲，但在一种沉重的送葬曲中却透露出对人性赞美的轻歌。这种轻歌缓缓地流动在沈从文很多小说中，它之所以动人，因为它是悲怆的，却似乎轻松得像一层薄薄的岩石，这岩石薄得可以透视，但在它下面却是愤怒的岩浆，由于被压抑随时有可能冲喷出来一样。

无疑，沈从文并没有让自己的人物愤怒地叫喊起来，也没有把自己的愤怒化作血泪点缀在作品中，他甚至不忍心这样去做，他在《〈长河〉题记》中说："问题在分析现实，所以忠实和问题接触时，心中不免痛苦，唯恐作品和读者对面，给读者也只是一个痛苦印象，还特意加上一点牧歌的谐趣，取得人事上的调和。""尤其是叙述到地方特权者时，一支笔即再残忍也不能写下去，有意作成的乡村幽默，终无从中和那点沉痛感慨。"对一个作家来说，沈从文确实没有鲁迅那样大胆深刻、无情无畏的现实主义精神，他的笔锋也没有像鲁迅那样锐利，敢于直面人生的惨淡，"捏刀向木，直刻下去"。但是，现实的痛苦和残酷并不可能从作品中消失掉，而只是溶解到了作品之中，成为一种深远的内在的情绪。

　　这在《长河》中表现得很清楚。面对旧中国农村一片破败景象，面对一幕幕人生的悲剧，作者力图用一种清淡的笔调来描写，极力表现出表面平静自然的状态，他写道：

　　因此当地有一半人在地面上生根，有一半人在水面各处流转。人在地面上生根的，将肉体生命寄托在田园生产上，精神寄托在各式各样神明禁忌上，幻想寄托在水面上，忍劳耐苦把日子过下来。遵照历书季节，照料碾坊橘园和瓜田菜圃，用雄鸡鲤鱼、刀头肉对各种神明求索愿心，并禳除邪祟。到运气倒转时，或吃了点冤枉官司，或做件不大不小错事，或害了半年隔日疟，不幸来临，弄得妻室儿女散离，无可奈何，于是就想："还是弄船去吧，再不到这个鬼地方！"许多许多人就好像拔萝卜一样这么把自己连根拔起，远远的抛去，五年七年不回来，或终于不回来。在外运气终是不济气，穷病不能支持时，就躺在一支破旧的空船中去喘气，身边虽一无所有，家乡橘子树林却明明爽爽留在记忆里，绿叶丹实，烂漫照眼。于是用手舀一口长流水咽下，润润干枯的喉咙。水既由家乡流来，虽相去八百一千里，必俨然还可以听到它在家屋门前河岸边激动水车的，于是叹一口气死了，完了，从此以后这个人便与热闹苦难世界离开，消灭了。

　　这里表现出一种无可奈何的幽默，我们细细地体会它，也许比我这整篇文章更能使我们了解沈从文的作品。在平淡的笔调下，这里每一句都隐藏着许多生活的酸辛，每一句都可以引起我们的联想，牵动我们的感情，把我们带到一种没有穷尽的悲哀之中。《长河》中的老水手就是这样生活的。当他在水面上过了大半生，头发花白，面容萎悴地出现在我们面前的时候，一曲沉重的人生的悲歌已经是尾声了。

　　也许正是由于沈从文平淡的笔调，才格外使人感到生活压抑的沉重。在作品中，这种悲哀已浸透到了生活本身之中，使清新的生活成为一种凝重、停滞的情感河流，它缓缓地流着，难以溅起浪花。生活本身就是悲哀，无论是哭也好，笑也好，悲也好，喜也好。在沈从文很多作品中，例如《阿金》《牛》《萧萧》《丈夫》《贵生》《节日》等，都浸透着这种深远的悲哀。这些作品都写的是日常平淡无奇的小事，人物由于长久在这种悲哀中生活已习以为常，反而对生活的本身的悲哀淡薄了，只是默默地承受、默默地生存。在《丈夫》中，一个善良的农妇被迫去做了娼妓，但她在丈夫来看她的时候，竟能够同她丈夫相反，表现得喜笑颜开，假如我们不理解生活悲哀到使人觉得是十分自然的程度，是难以体会此时在妇人心中的巨大的精神痛苦的。在她表面的笑容下面，却是沉痛的哭声。

因此，在沈从文的作品中，不是没有血和泪，而是把它们默默地糅合在生活进程中，糅合到人物自然而然的命运中去了。他哭不出来，却用淡淡的笑来陪衬。由于这笑，悲哀显得更加沉重。在《一生》中，作者仅仅描写了玩傀儡老艺人卖艺的一个场景，烈日之下，为求得几个小钱，他说出各种可笑的话语，做出各种可笑的动作来吸引路人，而这种笑恰恰是从一颗破碎了的、极其悲痛的心中发出的。作品最后写道："他于是同傀儡一个样子坐在地上，计数身边已得到的铜子。一面向白脸傀儡王九笑着，说着前后相同，既在博取观众大笑，又在自寻开心的笑话。他不让人知道他死去的儿子就是王九，儿子的死乃由于同赵四相拼也不说明。他决不能提起这些事，他只让人眼见傀儡王九与傀儡赵四相殴相扑时，虽场面上王九常常不大顺手，上风皆由赵四占去，但每次最后的胜利，总依然归那王九。"王九已经死了十年了，老艺人在北京表演王九打倒赵四也有十年了。这就是老艺人悲哀的方式，他足以使我们想起鲁迅笔下的祥林嫂到处讲述阿毛被狼吃掉的事，老艺人知道那是无济于事的，于是只是在傀儡表演中默默寄托自己的哀思。十年了，这十年的笑就是他的哭。

同样的悲哀浸透在《草绳》和《初八那日》中，我们之所以要提出这两篇小说，因为它们所表现的生活过于平淡，而表现的悲哀却非常深远。前者描写小镇上得贵和二力叔侄二人因为小河发水而带来的喜悦。因为发水，可能从上游冲下一些东西，于是他们连夜编草绳希望能捞点东西，他们几乎把一生的希望都寄托在这个偶然机会上了，想买只船，买条网，还有罩鱼笼、新船篷等等。他们的希望越多，越说明他们的生活的毫无希望，他们的穷困痛苦是必然的，只能把希望寄托在毫无根据的偶然机会上。恰如一个穷极的人，在路上偶然捡到钱包的事对他就是最大的希望。水终于没有再涨，叔侄的希望破灭了，也许他们还会把希望寄托在第二年或者另外一次的偶然机会上。这正是人生的悲剧所在。作者就是通过这种微不足道的小事，揭示了像得贵、二力这样人物一生的可悲可怜的命运。《初八那日》则描写了锯木人七老最后被木头压死的悲剧。但这种悲剧感不仅仅是因为七老的死，而是七老先前欢愉的感情。在作品中，作者运用了对比的写法，更增加了悲剧的气氛。这天是星期天，"各处全放假，电影场换过新片子，公园各样花都开得正热闹，天气又很好，许多人都乘着这日来接亲"。这天也是七老定亲的日子，但是我们的七老在这样的日子不仅逛不了公园，看不了电影，连定亲日子也不能休息。这本来就是一件悲哀的事，但七老却感到按捺不住的高兴。因为就定亲这一点来说，比他年岁大的四老还做不到，因此，七老丝毫不感到生活的悲哀。设想一下，能够引起七老悲哀的事又将是什么呢？最后七老被木头压死了，四老压伤了，一切显得那么平常。默默地生，默默地死，如此悲哀的欢愉，如此欢愉的悲哀，简直使人感到窒息。"这是人生吗？"你会愤怒地问。"是的，这就是人生！"作品这样无情地回答。

在生活中，只有饱受辛酸的人，只有本身就一直在悲苦中奋斗、挣扎的人，才能如此平淡地对待生活的悲哀，才能把各种酸辛事看成是司空见惯、习以为常的事。相反，当生活稍稍给予他们一点温情的恩惠时，不管这种温情在黑暗重压下显得多么微不足道，这种恩惠将花费他们多大的代价，他们都会感到种热烈的感激和衷心的满足。在中国现代小说中，要寻找这种人的真实的生活，捕捉他们的感情，也许只有读沈从文的小说才能深刻体会到。《柏子》就是一个突出的例子。作品中的柏子是个热情勇敢的水手，也许就是《长河》中几十年前的老水手的后代，他能飞快地爬上桅杆，一边整理绳索一边唱歌，生活充满着毫无恶意的笑骂。他有自己的幸福，在岸上河街小楼灯光下有他心爱的妇人在等待。在那里他可以忘掉世界，忘记在船上终年累月的艰苦，把一个月贮备的金钱和精力全部倾于妇人身上。他缺乏眼泪，但不缺乏欢乐的承受。作品中写道："这就够了。他的所得抵得过一个月的一切劳苦，抵得过船只来去路上的风雨太阳，抵得过打牌输钱的损失，抵得过……他还把以后下行日子的快乐来预支。这一去又是半月或一月，他很明白的。以后也将高高兴兴的作工，高高兴兴的吃饭睡觉，因为今夜已得了前前后后的希望，今夜所'吃'的足够两个月咀嚼，不到两月他可又回来了。"这是一种何等悲哀的"抵得过"呵，在这"高高兴兴"之中蕴藏着他一生的痛苦命运。但是我们的柏子却真是快乐的，因为他是真正地生活着的人，而且他周围的很多人也是这样生活的，他只能按照由这种生活决定的对生活的理解来生活。对于柏子来说，并没有条件像林黛玉那样多愁善感，哭哭啼啼，而只有顽强地生存。作者在《第一次作男人的那个人》中写到了这层感情。"世界上，一些无用男子是这样被生活压挤，作着可怜的事业，一些无用的女子，却也如此为生活压倒变成另一形式，同样在血中泪中活下。要哭真是无穷尽啊！"柏子当然不是无用的男人，但他的生活的悲哀同样是无法用哭来表达的。因此，我们在读《三三》《秋收》《雨后》《传事兵》《虎雏》《屠桌边》等作品时，往往从表面的欢笑喜语中感到有另一种别样的情绪在震动着我们，这就是悲哀。在沈从文的作品中，这种悲哀始终是一种内在的旋律，而不是外在的色彩。相反，湘西苗族地区神奇的风景，迷人的风情，却一再表现在作品中，显示出人类自然感情的古香古色，构成他作品的光怪陆离的色彩。这种色彩确实是迷人的，很多平庸的读者并不真正理解沈从文作品中回荡的内在旋律，而仅仅从表面的色彩中就获得了极大的满足。特别是在现代生活中腻烦了的男女，神巫的跳神、柏子的风情、赛龙船的热闹确实能使他们生出许多更美妙的幻想来。

沈从文似乎很早就感觉到了这一点，他写的《知识》，童话式地讽刺了一个研究"人生哲学"的哲学硕士对生活悲哀的肤浅认识。一位老农和儿子在田地锄草，儿子被毒蛇咬死，父亲却无动于衷，哲学硕士大为吃惊，于是他问儿子的父母家人为什么不悲伤，他们回答说："我伤什么心？天旱地涝我们就得饿死，军队下乡土匪过境，我们得磨死。好容易活下来！死了不是完了？人死了，我就坐下来哭，对他有何好处，对我有何益处？"是他们当真没有感情吗？不是，他们的生活已成为一条悲哀到无法溅起浪花的凝重的河流了。这个硕士之所以不理解农人们内在的感情，因为他全然是站在这种生活之外的，根本不理解生活本身就是悲哀的事实。当他一旦了解了这种真实的生活，他立刻就全部背叛了他空想的"人生哲学"了。假如我们用一种远离生活的抽象观念来理解沈从文作品的话，也许难免犯那位哲学硕士同样的错误。

同一切热爱自己的家乡和人民的作家一样，沈从文在自己的作品中倾注了他对人民痛苦生活无限的同情，这种同情同作品中悲哀的情调、情景糅合在一起，显示出了柔和的人道主义的光芒。他对农人、士兵、穷学生、职员、妓女等一切生活在下层的人们所寄寓的不可言传的温爱，给他的文学作品的艺术魅力，提供了随时代不断流动、更新的血液。这里我们先读《边城》中的文字：

由于边地的风俗淳朴，便是作妓女，也永远那么浑厚，遇不相熟的主顾，做生意时得先交钱，数目弄清楚后，再关门撒野，人既相熟后，便在可有可无之间了。妓女多靠四川商人维持生活。但思情所结，却多在水手方面。感情好的，别离时互相咬着嘴唇交着颈脖发了誓，约好了"分手后各人皆不胡闹"，四十天或五十天，在船上浮着的那一个，同在岸上瞭着的这一个，便皆呆着打发这一堆日子，尽把自己的心紧紧缚定远远的一个人。……

在这段沉静的叙述中，谁都会感到作者对人民深切的理解和深厚的同情是怎样匀静地、流畅地，同时又是质朴、爽朗地流动在作品中。我这里只想指出，这种同情隐蔽在清淡的描写之中，里面包孕着生活深切的悲哀。这是一股清流，温情脉脉，愁肠依依，可谓抽刀断水水不断，流动在沈从文的一切作品之中。

正是由于这种同情，沈从文才更敏锐地观察到社会最底层人民的痛苦，才能理解生活真实的悲哀。沈从文的很多作品都直接取材于下层人民的生活之中，尤其值得注意的是，沈从文特别关注一些被社会扭成畸形的人物，例如娼妓、土匪等等。他同情他们的遭遇，并不断挖掘出隐藏在他们内心的善良美好的人性来。在《十四夜间》《第一次作男人的那个人》《柏子》等作品中，都流露出这种感情。而在《喽啰》这样的作品中，他则不无赞美和同情地描写了一个农民四傩的土匪生活，在四傩的心灵上有着比城市里老爷更多的优秀品质。在《船上岸上》中，一个极普通的卖梨老妇人就引起了作者的激动，她诚实坦白、不愿多占别人一文钱的品质打动了"我"的心，作品写道："望到那诚实忧愁憔悴的面孔，我想起这老妇人有些地方像我的伯妈。"在沈从文的作品中，这种令人悲喜交加的场景到处可见。

因此，在沈从文的作品中，常常流露出对下层劳动人民的苦难遭遇愤愤不平的感情。他鄙视那些看不起乡下人的神情，他相信在这些受苦受难的人身上具有真正的创造力和追求美的热情，即使在悲哀痛苦的重压下，仍不断迸发出生命的火花。当他听到拉纤船工的歌声时，看到船工痛不欲生的生活情景，就会感到一种深刻的内心激动。他在《爹爹》中写道："因为这歌声，住在上游一点的人才有各样精致的受用，才有一切的文明。这些唱歌的人用他的力量，把一切新时代的文明来输入到这半开化的城镇里，住在城中的绅士，以及绅士的太太小姐，能够常常用丝绸包裹身体，能够用香料敷到身上脸上，能够吃新鲜鲍鱼、蜜柑的罐头，能够有精美的西式家具，便是这无用的、无价值的、烂贱的，永远取用不竭的力量供给者拖拉来的。"这里反映了对现实社会不公平的强烈不满，透过这激愤的反语，也表现了对人生悲哀的同情。对社会的抗议，由于这种语气的压抑而变成深远的悲哀了。

但是，这种悲哀不是感伤，只是一种深刻的同情心的转化。因为在沈从文的作品中，经常存在着一种热情和力的运动，显示出一种不可遏制的生命活力。在家乡的河道上，沈从文这样为一个七十七岁的老水手生存的拼搏而惊叹："啊，这简直是一个托尔斯泰"。在小说《虎雏》中，我们可以看到，在一个普通士兵身上，存有多么大的原始热情和冲动力。这种热情和冲动力由于没有适当的教养还是盲目的，只能无谓地浪费在于世无补的争斗中，但是它仍然是人类宝贵的精神财富。沈从文虽然在虎雏身上所做的使他转变成一个有才智的人的实验失败了，但他寄希望于这种原始的未经开发的创造力的信念，却一直没有动摇。

通过上面的简单分析可以看出，沈从文的小说创作，形象地展示了旧中国一部分居住在穷乡僻壤的人们的痛苦生活，倾注了自己对家乡和人民深沉的爱。在沈从文的作品中，可以看到一个时代的悲剧在下层人民生活中投下的暗影，在作家心灵上引起的巨大悲哀。同时我们也可以看到，沈从文作为一个艺术家，能够深刻感受到生活的酸辛，捕捉住飞逝而过的凝结着血泪的生活，并且把它们艺术地表达出来。但是，他始终只是一个艺术家，而不是一个深刻的思想家，他不可能把生活所蕴藏的思想内涵全部理解并表现出来，因此在他的作品中，往往缺乏思想深度，这是我们感到惋惜的地方。

1983 年 10 月

之二十

沈从文小说中的人性描写

——沈从文小说创作漫谈之二

沈从文是中国现代文学中一位有影响的小说家。他曾把自己的小说创作比作在建造一座"希腊小庙",供奉的是"人性",表明了他独特的美学追求和艺术内容。对于这样一种独特的艺术现象,我们不能采取回避的态度,而应该以马克思主义基本原理为指导,作出一番正确的分析和评价。虽然对于沈从文的小说创作,学术界已经发表很多文章,但是对于沈从文小说中的人性描写,至今还少见有中肯的、马列主义的历史和美学的评论。在一种客观的艺术现象面前表现出胆怯和回避,也许是一件令人遗憾的事,因为马克思主义的文艺批评永远也不应该缺乏勇气和实事求是的精神。为此,我试想在这方面有所探索。

一

文学是表现人的,必然是同人性联系在一起的。人性作为一个抽象的概念,当然所包含的是人的最一般的本质。但是,作为艺术的对象,人性只能是在一定历史生活环境中具体的人性,是人性的个别存在的特殊形态。文学中所描写的活生生的、在具体环境中行动的人，就是这种人性特殊的表现形态。因此，表现人性，描写人性，不仅本身是文学家反映现实生活中最重要的内容，而且是他应忠实履行的职责。作家不管是否承认、意识到他在描写人性，都是如此。当我们考察一个作家的时候，不在于他是否描写了人性，而是在于他描写了什么样的人性，又是怎样表现这种人性的。

从表面上看来，沈从文小说中的人性描写是在强调一般的、普遍的人性，表现为远离现实生活，对远古或自然状态生活的流连忘返。他在《边城》里对在恬静的生活中满怀善良愿望的老船工的热情赞美；在《月下小景》中对在大自然怀抱中为爱情而死的青年男女的倾心；在《雨后》中对乡村生活和爱情的纯洁的礼赞等等，表现了人类最美好的品性和感情。弥漫在他小说之中的湘西苗族地区特有的风土人情，山光水色，又给这种人的感情蒙上了一层轻柔神奇的面纱。但是，在沈从文小说中，这种人性描写之所以感人，并不是由于它是超越时代、远离现实生活的描写，而因为它是从具体的生活、特有的感情出发的，对活生生、具体的人的描写。这种人性是同具体生活紧密相联的，表现在血肉之躯中，留下了历史生活的印记。正因为如此，沈从文小说中的人性描写才具有迷人的艺术魅力。

《边城》就是如此。作者描写的是一个水陆小码头上祖父孙女二人的生活，就这样偏僻狭小的生活环境来说，也许是一般社会学家常常遗忘的角落。但是，就在这里，人性仍然具有它持续发展的真实内容，同时也获得了它具体的表现形态。作为艺术家，沈从文把它小心翼翼地搬进了小说的殿堂。当老船工和翠翠活生生地站在我们面前的时候，是人物具体的生活和命运震撼着我们的心。我们意识到的是具体的日常生活，而不是抽象的人性的化身。老船工辛勤劳作了一生，在这小码头上不知为多少人摆过渡，而他始终在一种穷困和忧郁中生活着，感受和承担着生活的全部酸辛，给人们以难忘的印象。没有理由把老船工美好和善良的品性同当时时代和社会的生活内容完全割裂开来，也没有必要把它同当时整个时代和社会生活的本质或者主流等同起来。因为《边城》所描写的是具体的人的生活，在这种生活中，整个时代和社会对人性发展的制约，深藏于具体的人们生活背后，只能是一种"遥控"。实际上，我们在小说中已经遥感到了历史生活对人性的制约和影响：老船工的一生是自然的，却是悲哀的。他一生不仅丝毫没有什么幸福，甚至连他唯一的愿望——使翠翠生活有个着落，也没能见到，留给人们的是一种深远的悲哀。

固然，在《边城》里，沈从文主要是赞美一种健康、清新、优美的人生形式，作品中闪烁着一种柔和的人道主义的光芒。但是，我们无法把这种人生形式同人物的具体命运分开，同具体的历史生活环境分开。我们看到，在沈从文的小说中，尽管作者衷心地赞美下层人们生活中淳朴的人性，但在具体描写他们的生活时，面对真实的具体人生，不可能显现出人性真正理想、完美的画面，而总是反映出人性在社会现实中被异化，被扭曲的情形。在《丈夫》中，一个善良的农家妇人，不得不去过娼妓的生涯，当她用笑容来接待她丈夫的时候，她的心灵已经是被摧残过的了。她的悲剧，恰恰是人性的悲剧。这种悲剧，反映出了整个社会黑暗对人性的摧残和压抑。在沈从文的小说中，当这种社会悲剧自然而然地糅合到具体的人物感情和命运中去的时候，必然带着人物具体的性格特征。这种性格特征必然是同具体人物的社会地位、思想境界相连。而且，这种具体的人物性格并不等同于某种时代的本质，它的多样性甚至有时可能在表面上同某种时代本质发生分离。

在人性受到压抑和摧残的悲剧时代生活里，沈从文笔下的柏子（《柏子》）却是在快乐地生活着。在作品中，柏子是个热情而勇敢的水手，他的生活是悲哀的，地位是低下的，但不能说他的快乐有丝毫做作和不自然的地方。我以为，只有把柏子看作一个活生生的人，才能理解他的快乐，才能看到他的性格同整个历史生活内在的一致。在柏子的生活中，当他满足于一时的快乐而忘却了终身的劳苦时，正是从社会生活所能允许的人性自然发展状况出发的。柏子的悲哀，不仅在于生活处境的悲哀，而且作为一个尚未觉醒的劳动者，还有精神已习惯于悲哀生活规范而无力挣脱的悲哀。不能过分地去责备柏子，因为时代的重负迫使他不得不这样生存，正常的、健康的人性在柏子身上是存在的，但社会并不可能给它提供更高的发展条件，只能在低级的病态生活中循环往复。我不想一一举出更多这样的作品来说明沈从文小说中的人性描写，而只想说明，对一个小说家来说，不可能把一种抽象的人性作为自己的描写对象，也不可能描写出超越时空的全部人性，他只能在一定条件下，把一定特定范围内的特殊形态的人，作为自己的描写对象。其实，这个特定的范围，已经是由社会以及作家生活和艺术经验所规定好了的。

对于沈从文来说，他从小生长在乡村，很早就离开了家庭，在社会上奔波，看到过各式各样下层人民的生活，经历过很多生活艰辛。这些普通的下层人民生活的情景给他的思想留下了不可磨灭的痕迹。正因为如此，沈从文有可能从大量的具体生活的事实中感受和理解到下层劳动人民的思想感情，由此感受和理解整个社会的本质。

如果说只有一个真正忠实生活的人才能真正忠实艺术的话，那么从某种意义上还应该指出，一个真正的忠于艺术的人，也必然是忠于生活的。因为艺术不是抽象的，总是和生活中具体人物的命运连在一起的。艺术中的人性更是如此，假如艺术家可以改变自己的某种政治或艺术观念，却难以改变他笔下的具体生活的真正面貌。正因为这样，很多忠实于艺术的艺术家，给人们留下了千古不朽的作品。在中国现代文学史上，沈从文这位曾宣言在艺术上要坚决地决断的艺术家，正是从具体的生活和形象出发，挽救了他小说创作中的人性描写，他对艺术的忠实表现在他对具体的真实生活的忠实，对具体的人性的忠实。

在这种情况下，沈从文小说中的人性描写不能不显示出对社会黑暗势力的不满和抗议，美好的人性在具体的生活情景中，和现实总是处于一种相矛盾、相抵触的关系之中。沈从文一方面看到了蕴藏于人心中美好的人性，但无法回避黑暗现实对人性的摧残和压抑。例如《巧秀与冬生》之中，在愚昧残酷的家族制度下，一位二十三岁的小寡妇因为和邻村的打虎匠相好，就被沉入深潭。赞美人性的轻歌无论如何也掩盖不了悲剧的事实。在《月下小景》中，我们沉浸在爱情的甜蜜微笑之中，已经感到和看到了毁灭人性的黑暗社会的血盆大口。在这种悲剧的沉重气氛中，人性是在面临深刻的危机的状态中存在的。在沈从文的笔下，善良和美好的人物形象，同时又总是弱者的形象，他们在时代的不引人注目的角落里生存，却无法摆脱黑暗时代的暗影的追随。

二

显然，我们在沈从文小说的人性描写中，能够感触到一种社会生活的悲剧感，人性的危机感。这反映了小说家同现实关系的矛盾。他在因袭的生活的重负下描写人性，不能不经受这种悲剧感的考验。沈从文的全部小说创作，在内容上可基本分为两部分，一部分是描写乡村生活的，一部分是描写城市生活的。如果说在前者中充满了对淳朴的人性的神往，而后者则突出反映了对城市生活的憎恶。这种憎恶表现了作者对资本主义在中国发展的本能的反感和抗拒。

这也许是一种普遍的历史的悲剧感。在资本主义社会中，畸形的社会形态造就了人性危机的镣铐。这个镣铐并不仅仅套在被侮辱、被损害的弱者身上，而且套在一切人的身上。恩格斯在《反杜林论》中就曾谈到在资本主义条件下分工给人性带来的异化，他说："不仅是工人，而且直接或间接剥削工人的阶级，也都因分工而被自己活动的工具所奴役；精神空虚的资产者为他自己的资本和利润所奴役；律师为他的僵化的法律观念所奴役，这种观念作为独立的力量支配着他；一切'有教养的等级'都为各式各样的地方局限性和片面性所奴役，为他们自己的肉体上和精神上的近视所奴役，为他们的由于受专门教育和终身束缚于这一专门技能本身而造成的畸形发展所奴役，——甚至当这种专门技能纯粹是无所事事的时候，情况也是这样。"无产阶级革命的目的首先就是为了全人类的解放。在这种条件下，历史上几乎任何一个优秀艺术家都不可避免地参与到反对人类被异化的斗争中。我们在巴尔扎克的小说中，早就看到了在人欲横流的社会中，人性畸形发展的事实。

但是，丝毫没有必要把沈从文和巴尔扎克、梅里美、托尔斯泰等人并列起来，尽管他们对于社会认识的出发点有着一致的地方。生活在二十世纪初叶的沈从文，目睹了资本主义发展给中国带来的危机，它带来了中国封建农村生活的解体和破产，却没有带来国家和民族的兴盛、发展。在当时的社会中，沈从文不能不看到资本主义势力向穷乡僻壤的蔓延，像一条毒蛇，损害的是人们和睦的生活，留下的是破落、贩毒、娼妓和人与人之间的仇恨和吞食。在《长河》中，他描写了人们对于所谓"物质文明"的普遍恐惧。这种"文明"来得越多，农村就越穷。值得注意的是，虽然沈从文在很多作品中，例如《水车》《丈夫》等等，表现了对所谓"文明"的反感，却并非对物质的文明的排斥，而是看到了在实际生活中这种"文明"的具体效应，除了给人们的表面生活中添了几件装饰品之外，几乎无补于世。而且沈从文深刻感触到在这种"物质文明"的冲击下，人性所遭受的巨大创伤。他在《丈夫》中写道："做了生意，慢慢的变成城市里人，慢慢的与乡村离远，慢慢的学会了一些只有城市里才需要的恶德，于是妇人就毁了。"在中国现代小说中，反映在资本主义势力冲击下城乡生活陷入破产的小说并不少见，但像沈从文这样，把人性的被压抑，人心的被腐蚀同现代生活的进程联系起来描写，是不多见的。

因此，在沈从文笔下的城市生活，不仅是痛苦的，腐烂的，而且是空虚的，无聊的。在《腐烂》中，他向人们描绘了一幅城市贫民区不堪入目的生活图画：流落街头的读书人在昏暗路灯下为人看相；无家可归的孤儿在巡警的追捕下逃窜；娼妇只是为了两个角子在乞求路人。在这里，人的一切价值都在丧失，都在这贫困、肮脏的生活中腐烂。在沈从文小说中，并不是一般地描写城市生活的贫困和腐烂，而是着重描写人性在这种情景中怎样被扭曲成畸形的，人的心灵是怎样陷入病态的境地的。在《八骏图》中，即使是生活充裕的教授之中，也难以见得正常的健康的人性形式。他们有的在无聊的小康生活中庸庸度日；有的道貌岸然，但看到穿新式游泳衣的女子就不免心神不定；有的一边大讲精神恋爱，一边追求肉欲；有的则保持一种变态的恋爱观，认为爱女人却不能让对方知晓……这一切都反映了人性在物质的纠缠中所发生的异变，在一种毫无趣味的，非人性的禁锢生活中所做的种种变态的挣扎和反抗。

沈从文常常用一种怜悯，同时又是嘲弄的眼光来看待城市生活，他看到了一些人在物质文明的所谓"现代生活"中的可怜和无聊。《烟斗》中公务员王同志担心被停职的恐惧心理，略有升级后，因为增加了一个新烟斗而心满意足的神态；《失业》中电话员大忍在工作中不堪忍受的苦恼；《生存》中一个青年画家为生存所作的挣扎；《中年》中"我"孤寂冷清的生活等等，都会使人感到一种窒息人性的沉重气氛。在这种气氛中，健康的人性不仅得不到自然发展，而且成为丧失了独立性的附属物。人不得不为生活所左右，处于某种无聊、孤寂、惊恐、互相提防的状态之中。在这种情况下，人的生活失去了原有的生气和创造力，失去了绚丽多彩的色调，成为苍白和无力的存在；真正的纯洁的感情消失了，没有了；真正和谐的生活被破坏了，肢解了；真正的热情被禁锢了，熄灭了。在自己的小说中，沈从文不止一次地描写了现代生活中一些"文明"的把戏。《有学问的人》中的天福先生和周女士之间的暧昧关系，互相挑逗，互相引诱，还要维持着一种绅士的礼貌，纯属一种爱情游戏。在这里，行为和心灵是分离的，根本谈不上真挚的感情。在《或人的家庭》中，所谓"新式丈夫"的义务，就是要妻子"把头发向后梳，新式样子，穿花绸衣服"。不论内心离妻子感情多远，表面上仍一瓢一瓢地灌甜米汤。如果再读读《某夫妇》，就更会看到，一种被金钱的铜臭所污染的夫妇生活是怎样地丑恶，一个绅士式男人竟策划和逼迫自己的妻子去逢场作戏，好去恫吓别人，诈取钱财。诸如此类的描写，在沈从文小说中经常出现。在沈从文的眼中，这一切都是同人性的自然发展截然对立，是一种人的悲剧。他在《媚金、豹子和那羊》中写道："不过我说过，地方的好习惯早消灭了，民族的热情也下降了，所有女人也慢慢的像大城市里女人，把爱情移到牛羊金银虚名虚事上来了，'爱情'的地位显然是已经堕落，美的歌声与美的身体同样被其他物质战胜成为无用的东西了……"

  不能不说这一切同沈从文对社会生活的独特感受相关，反映了一个淳朴的乡村青年对于现代生活中人与人之间形成的虚伪、冷漠关系的格格不入。在生活中，他深感于社会中人心之间不相通的悲哀，常常有一种孤独和失望的情绪，为自己被世俗和庸俗生活所摆弄的命运而叹息。在小说《焕乎先生》中，他如此绝望地描写人与人之间的冷漠关系："那么近！相距的是不到一丈，（然而心的距离真不知正有多远！）……但是如今都如此隔膜，如此不相关，俨然各在一世界。"在《一个天才的通信》中，沈从文写了一个作家生活的空虚和无聊，很多地方完全可以看成是作者痛苦心灵的自剖。作品中写道："我当然要做一点小说送到别处去，照到你们作编辑人的意思，用可笑的轻松文字，写一写我往年在军队中服务当差的故事，署上我自己的名，附加上一种希望不大的按语，寄到我熟悉的地方去，我就静静地一面玩弄着日子，一面等待你们高兴时给我点钱。"在当时的社会中，作家的艺术劳动也不得不沦落为一种"商品"来出售，成为同作家本人对立的活动。沈从文别有深意地把这篇小说称为"一个害热病的死前一月来近于疯狂的人心的陈列"。正是为了抵御这种"热病"的蔓延和袭击，沈从文才如此厌弃城市流行的某种生活方式，一再强调自己是同城市人不同的"乡下人"。

  这个乡下人显然是不能同当时的社会完全和解的，他对资本主义化的城市生活具有本能的反感，他在作品中所表现的对畸形社会对人性的扭曲和戕害的深刻感触和愤怒感情，就是一个乡下人对黑暗现实的对抗。尤其是在《七个野人与最后一个迎春节》中，现代"文明"的来临给偏乡僻壤的猎人带来了极大灾害，迫使他们躲到山里去过类似原始群居的生活，来逃避这场灾害。"文明"的到来，官府的到来，不仅禁止了传统快活的迎春节，而且"过三两年且有靠谎话骗人的绅士出现了，又有靠狡诈杀人得名得利的候补伟人了，又有人口的买卖行市，与大规模官立鸦片烟馆了"。假如我们不去理解中国现代社会中某些畸形发展，不去理解这种畸形发展给作者和人们精神上带来的巨大创伤，就难于理解在沈从文笔下这七个猎人宁愿去过山洞式的原始生活的举动，也不能完全理解这种举动所意味的对黑暗现实抗拒的意义。

三

　　然而，尽管沈从文在小说中所极力讴歌的并不是山洞式的生活，尽管从一定意义上来说，这种生活是黑暗现实所强加于人的，但是，这七个猎人终究回到山洞里去生活了，而且这种生活在作者的笔下，依然是令人神往的。不可否认，回归到淳朴的自然生活中去，赞美自然的、未被资本主义商业化所污染的乡村生活，是沈从文小说所表现的普遍倾向。他的大部分描写乡村生活的作品都显示出对自然生活和淳朴的人情世故的留恋和倾心。

　　沈从文小说中的这种回归自然的倾向，无疑是和他厌恶资本主义化的城市生活的感情相一致的。他在现代城市生活中失去了希望和理想，就转向了穷乡僻壤的自然生活，在那里寻求在城市生活中已失落的优美的人性。自然和生活并没有使他失望，他看到了蕴藏在一些淳朴农民、船夫、猎人、渔民等下层人民心中美好的品性，看到了蕴藏在他们之中的热情和创造力，以及一些未经开发的才智和聪慧。在远离城市生活的穷乡僻壤、山区小镇，他不止一次地为一些生活和人物所激发，感受到一种深刻的内心激动。面对一位七十七岁的老水手，他也情不自禁地发出惊叹："那样子，简直是一个托尔斯泰！"在这一类作品中，无论是《三三》《萧萧》《秋》，还是《边城》《长河》《石子船》等，透过作者对自然生活恬静、和谐的描述，我们都可发现"一种燃烧的感情，对于人类智慧与美丽永远的倾心，康健诚实的赞颂，以及对愚蠢自私憎恶的感情"。（《习作选集代序》）在这些作品中，虽然没有展现出人生理想更实在的内容，但显露出了美好理想最初的种子，这就是根植于人们心灵中的善良美好的人性。

　　在文学史上，人性和人道主义总是同回归自然、崇尚自然的倾向相一致的，几乎在每一个伟大艺术家那里，在抗拒社会黑暗的同时，都不约而同地留恋和赞美人类的自然状态的生活，在田园风光和童心中寻找慰藉。卢梭、歌德、泰戈尔、托尔斯泰等，都是如此。在我国古代诗歌中，更有山水田园诗的传统。也许正因为如此，更增加了这个问题的复杂性。在过去相当长的一段时间里，我们总是把文学中回归自然的倾向，一律归结于抽象的人性论或者对现实的逃避，这是不恰当的。应该说，假如这仅仅是一种局限性的话，那么这种局限性几乎是永远伴随着文学的产生和发展的。其实，回归自然在文学中的表现，不仅随着时代不同而有着具体的时代内容，而且也具有一定的美学意义。

问题在于，原始自然的生活何以对艺术家产生如此久长的吸引力呢？这在客观上必然具有根据和原因。人不仅是自然的主人，而且也是自然的产物，在自然中，人们能够真正体会到母亲的温柔，这是一种无私地给人类提供了发展自己、完善自己全部条件的母爱。马克思曾提出过共产主义就是自然主义的思想，就是基于人与自然之间所存在的这种永恒的内在一致关系。因此，原始生活状态在全面发展人的方面具有其低级的完善性。马克思曾指出过："所以在古代，尽管处在那样狭隘的民族、宗教、政治境界里，毕竟还是把人看作生产的目的；这种看法就显出比现代世界高明得多，因为现代世界总是把生产看成人的目的，又把财富看成生产的目的。"如果我们不是完全抛弃历史文化遗产的话，就决然不会拒绝这最初的人类社会的馈赠，而这馈赠从一开始就显示了人类社会美好的未来。

正是从这一点出发，文学中一般回归自然的表现，在作家的主观方面，也总是作为不完善社会的对立面出现的，维系着对人类社会某种美好的理想和善良的愿望，尽管这种理想和愿望并不是医治社会病症的灵丹妙药，尽管有时表现了艺术家在政治上的幼稚和可笑，但绝不应该被看作开历史倒车的罪过。而在具体的文学作品中，这种历史生活的反顾常常是对过去生活中美好事物的发扬和肯定。在历史发展中，发扬美好的东西于将来和破除丑恶的东西于现在，几乎是同等重要的工作，虽然这两项工作的重要意义在不同的历史时期并不等同，但必然都是人类追求美的努力。塞万提斯的《堂·吉诃德》是一部嘲笑中世纪骑士风度的小说，为什么又对忠诚仗义，热情勇敢的风尚流露出赞美的口吻呢？确实，这是一个性格复杂的形象，可是我们如果不考虑到作者一方面无情地揭露了封建骑士制度的可笑，一方面又承继了历史生活中人类美好的品质，就无法解释和理解在主人公身上所体现的这种性格的矛盾。可以说，忠诚仗义，热情勇敢，正是作为一种人类共同的精神美存在于各种不同的社会形态之中，不仅当时塞万提斯没有理由把它们同封建骑士制度一起扫进垃圾堆，就是在今天仍不失为一种人类的美德。

对于沈从文小说中的人性描写以及其中表现的回归自然的倾向，不能简单地归结于对原始的山洞生活的留恋，沈从文所赞美和向往的也并不是整个尚未开化的、封建宗法制度下的乡村生活。他所留恋和醉心的是来自下层人们心中的美好的人性。这些美好的人性由于和那个悲惨的时代生活联系在一起，而显得更加可贵。我们没有理由把沈从文小说中人性的美好和现实的悲哀混为一谈，更没有理由由此就把沈从文说成一味怀古吊今的作家。在一定程度上，翠翠的天真、老船夫的无私、柏子的热情以及表现在一些下层人们中间的真挚、坦率、见义勇为等品质，正是劳动人民中带有普遍性和具有永恒价值的优秀传统。这些人类的美好品质和精神力量，以不同的方式存在于人类历史发展之中，任凭艰苦生活的磨炼和考验，依然具有永久的魅力。

任何一个作家和现实黑暗对抗的时候，都得寻求一个理想的支撑点，且不论这种支撑点来自现实，还是来自理想，来自现在，还是来自将来。沈从文是在下层人们的淳朴的人性中找到了它。沈从文正是在充满原始、野性的生活气氛中，在弥漫着乡村民情风俗的古色古香中，在悲哀的生活压迫下，发现了真实的人性的闪光，并小心翼翼地把它搬上了小说的殿堂。他作品中的神奇色彩和田园风光，只是寄寓这种人性的"小庙"，他在自己的小说里不断地提示人们，人类美好的天性并没有完全泯灭，他不仅在《柏子》中极力要人们相信，"由于边地的风俗淳朴，便是作妓女，也永远那么浑厚"，而且从《说故事人的故事》中的女土匪身上，也看到了诚实和温柔敦厚的眼光。在他很多描写带传奇性的民间传说的作品里，都同样充满了对人类爱美天性的赞美。

沈从文小说中的人性美是具体的，这常常不得不使我们回到沈从文笔下所描写的独特的生活环境中去寻找它的魅力。我们不能仅仅一般地认为，在大自然怀抱里，人性脱去了资本主义文明的镣铐，自由地显露出来，就是沈从文人性美的全部内容；我还想指出的是，沈从文笔下的人性是承袭了中国长期以来形成的传统观念，是带着中华民族文化的显著特色的。善良、勤劳、忠诚和坚韧不拔的忍耐力，始终是他笔下人物所一贯信奉的行为准则。如果我们有兴趣把法国小说家梅里美和沈从文小说中的人性美略加比较的话，就能够更加鲜明地看到沈从文笔下人性所具有的民族气质。梅里美小说中的人性美犹如一朵朵"恶之花"，而沈从文向人们奉献的却是一株株"善之花"。比较一下高龙巴和翠翠吧，在抗拒资本主义恶势力的时候，高龙巴全然用一种恶的方式进行报复，显示出她出自抗恶斗争的强悍和不可驯服的残暴。而翠翠天真善良，在朴实无华的生活中忍受着孤寂和苦难，一颗淳朴的心，永远保持着对生活真实的爱。我无法概括沈从文笔下人性美全部的内在的意味，也许任何一个聪明的读者都会联想到沈从文创作和水的关系，他曾经如此地赞美水的德性："水的德性为兼容并包，从不排斥拒绝不同方式浸入生命的任何离奇不经事物！却也不受它的玷污影响。水的性格似乎特别脆弱，且极容易就范。其实则柔弱中有强韧，如集中一点，即涓涓细流，滴水穿石，却无坚不摧。"（《一个传奇的本领》）

应该看到，在沈从文小说的人性描写中，即使回归到自然中去，也表现出了一定的改造社会的积极努力，时代的责任感和急迫感，即使在沈从文这样的作家身上也有所体现。在沈从文的小说中，常常流露出对现实社会愤愤不平的感情，流露出对改革社会、改变家乡面貌和人民处境的强烈愿望。他对健康、美好人性的赞扬，是由于在其中寄寓了理想和希望，他看到了在下层人民中间蕴藏的无穷尽的热情与创造力；这些热情和创造力得到充分的发挥和利用，一定能够创造出生活的奇迹。在《虎雏》中，沈从文在一个普通的士兵身上看到了这种原始的热情和创造力，曾试图利用这种热情和力来为社会造福。在小说中，这种尝试虽然失败了，但作者寄希望于下层人民的原始的未经开发的创造力的信念，却一直没有动摇。

四

在上述的分析中，作为一种文学的历史现象，沈从文小说中的人性描写和回归自然的倾向，几乎是无可指责的了。但是，结论只能就此而止。就一种具体的文学现象而言，人性描写和回归自然必然具有它不可避免的局限性。

我不想对沈从文小说中的人性描写提出那样的指责，比如他没有描写当时社会的革命斗争，甚至没有更多地表现人民血与泪的生活和日益增长着的反抗情绪等等，因为这种指责常常已经脱离了作者所描写的具体生活，忘记了任何一个作家只能描写生活的一个方面或一个角落，而生活中的任何一个方面或任何一个角落，都应该成为艺术家自由选择和表现的对象，因而都可能具有同等重要的美学意义。

读过沈从文小说的人，也许都有这样的感受，在沈从文的笔下，一端表现了生活沉重的悲哀，一端描写了人类美好的人性，但是在这凝结着现实苦难的一端到寄寓着作者理想的另一端，不能不显示出一段漫长的距离，表现出很大的矛盾。即便对此矛盾和距离我们并不感到惊奇，即便这两端的内容都是无可指责的，但问题在于，在创作中，沈从文是如何跨越了这一段漫长的距离的呢？他又是如何对待这种理想与现实的矛盾的呢？

或许从《边城》里老船夫的一生中，我们能够得到一些回答。这个善良的老船夫劳作一生，毫无一点奢望和享受，他是怎样对待这一生的哀愁的呢？忍耐与顺从，是这样一种低级的生活要求支撑着他，使他能够在悲苦的生活中忘其悲苦，以苦作乐。作者是用老船夫一生的悲苦换取了恬静、优美的水滨生活，换取了善良、淳朴的人性形式。我们在无忧无虑的柏子身上，同样可以看到这种人性与现实生活"不等价"的交换。柏子的快乐其实也是一种精神上极大的悲哀。无疑，无论是老船夫或者柏子的这种生活，这种精神状态，都是真实的、具体的，正因为如此，作品能够显示出强烈的艺术感染力。但是，十分可惜的是，对这种具体的、真实的人生的悲剧，尤其是对他们精神上的悲剧，沈从文却始终给予了一种赞美，并用人物精神上的这种麻木，不觉醒的快乐弥合在现实与人性自然发展之间所存在的巨大鸿沟。

为了证明我的指责并不是说教式的，这里，我只想把沈从文笔下的柏子和鲁迅笔下的阿Q做一点粗略比较。从一般的意义上说，柏子在生活中所获取的"享受"同其一生的悲苦相比是微不足道的，他的快乐与陶醉其实同阿Q的精神胜利法有相同的悲剧意义。显然，鲁迅也没有给自己的阿Q戴上一顶"革命者"的桂冠，他至死仍然是一个可怜的奴隶。但是，阿Q形象所包含的内涵却比柏子深广得多。从阿Q形象中，我们可以感受到鲁迅沉重的"哀其不幸、怒其不争"的感情，能够感受到在一种喜剧的描写背后所孕育的时代感情的风暴。而这在柏子身上，我们是完全感受不到的。在《柏子》中，沈从文也流露出了哀其不幸的感情，因为他感到了柏子生活的悲哀，但是对柏子的不争，却给予了温柔的轻抚。

那么，沈从文是否没有同这种浸透着悲哀的人性相搏过呢？不，沈从文是搏斗过的，但是搏斗得那么不彻底，在同现实悲哀的较量之中，沈从文是一个软弱者，并没有表现出鲁迅那样敢于正视惨淡的人生，"提刀向木，直刻下去"的勇气，而是手和心都颤抖了。他自己曾说："问题在分析现实，所以忠实和问题接触时，心中不免痛苦，唯恐作品和读者对面，给读者也只是一个痛苦印象，还特意加上一点牧歌的谐趣，取得人事上的调和。""尤其是叙述到地方特权者时，一支笔即再残忍也不能写下去，有意作成的乡村幽默，终无从中和那点沉痛感慨。"（《〈长河〉题记》）因此，在沈从文小说中，作者的笔时常在矛盾尖锐的冲突表面匆忙地滑过去了，长久地停留在一些平稳、富有生活情趣的现象上，留恋那种原始的自然生活的圆满。

毫不奇怪，沈从文小说中人性描写的这种原始的圆满是一种近乎可笑的希望，在现实生活中没有坚实的支撑点。所以尽管作者在作品中特意加了一些牧歌的谐趣和乐观的色调，终不能使人在作品之中感到一种真实的力量所在。而在鲁迅的小说中，我们却常常能感受到这种真实的力量。例如在《故乡》中，即便悲哀表示出了压倒一切的力量，但作品最后一段关于世界上没有路到有路的提示，表现了一种内在的久远的生活希望。它显示出鲁迅是一个强者，他在同现实黑暗的相搏中，是一个不可屈服的斗士，拥有无限的潜在的斗争力量。文学中的事实告诉我们，无情地揭露出黑暗的真实和展示人生的理想，在创作中并不存在着必然的矛盾，关键取决于作者是否在这黑暗的真实之中勇敢地踏出一条通向理想的路来。

于是，我们看到沈从文在现实和理想这漫长的距离中蹒跚着，作为一个追求理想的弱者，在现实的羁绊中叹息。对于现实黑暗势力对人性的压抑和摧残，对于乡村田园生活的日趋破落，沈从文显得无可奈何，只能流露出一种由衷的惋惜。甚至有时候对生活的进程产生怀疑的态度，看不到生活进程本身显示出来的对人性异化的扬弃。这一点必然限制了沈从文的眼光，使他不能以艺术的目光扫过整个时代生活，提出人性更高层次上的发展和完善，也妨害了他在小说中把生活内容凝结起来，开掘下去，构成波澜壮阔的时代画卷。

因此，我们在沈从文的小说中看到的几乎都是来自生活的这样一些情景：处于矛盾尖锐冲突之间暂时平稳、沉默阶段的人物和故事，在黑暗的笼罩中人性偶尔的闪光以及被扭成畸形的心灵中善良而软弱的希望，而当故事即将爆发出愤怒火花的时候，当人物不可避免地走向新的行动的时候，小说却戛然而止了，人性向人们留下微笑的一瞥之后，就消失到了无穷的悲哀中去了。《边城》就是如此。应该说，老船夫的死只是翠翠真正生活的开始，但作者却搁笔了，就像没有写翠翠母亲的悲剧一样，只是让翠翠在孤寂的人生中等待。《长河》的结尾也同样在人物对黑暗现实的抗议已忍无可忍的情况下展开，而同样的情形是，当老水手出现在读者面前的时候，他一生的悲剧已经越过了高潮，而进入了余音缭绕的尾声。当然，我并不苛求沈从文一定要展示出人民斗争的画面，一定要表现出消除反人性的黑暗势力的正确道路，但是，在这里已很容易看到一个间隙，由作家个性的缺憾造成的理想和现实的间隙。沈从文的小说之所以时常在生活冲突中戛然而止，这是由于他此时已经感到自己已陷入自己为自己设计的难以摆脱的矛盾境地之中。他是想建造供奉善良人性的小庙的，这个小庙寄寓着他的理想。但他的笔触及现实到一定程度的时候，就迫使他自己不得不否定这个小庙，怀疑和抛弃自己那种可笑的、留恋原始生活圆满的思想。面临着这突然显现出来的巨大鸿沟，沈从文没有勇气彻底地否定自己，走向正视现实的自我更新。

沈从文这种弱者的胆怯妨害了他更深刻地去认识生活，把握生活发展的将来，尽管他在具体的、个别的生活中，能够理解和把握住它们的内容，捕捉瞬息万变的人物的思想感情，但没有能力去理解和把握整个人类发展的方向。他小说中的人性描写，总是把优美的人性同过去的年代和生活联结起来，而没有较多地显示出它在当时生活中的存在与追求，以及在将来的年代必然更加完满的历史真实。这也是沈从文的小说常常缺乏深刻的思想内涵的重要原因。也许我们对作为一份具体的历史的文学遗产的沈从文小说的指责过多了，但是我以为这种指责也许有助于我们更好地学习和继承这份遗产。随着文学中人性描写日益受到重视，更由于时代已向人们展示出的人性在社会主义条件下获得更全面、完善发展的广阔前景，在我们的文学中必将出现更加完美的作品。

1983 年 12 月

附录

艺术形式不仅仅有意味

艺术形式一直是文艺理论研究中的重要论题之一，因为在林林总总的文艺探讨中，它总是能把思路引向文艺的本体及其最敏感的区域，于是有了"艺术形式不仅仅是形式""内容是有意味的形式"等话题，但是，也许由于受到根深蒂固的"二元论"思维方式的影响，相关的讨论和探索一直难以脱出内容与形式、题材与体裁、思想与语言等二元对立的框架，使形式本身处于一种尴尬的依附性的观念状态，难以展现出自己更深层和丰富的存在依据。这在某种程度上也意味着艺术形式自身的本体性并未获得完整认知，还有待于探讨和发现。

一、"形式"的理论困局及其突破

在文艺理论中，艺术形式之所以引人注目，在于其关系到艺术存在方式和独特性问题。诚如阿多诺（Theodor Wiesengrund Adorno，1903—1969）所言，艺术不是通过任何直接宣讲的方式来实现自己的，而是以一种"微妙曲折的方式"① 来发生影响的。而这种"微妙曲折",不仅表现在丰富多样的艺术表现形态之中,也同样体现在对于艺术形式的理论探讨之中。

康德曾经说过:"任何物体都具有广延性。"② 理论命题也是如此。自二十世纪初形式主义产生以来,文艺理论研究出现了新的转向,从传统的绝对理念的支配和掌控中解脱而出,步入了一种充满矛盾、富有张力和不稳定的思维空间。而此后的文艺理论研究,几乎都被笼罩在形式与内容关系的论辩中,扩展出了一系列相关的命题和论题。例如从形式方面来说,衍生出了符号、隐喻、叙述方式、文本、话语等更具体和深入的话题,而在内容方面也毫不示弱,拓展出本质、主体、价值、意义、意识形态等相关的范畴,与前者形成了不同方向的理论诉求与探寻,构成相互博弈与消长的理论过程与格局。

在这种过程和格局中,内容与形式的关系似乎已经确定,"形式是内容的积淀"与"内容是有意味的形式"等观念已经成为常识,被一般人普遍接受,只是不断被新的观念和命题所复制和重写。而问题恰恰在于,人们在热衷于讨论和追逐新的热点话题的时候,往往忘记了这些话题的源头——文学本体意味及对于其认知的探讨。这就造成了理论研究中日益空洞化的倾向。当研究越来越走向多元、走向新的概念和话语的同时,就越远离了文学的本原,离开了对于文学基本问题的探讨。

由此,理论的反思不可避免地发生了,而正如一位哲学家所说:"在进行反思的道路上,我们必须从任何人都毫无异议地同意的我们的某一个命题出发。"③ 换句话说,形式主义的崛起之所以对文艺理论研究及其观念的嬗变,发生了如此大的引领作用,在于其触动了对文学本原问题的探究,颠覆了以往对文学存在本质的认识。

在此之前,自柏拉图以来,西方对于文学及其文学性的认知,基本掌

---

① T. W. Adorno: *Aesthetic Theory*, Routledge & Kegan Paul, 1984, pp. 355-366。

② [德]康德:《任何一种能够作为科学出现的未来形而上学:导论》,庞景仁译,商务印书馆,1978年,第3页。

③ [德]费希特:《全部知识学的基础》,王玖兴译,商务印书馆,1986年,第7页。

控在精神、思想和心灵手里，如果不是神性主导，那么就是理性作为主宰，而作为载体的语言、形式和符号等形式元素，始终处于依附地位，属于手段、技巧和工具的范畴。在中国，文化语境虽然不同，但是"文以载道"的观念同样把艺术形式置于一种依附和工具地位，始终难以进入文学的主体意识层面，在理论和理念领域得到认同。而俄国形式主义把艺术本体落实到有形、可感、可触摸的语言层面上，也就意味着艺术形式具有了艺术存在的决定权，也就意味着以往的文艺理论——至少在存在方式及其本质方面——要重新来过，从新的本体论的起点上进行重构。

值得注意的是，俄国形式主义的主要创始人都是语言学起家，并非专业的文艺理论研究家。就其理论的起点来说，也许并非要在文艺理论研究中有所作为，而是企图借助文学及其理论为语言学研究开辟新的疆界。例如雅克布逊（Roman Jakobson）最初提出"文学性"概念，就是为了把语言从混乱不堪的自然状态中解救出来，使其拥有交流的关联性，并由此找到隐藏在言语深处的密码。所以，作为一位对于语言的奥秘神醉心迷的学者，雅克布逊完全可以把"文学性"（literariness）界定为"把文本制成艺术品的方法或构成原理"。① 另一位形式主义创始者什克洛夫斯基（Viktor Shklovsky，1893—1984）最初的理论阐述，也是从"词语的复活"开始的；而这种"复活"从某种意义上来说，是文学赋予语言的；只有在这个基点上才能理解他所面对的文学的本质，其既不是人类情感的自然流露，也不是对现实生活的客观描绘，更不是某种终极真理的形象显现，而是一种语言的想象与操作艺术。

这种语言魅力的重新发现在美学及文艺理论研究中获得了共鸣。例如，本雅明（Walter Benjamin，1892—1940）就提出要回归"语言自身"，因为"我们所坚信的一切是所有表达都归结于语言，只要表达是对思想内容的传达的话，就其总体最深层的本质而言，表达当然只能理解为语

---

① ［俄］什克洛夫斯基等：《俄国形式主义文论选》，方珊等译，三联书店，1989 年。

言"。① 由此，文艺理论研究卷入了一场语言和文学的互动和博弈过程，文学性进入了一系列立足于语言的扩张、跨越、转喻和误读的陌生化语境之中。也许连雅克布逊和什克洛夫斯基也未必想到，他们作为"门外汉"的理论探索，会对文艺理论研究发生如此大的影响，甚至扭转了传统的理论方向。

如今重新进行回顾和反思的时候，也许会发现，这种在文艺理论领域的"语言学转向"之所以发生，恰恰迎合了当时文艺创作内在变革的需要。

因为在当时情况下，文学创作开始发生重大变化，文艺理论及其批评首先感受到了"失语"的尴尬和困境。在欧洲，以波德莱尔为代表的象征主义诗歌创作早已蔚为大观，继起的艺术创新更是表现在各个领域，在语言应用、意象组合、结构变换等方面的标新立异层出不穷；而在俄国，陀思妥耶夫斯基、托尔斯泰等人的小说创作为文学提供了新的经验和文本，在心理描写、叙述方式等很多方面突破了传统的文学模式和观念；在这种情况下，很多新的艺术样式在感性形态上五光十色，但是在理论和理念上无所适从，读者翘首以待文艺理论与批评给予新的解释和回应。

可惜，新的形式美学并未如期出现，就连阿多诺也承认："人们会惊奇地发现，美学在传统上对这一范畴思考甚微。即便形式是著名的艺术概念，但美学似乎将其或多或少当作想当然的东西。开始，一旦要说形式到底是什么时，就会遇到重重困难。"②

旧有的文艺理论观念和模式已经捉襟见肘，面对新的文化态势和美学事实，除了从精神道德方面、价值方面继续提供一些神性或理性的高端观念来解释和回应之外，已经无法面对创作中出现的一些新的潜意识、无意识，或者介乎显隐之间的朦胧、模糊和不确定的艺术形象，在美学理论和

---

① ［德］本雅明：《本雅明文选》，陈永国、马海良编译，中国社会科学出版社，1999年，第262页。

② ［德］阿多诺：《美学理论》，王柯平译，四川人民出版社，1998年，第245—246页。

艺术观念方面不能不呈现出一筹莫展、无可奈何或无能为力的疲困状态。

二、从文本到符号：寻找形式的终极家园

这种情形不仅造就了形式主义的崛起，而且促使了新批评和符号学的产生，人们从语言、文本、话语，延伸到了符号和符码，试图为艺术形式找到自己的安身之所，为文学的独立性求得最终的存在家园。

理论困局往往是理论与观念创新的历史契机。因为就传统来说，文艺理论一向处于"内容主导"的状态，尽管早先也有一些人注意到艺术形式的重要性，但是从未获得过自己独立的存在价值和意义，由此艺术形式一直难以摆脱"外在性""外壳""载体"等思想认定，因此也一直处于哲学、思想、道德和意识形态的笼罩之中，苦苦寻找外在的意义和意味。

对于这一点，早在十九世纪末，面对风行一时的泰纳的"环境论"，格罗塞就意识到了艺术所面临的挑战。他在《艺术的起源》中指出："其实，泰纳如果立意要跟某一形式的达尔文主义开个玩笑，则再没有比把自然淘汰来应用在艺术演进上更残酷的了。然而我们也得注意，一个民族的艺术往往依靠着该民族的文化，而某一形式的文化也可以妨碍了某一形式的艺术而促进了别的艺术。"①

面对这种挑战，二十世纪初兴起的唯美主义、"艺术至上"等各种艺术思潮和理论学派都试图通过各种言说冲破传统的环境学的桎梏，为艺术形式的独立价值争得一席之地。钱谷融先生曾经如此分析："他们认为艺术自有其独立性，它自身就是一种鹄的，不应该把它当作一种工具。一个艺术家如果要关心到美以外的事，也就失其为艺术家了。所以艺术家应该专在形式上作工夫，内容之是否合乎道德，根本用不着过问。"②

于是，回到本体，成了艺术形式寻找自己存在家园的理论选择，而语

---

① ［德］格罗塞：《艺术的起源》，罗慕晖译，商务印书馆，1984 年，第 13 页。
② 钱谷融：《钱谷融文论选》，上海文艺出版社，2009 年，第 13 页。

言在这里突显了自己无与伦比的文化包容性。二十世纪初的形式美学甚至可以称为"语言主义",即从本体论出发来确立文学的存在方式与价值,因为正如波普尔所说:"自我的突现问题,我认为只有考虑到语言和世界的对象,以及自我对它们的依赖性才能解决。"①

这是一次语言与文学的互动,更是形式在语言怀抱中获得自我展演的机会。因为语言犹如一个历史的海洋,各种艺术形式可以在上面自由航行,而语言学和文艺学也由此获得了各自的发展空间和机遇。就语言学来说,它借助了文学的深厚内涵,并把其生命活力注入了研究之中,一扫语言学由语法学带来的死气沉沉的局面,一变而为人文学科中最富有活力的领域。而文学则能够借助语言的途径,进入无限丰富的人的潜意识世界,透过语言学的分析把握艺术表达的种种奥秘,触摸艺术生命的存在方式。所以,文艺学理论的语言学转向,意味着对于艺术形式的探讨超越了传统的外形、外表、体裁、修辞、技巧等载体样式,进入了一种更为综合、广阔的文化范畴。因为语言作为人类交际、交流、表现和储存的中介,具有更丰厚、多样和多变的文化内涵和价值。

俄国形式主义最引人注目的观念,就是强调文学的自主性,试图使文学独立于政治、道德等各种意识形态,甚至独立于作者和读者之外,为文学和文学创作"松绑"。但是,尽管文学是自主的,有自己的独特属性和特点,却不是一个封闭的世界和生命体,其不仅有"入口"和"出口",而且自始至终与社会生活交流着信息,换句话说,文学不是静止和僵死,它从诞生之日起就在行走,就在不断为自己创造一种具体的生活方式,为自己成为人类精神文化不可或缺的成员奔忙。

由此,形式问题其实也是对于艺术本质的理解,正如海德格尔所言:"此在总是从它的生存来领会自己本身。"② 而正是由于这一点,就连形式

---

① [英]卡尔·波普尔:《无尽的探索——卡尔·波普尔自传》,邱仁宗译,江苏人民出版社,2000年。

② [德]海德格尔:《存在与时间》,陈嘉映、王庆节译,三联书店,1986年,第16页。

主义倡导者也不曾料想到，他们原本试图通过语言形式赋予文学更独立的文学性，却不仅未能使文学研究脱离文化和意识形态的纠缠，就连语言研究本身也从此告别原来纯粹形式问题的书斋状态，开始日益卷入文化和意识形态潮流之中。

也就是说，尽管语言以巨大的包容性滋养了形式，并孕育了新批评等新的艺术观念，使艺术形式告别了以往纯粹理性和哲学时代，开始降落于具体、生动和实践的日常生活和细节基础之上，诸如文本、话语甚至符号之中；但是，却最终无法使艺术形式摆脱意义和意味的桎梏，甚至不得不重回文化和意识形态的圈套之中。

所以，当罗兰·巴尔特再次强调形式的重要作用时，已经不可能就语言说语言了，他要追寻一种超越社会历史性和文化心理制约的文学要素——在他看来，这种要素就是符号或符码，为此，他不仅提出了"零度写作"的概念，而且深深卷入了符号学的研究中，他指出："文学中的自由力量并不取决于作家的儒雅风度，也不取决于他的政治承诺（因为他毕竟是众人中的一员），甚至也不取决于他的作品的思想内容，而是取决于他对语言所做的改变。……我打算指出，在这里起决定作用的是形式，但是我们不应根据意识形态的理由来评价这种作用，因此有关意识形态的科学对形式问题的影响一直十分有限。在文学的各种力量中我想指出三种，并借助三个希腊文概念对它们加以讨论，即 Mathèsis（科学）、Mimèsis（模仿）、Semiosis（记号过程）。"①

在这里，有关形式问题讨论的混乱和无奈局面不言而喻。尽管人们无法脱离艺术的物质载体来认识艺术，尽管艺术作品最终意义的持有者是形式本身，但是，对于艺术的认知一旦脱离了精神和心灵世界的认定和控制，不再受价值与意义的主导和监控，就很有可能堕入感觉、感性、技巧和技术的花样泥潭，甚至成为机械物化的程序或程序，艺术形式及其理解也会蜕变为技术化甚至商业化的生产过程。

---

① ［法］罗兰·巴尔特：《符号学原理》，李幼蒸译，三联书店，1988 年，第 7 页。

　　这是一种多米诺骨牌效应。从观念形态看，似乎随着作为艺术形式本体意味的被强调，以往一系列艺术观念中的社会和精神元素受到质疑，它们的影响力日益下降，逐渐失去话语权的地位，包括道德、思想、主题、价值、意义、意识形态话语等等，取而代之的是表现、超现实、叙述手法和意象，所突出的是符号、形式和话语的直接呈现与展演；但是，从艺术的存在状态来看，随着各种新潮理论观念的标新立异，其最原初的"鹄的"，即艺术的独立性，反而被忽略和遮蔽了，这不仅使艺术形式的价值与意味陷入了歧途和虚无，而且使原本追求的文学性深陷于更为复杂的文化纠结之中。这似乎恰如苏格拉底当年讨论美的存在问题一样，艺术形式再次陷入了具体与抽象的二元对立之中，这就是"你们对于美的考察，以及对每个一般概念的考察都是分别进行的，你们在思想上把它切割开来了，因此你们无法看到构成整个实在的基质的宏大与连续"。①

　　所以，二十世纪以来，几乎所有的艺术创新都与艺术形式方面的突破紧密相连，而所谓"先锋""前卫"等姿态也无不显示出了对于艺术存在方式方面的标新立异，由此也导致了由结构主义向解构主义的艺术转变，但是，最终却使艺术理论步上了"死亡""终结"与"无意义"的自我消解之路。

　　在这种语境中，作为有意味的形式曾经为文学性提供了有力支撑，最后却不能把自己从所谓价值和意义的网络中解救出来，不仅最终不得不继续依赖外在赋予的价值与意义存活，而且再次被卷入意识形态话语体系之中，失去了纯粹美学的艺术定位。这一点与语言学转向的命运也颇为相似，其原本是为文学性提供独立的存在依据而寻找，结果导致了语言学自身的华丽转身，成为与社会生活与意识形态关系最为密切的理论学科。

　　无疑，继续纠缠在形式与内容、文本与语境、作品与意义等二元冲突之中，形式主义理论已经穷途末路。如果把艺术形式的美学功能定位为意义或意味，或者过于强调艺术形式的意义或意味，就难免落入被建构和被

_____

① ［古希腊］柏拉图：《柏拉图全集》（第四卷），王晓朝译，上海人民出版社，2003年，第55页。

赋予的意识形态话语窟穴之中，成为思想或话语的外套或框架，——因为意味或意义是可以建构的，它们不仅是一种文化想象和诠释的产物，而且始终遵循和履行着一种不属于艺术自身的文化功能和义务。显然，被特定的意味或意义绑架或规定的艺术形式，不仅无法获得自身美学价值的独立性，而且极易被意识形态权力话语所左右，这样，文学理论家和批评家就不能不依赖某种意识形态或权力话语的授权，用所谓意味或意义的方式来要求、干涉甚至管制艺术创作。

这一点，钱谷融先生很早就在《形式与内容》中指出："因为形式与内容间的关系，正同精神与物质、肉体与灵魂间的关系一样，那是一种极其微妙，及其纠缠复杂，几乎非言意之所能尽的一种关系。哲学上的唯物与唯心之争是永远闹不清的，把精神从物质里分出来固然是一个谜；把精神同物质混同起来也还是一个谜。谁能够明白地指出精神的活动与肉体的活动的确切的分界点呢？在我们的灵魂里藏着肉欲；而我们的肉体也有它的空灵。感官可以使之高雅，智虑也会走向堕落。内容和形式是合一的，但同时却也是可分的。合一的，因为我们接触到一篇作品的形式，自然也就接触到了它的内容；而我们要知道一篇作品的全盘内容，也非接受它的整个形式不可。"①

于是，艺术形式再次回到了意义或意味的巢穴之中，而这次捆绑它的不再是内容、思想、道德伦理等，而是文化以及日常生活，是意识形态及其话语建构。尽管意味或意义赋予了艺术形式某种存在的客观依据，但是终究不能使其具有自在和自由的独立性，依然处于一种"被绑架"或"被规定"的状态——这是由于至此为止艺术形式始终未能逃脱所谓"内容"的框架，始终未能逃脱权力和意识形态话语的掌控。

其实，关于"形式的意味"的观念，与"有意味的形式"一样久远。"形式"的词源，就与古代祭祀或祈祷文相通，因为这种祭祀或祈祷文一般是固定的、程式化的。就此而言，关于"形式就是内容"的观念早就有

---

① 钱谷融：《钱谷融文论选》，上海文艺出版社，2009年，第15页。

之，并非现代意识形态体制的独创，所不同的是，在早期古代文明社会，这种"形式的意味"更多来自精神信仰和理念，而如今"有意味的形式"更多受到意识形态和权力话语的支配。这也在某种程度上消解了艺术形式的独立性和纯粹性，使其文学性的内涵受到遮蔽和质疑。而在商业利益和意识形态权力话语双重激发和制约的文化语境中，"形式"的功能已经被发挥到了极致，几乎所有关乎文明和文化信念与理念的集体展演，已经失去内在真实的尺度，或者说它们只是一场"秀"而已。而不可思议的是，恰是这种貌似"无真实""无意义"的"秀"，不仅构筑了现代文化五光十色的景观，而且成为实现巨大商业和政治利益的巨大抓手。

可见，当"形式"成为日常生活中最不可或缺、最不可信任的、触手可及的文化表象和表征时，其原有的理论界定和推断也崩溃了，不再足以赋予和阐释其艺术存在的依据与理由。

三、形式：不仅仅有意味

艺术形式的再次失落。就是在这种语境中发生的。因为艺术独立性的失落，导致了艺术及其形式对于外在价值判断的过度依赖。按照阿多诺的理解，这种依赖性到了资本主义文化时代已经彻底消解了艺术的独立性，"今天的艺术的处境是'充满疑窦'的。因为，如果说艺术在过去一直服务于宗教仪式或其他的宗教信仰和习俗，那么，它在启蒙时代所取得的自主独立就只是一场新奴役的序幕"。在阿多诺看来，我们的社会被工具理性所统治，它的制度的标志就是官僚政治，它从总体和结构上讲是不愿意让艺术具有自主性的。[1]

所以，艺术形式的理论如今步履蹒跚。一、就思维方式来说，如何跳出传统的二元对立的模式，不再在内容与形式、形式与意味关系中纠缠不

---

[1] 弗拉德·戈德齐希：《英译本导言》，［德］汉斯·罗伯特·耀斯《审美经验与文学解释学》，顾建光、顾静宇、张乐天译，上海译文出版社，1997年，第12页。

休，如何选择和找到新的理论方向；二、如何面对传媒时代和意识形态对于艺术形式的全面利用和操控，如何解释艺术形式与各种新的文化元素的理论关系；三、如何在新的文化语境中确立艺术形式的纯粹性和独立性，重塑其在艺术理论中的价值与意义，等等。这些问题不仅涉及对于艺术形式原生态理念及其流变的重新理解，而且关乎对于范畴、概念和观念的精神性存在的再认识。

其实，从语言到符号，都只是一种质料的转移，无法为形式找到属于自己的艺术归宿。在这种情况下，除了在二元对立的怪圈中继续循环，继续在西方理论框架中追寻，已经无路可循。实际上，艺术形式，就其存在意义来说，就是艺术家自我实现的前提和必要条件，是艺术作品存在的范式和实体。问题在于，艺术形式之所以一直无法获得自己的独立价值，是因为艺术本身的独立性难以获得认定和认可。

因此，试图完全脱离文化语境，陷入符号或符码的谜团，并不能为艺术形式提供家园，反而使问题显得更加扑朔迷离（罗兰·巴尔特的理论本身就带有强烈的抵抗权力话语的色彩）。但是这却提醒人们关注"形式"更纯粹和本质的存在，不仅不能再局限于"意味"进行认知，也不能完全依赖语言、文本、话语等外在载体来予以定位。可惜的是，按照西方本体论的思路，除了"终结"之外，现代文学理论家至今未能提出更有效、宽广的思路。

所以，形式不仅仅有意味，还有超越意味的存在本质，这或许就是中国文论中所言的"道不可道"和"象外之象"的命题，其关键在于，形式是否是能够摆脱观念的存在状态的一种存在，真正进入艺术原本的生命状态，也就是说，形式在本质上是一种生命的展现，只有通过生命本身才能真正理解艺术形式的内涵，也唯有生命的展演才能赋予形式以存在价值。从这个意义上说，形式不能从与内容的关系中去认定，而需要从艺术和美的实现过程中去理解；由此，艺术形式不仅是人与现实、现实与理想连接的中介和桥梁，更是心灵所借助的通向虚拟理想世界的媒介，人类由此接触、体验和进入一种奇幻、深邃、迷狂的境界。

　　这就是艺术形式的动态的生命化定位。在这个过程中,形式本身就是艺术存在本身,离开了形式也就无所谓艺术。用中国老子的话来说,形式其实就是一种"道",由自然赋予其各种存在状态。如果说艺术是一种具体的美的形式的话,那么,形式就是美的一种艺术表达,它们两者之间有着"道通为一"的同构关系。也就是说,艺术形式实际上是一种艺术之"道",是艺术家自我实现的途径和桥梁。

　　所以,如果说,艺术形式是一种"道"的话,那么,"道"的显现就是"通",艺术形式就是"道"与"通"的综合体。

　　这种观念源于中国对于宇宙存在的传统理解。究其渊源,"形"的原生态是由"气"所构成,所以艺术形式最早起源和发生可以追溯到宇宙的气息,也就是"气"。"气"是宇宙形成最初的源头。班固在《白虎通》中就说:"元气所在,万物之祖……起始,先有太初,然后有太始,形兆既成,名曰太素。太初者,气之始也,太始者,形之始也,太素者,质之始也……"① 也就是说,"所谓气就是宇宙的命脉,就是生命的消息;气在的地方,才有了'形'和'兆'(也就是符码),才有了'质',才有了生命存在。我们察觉了气,也就察觉了生命。就个体言,气遍布于体内各部,深入于每一个细胞,浸透于每一条纤维"。②

　　这里或许为理解艺术形式的存在提供不同思路。如果说"气"是人类生命的基本情状,那么,形式无疑就是艺术最原初的存在状态,由此才生发出了"质"与"道",其本身也演化出了言语、辞章、格律、体裁、文本、话语等方式——而这一切无不建立在一种息息相通的关系之中,也无不与宇宙的本体存在——气——息息相关。所以,艺术形式的本原意味就是把人类与宇宙连接在一起的一种合乎生命理想的存在情态和寄托,其本质是不受制于任何现实元素束缚,并超越于任何功利性的诉求、达到"道通为一"的状态。

---

① 〔清〕陈立:《白虎通疏证》,中华书局编辑部《新编诸子集成》,中华书局,1994年。
② 钱谷融:《钱谷融文论选》,上海文艺出版社,2009年,第5页。

　　这是一种纯粹美学的境界。也许正是在这里，王国维与席勒发生了共鸣，他认为："一切之美，皆形式之美也。"① 也就是说，在人类艺术生活中，形式其实是无所不在的，但是又是不能确定的，其始终处于一种变化和变通之中，犹如古老的卦象和兆符，犹如《易经》所言："六爻发挥，旁通情也。"②

　　至于这种状态的可能性，我们可以从《兰亭集序》中有所领略：

　　　　永和九年，岁在癸丑，暮春之初，会于会稽山阴之兰亭，修禊事也。群贤毕至，少长咸集。此地有崇山峻岭，茂林修竹；又有清流激湍，映带左右，引以为流觞曲水，列坐其次。虽无丝竹管弦之盛，一觞一咏，亦足以畅叙幽情。是日也，天朗气清，惠风和畅，仰观宇宙之大，俯察品类之盛，所以游目骋怀，足以极视听之娱，信可乐也。夫人之相与，俯仰一世，或取诸怀抱，悟言一室之内；或因寄所托，放浪形骸之外。③

　　书法艺术表达了一种最纯粹的形式美学。如果说中国艺术的极致表达就是书法艺术，那么，这种"放浪形骸之外"的极致状态，也唯有通过一种纯粹的艺术形式才能实现。在这种状态中，人的生命已经与艺术活动融为一体，如鱼得水，互为彰显，淋漓尽致，获得了完美的体现。

　　就此来说，艺术创作无非是发现和创造一种生命和宇宙自然沟通与对话的形式，而艺术形式无疑是实现这种沟通与对话的唯一存在。所以，艺术形式不仅仅是形式，也不仅仅有意味，其本身就是人的生命状态与艺术存在合二为一的表现和表达，用中国传统话语来说，是一种"道"的展演，人们借助它与宇宙自然、天地自然沟通，到达现实中无法达到的境地与境界，实现终极的梦想和理想。

---

①　王国维：《古雅之在美学上之位置》，徐洪兴编选《求真·求善·求美——王国维文选》，上海远东出版社，1997年，第188页。
②　黄寿祺、张善文撰：《周易译注》，上海古籍出版社，2001年，第18页。
③　［东晋］王羲之：《兰亭集序》，永瑢、纪昀等编纂《四库全书》文渊阁本。

也许正因为如此，艺术形式不是固定的、既定的、僵化不变的，而是千变万化的，是艺术创作中最活跃和灵动的元素，能够"道生一，一生二，二生三"，不断生发出新的技艺与境界，所谓"道可道，非常道"，所谓"无欲以观其妙，有欲以观其徼"，所谓"玄之又玄，众妙之门"（老子《道德经》），就是对于艺术形式存在状态的写照。而只有在这种情况下，纯粹美学和纯粹哲学意义上的"形式"，才获得了存在的可能性，艺术活动本身才拥有了自己独立的终极价值的呈现。

（本文原载《华东师范大学学报（哲学社会科学版）》2012 年第 3 期）

代后记

我与批评

常看到作家谈创作，艺术家谈表演，颇受人欢迎，自己也非常爱听；但却很少有人谈批评，大概谈出来也很少有人听。这就使得批评者本身也常常处于某种尴尬的境地。因为长期以来，批评自身似乎没有给人们树立什么好的形象，往往只有两副面孔：一副是凶神恶煞似的，动不动就打棍子、甩帽子，就像阎王殿的判官；另一副则是猫一样的媚态，经常去捧去吹，自己跟着作家后面捞点"洋捞"。这两种面孔没有一副好瞧的，延及批评者，常使他们有苦难诉。但是，还是有许多人出来搞批评，而且搞得有声有色，开始吸引人们注意了。否则，也就不会有人来让搞批评的谈批评了。我想，这种情景虽然现在我还不敢理直气壮地说是生活的需要，却可以说包含着批评者自身抑制不住的一种冲动。这种冲动最深刻的根源，首先并不来自某种理念的教条、概念和功利，而是来自心灵与艺术作品在生活涡流中的激烈的冲撞，在批评者心灵中涌起一股思想和情感之流，不吐不行，一吐为快。

其实，话说开去，在人的精神生活中，文学批评是一种极其自然的社会现象，它的牌位不宜摆得高不可及，这样失去了它本原的意义，进而会失去自身自由舒展、生动活泼的品质。本来，批评就是一种对艺术现象的议论，就批评过程来说，它和文学创作一样，是一种有感而发的东西。批评者同样面对丰富多彩的生活世界，不过，这个世界是被艺术家心灵浸透过的。艺术化了的生活对批评者更有吸引力，他的心灵时常遨游在这艺术世界中，有所思，有所感，有所共鸣，有所冲突。一旦冲脱而出，以批评面目见之于世，便是一种解脱，也是一种创造。

文学批评似乎常常带着一种不自觉的性质，虽然你并不清楚批评到底是什么，竟然也会搞起评论来，甚至被人称为"批评工作者"了；至于真有意识地想搞批评，倒常常是别人称呼得多了，提醒得多了的结果。当然，一开始就以一种在文学批评上建功立业的气度出现的大有人在。说实在的，我却不是这样，虽然写过几篇评论文章，我对于批评工作还时常有瞎子摸象的感觉。只记得先前只喜欢读作品，如醉如痴，有时情不自禁，兀自哭笑失声，在家还惹得母亲担心，生怕得了精神病。看得多了自己有了想法，苦于没办法说出来。上了大学，和同学们一起读了一些作品，都有很多感想，常在熄灯以后喊喊喳喳，直到深夜。至此，才知道这里面还有无限的秘密，深究下去，倒也有很大乐趣。文学作品本身就像一个丰富深邃的海，里面不仅有人物、故事、情节，还有政治、历史、伦理、道德……人类生活中的一切因素无所不包。你知道得越多，发现得越多，拥有得越多，创造也就越多，其境无涯，其乐无穷。

从这一点来说，我所感到欣慰的是，搞文学评论首先并不是一个审判官，想以己见去排众议；也不是一个吹鼓手，阿谀逢迎，专门投人所好，而首先是一个"美食家"。这个"美食家"当然不同于陆文夫笔下精于饮食之道的美食家，而是欣赏艺术作品意义上的"美食家"——无论在怎样的情景中，先有自我在艺术欣赏中获得熏陶乐趣，然后才会情不自禁地在美学批评中津津乐道。这是因为在欣赏艺术作品中品出了"味"，其"味"又不是那么容易地辨别出来和表达出来的，而是食百家"食"、品千种"味"而后得到的一种"味"，所以当把这一种"味"，经过自己的思考，从感觉中"化"出来，又用另一种形式表达出来时，必然带着艺术世界本原的那种活力。它忠实于一个充满活力的感觉世界，同时又创造了一个晶莹透明的理性世界。

显然，品美食——不知厌倦地阅读和接受大量的文艺作品尤其阅读最出色的第一流作品，一方面是积累知识和经验，熟悉各种艺术形态的存在方式；另一方面，也许更重要的，是体验和积累感情。我总觉得，我们的批评需要感情，需要那种对人生、对艺术由衷的迷恋、忠诚和理解的感情，而批评最重要的目的也许并不在于判断某一作品的好坏——在历史的演进中，或许这只能由历史本身来完成——而在于批评者是否体现和表达了这种神圣美好的感情，它从各个角度驱动着批评家对艺术真理、规律以及一切未知领域的探索。如果在这里反手一笔，提出常常萦绕在评论工作者脑际，并为之汗颜的"中国为什么难以出现像别林斯基那样的评论大师呢"之类的问题，那么我们是否可以反省一下，我们过去的评论有多少是从一种对人生和艺术的真诚感情出发，燃烧着对美的理想追求的炽热火焰呢？又在多大程度上闪烁着评论家心灵的光辉，记录着呕心沥血的追求足迹呢？当然，他们是有过的，而且现在还持续着，但是在一个相当长的时期里却是被抑制着、摧残着，只能在岩石的夹缝间生长，开出几朵灿烂的花来，启示和召唤着后人。

写到这，心底坦然得多了，为批评本身而时常产生的那一些悲哀，一丝忧郁也逐渐消散了。因为批评本身并不悲哀，它是人生追求的一种方式，你想得到充实，只有付出心血和精力，进行不懈的追求。

上面这篇短文是发表在《文论报》的，题目就叫作《我与批评》。其实，"批评观"是并不那么容易形成的。不过，现在竟然要出一本小书了，除了把一些过去写的东西收集在一起，有一种纪念意义之外，也是自己审视自己的好机会。看着这些五花八门的文章，我会想到小时候在果园偷摘苹果的情景，也会想到在农村和维吾尔族朋友摔跤的事，也会想到大学里整天在图书馆里苦读的时光等等。难道这一切都过去了吗？分明都过去了，但又没有过去。从这些文稿中，我也许又体会到了某种人生的意味，不管它是酸的，苦的，甜的和辣的。以上就作为这本书的后记吧。

1987 年元旦于广州

跋

——关于新时期文学批评的个人体验

"新时期"作为一种颇有认同感的历史定位，在文化以及文学研究中已经颇多成果，而且日益受到关注。而在我看来，所谓新时期，犹同新文学运动一样，可能仅有十年左右的时间，即在 1976 到 1989 年之间；但是，在这里，我却把它延伸到了二十世纪末，主要是由于个人记忆的缘故。因为就我来说，时代前行了，我却依然活在二十世纪八十年代，纠结于新时期文学与批评的种种矛盾冲突中。

当然从二十世纪中国文学发展历程来看，新时期文学批评堪称一次历史大潮，拥有丰富的内涵，很难以一种个人的眼光和视野予以整体的描述，况且观史和论史都需要一定的时间距离，以便脱离和超越一时一地的现实、观念和心理的局限性；但是，尽管如此，无论从历史和现实角度来说，个人的历史体验与记忆依然是一种不可或缺的文化资源和宝藏，这是由于它们才是最切实、最生动和最珍贵的历史足迹和遗产，而历史最终不过是不可计数的个人体验和记忆的综合、抽象和发现。

而不幸的是，这种个人历史体验和记忆，又极其容易失落、忘却和被扭曲的，因为其不仅需要一种个人的珍惜和对个人记忆的文化尊重，需要一种集体的文化真诚和包容的文化氛围与精神，还需要一种孜孜不倦、微妙玄通的学术态度，以及付出艰辛的劳作。

所以，要对于二十世纪中国文学批评的历史有所认知，不能不注重个人的历史体验和记忆，不能不从具体的历史细节和情节开始。

这也是我编辑这本论文集的缘由之一。实际上，作为新时期文学批评的亲历者和参与者，我虽然也写了一些文章，参加过一些活动，但是多半都是一些应时应景之作，远远谈不上有什么理论质量和贡献；即便如此，这些文章也多半是在师友们指点、鼓励和帮助下写作和发表的。如果说得更深透一点，由于自己特殊的文化背景，从小在新疆伊犁长大，对于微妙神通的中国文化所知甚少，根本不知道中国社会与文化有多深，有多险，所以一直处于大潮的边缘，从来不是所谓的"局中人"和"圈中人"，因此，我的所作所为所写所想多少有点异类，始终不入主流和主体的法眼。况且我又是一个自由散漫且光喜欢热闹的人，既不温柔敦厚又不能善解人意，自然也难免经常说不合时宜的话，做一些不合时宜的事。这或许是我的天性，我并不必为此感到懊恼，而使我时时感到懊恼的倒是我从此走上了文学研究和批评这条路，不但在大学课堂上教授文艺理论和批评，还要不时做这方面的研究，不时考虑这方面的问题。实际上，自1988年出版第一本论文集《艺术形式不仅仅是形式》之后，我虽然陆陆续续也写过很多文章，但是再没有出版论文集。这里面固然有许多社会现实的因素，但是个人经历和思路的彷徨、纠结和混乱也是重要缘由之一。尽管我没有"失忆"，尽管我还一直在坚持自我的思考，但是曾几度落入历史的迷津，不知路在何方；也曾多次回顾历史，企图重拾文学的激情；当然，这一切似乎都是徒劳的，除了时间的阴影日益浓重，自己开始步入老年的那份惆怅之外，剩下的恐怕也只有对于时代和记忆的怀念了。

而就在这份怀念中，我重温了当年的记忆。没想到的是，在新时期，我曾写了大大小小近两百多篇文章，发表在大大小小的文学报刊上，而如今其中一些报刊已经停刊和消失了，少数依然存在的报刊也许再也不会跟我约稿，或者刊登诸如此类的批评文字了。一个时代或许早就消失了，其中包括很多的人和事，历史的激情和现实的纠结，还有人性的温暖、友谊、误解、算计、远走高飞和难以脱身，等等，或许都构成了那个时代的点点滴滴，犹如那个时代的挂在墙上闹钟的声音，间或发生寂寞的激情。

于是，我从中选取近六十篇文字，时间截至 2000 年之前，算是新时期文学批评的记忆，内容主要是作家作品评论和关于文学批评本身的讨论。此时，我想起了鲁迅小说《药》结尾处的情景，那坟头上出现了红白相间的花环。

以上是我为自己新编论文集《禁忌与突破——新时期文学批评省思录》所写的后记，不想届时接到老友李庆西的电话，准备再版三十多年前的《新人文论》，如有一种老友重聚的感觉。

当然，我清楚地知道，也许所有记忆，都更像是鲁迅小说《药》中的那只"哇"的一声飞走的乌鸦。

是为跋。

殷国明

2012 年 8 月 6 日于华东师大闵行校区